Advent

Eine Kerze sendet Schweigen
In die dunkle Nacht hinaus
Vorbei das Sommerfest der Reigen
Ruhe kehret ein ins Haus

Des Herbstes satte Farben weichen
Verschwommener Kontur
Vorbei die Sinfonie des Reichen
Kühl weitet sich des Nebels Spur

Nächte klirrend kalt, die Winde
Verstummt der Vögel hell Gesang
Eisdiamanten schwirren linde
Umhüllen schweren Glockenklang

Des Winters Atem berührt uns sacht
Es silberweiß vom Himmel schneit
So fern der Tag, so nah die Nacht
Taucht ein in die mörderische Zeit

FIDELIO MARIA FERRARO

Personenregister

Die Gastgeberin:
Clothilde Anthamatten von Winterstern (82),
verwitwet, geschiedene Imhof, geborene Meier

Ihre Gäste:
Clothildes Bruder Wolfgang Meier (80), ledig

Clothildes erste Tochter Martina Henderson-Imhof (60)
und deren Mann Thomas Henderson (67)

Enkelin Stephanie Anderhub-Henderson (38)
und deren Mann Alexander Anderhub (38)
mit Tochter Vanessa (16) und Sohn Niklas (14)

Clothildes zweite Tochter Barbara Stoller-Imhof (57)
und deren Mann Ralph Stoller (56)

Enkel Tobias Stoller (34) und dessen Frau Annika (33)
mit den Zwillingen Alpha und Beta (11)

Enkelin Laura Stoller (32) und deren Freund Dr. Tim Kramer (36)

Clothildes erster Sohn Frank Imhof (54) und dessen Frau Nicole (50)

Enkelin Anna Imhof (24), Ich-Erzählerin

Clothildes zweiter Sohn Oliver Imhof (52) und dessen Frau Julie (42)
mit ihren Söhnen Jonas (17) und Jannik (16)

Clothildes jüngste Tochter Evamarie Imhof (45)
mit deren Verlobtem Fidelio Maria Ferraro (36)

Ihr Personal:
Butler: Arthur

Koch: Pierre

Zimmer und Service: Elvira

SILVIA GÖTSCHI

Stille Nacht, mörderische Nacht

EIN WEIHNACHTSKRIMI

emons:

Bibliografische Information der Deutschen Nationalbibliothek
Die Deutsche Nationalbibliothek verzeichnet diese Publikation in der Deutschen Nationalbibliografie; detaillierte bibliografische Daten sind im Internet über http://dnb.d-nb.de abrufbar.

MIX
Papier | Fördert gute Waldnutzung
FSC® C083411
FSC
www.fsc.org

Umschlaggestaltung: Nina Schäfer
Gestaltung Innenteil: DÜDE Satz und Grafik, Odenthal, nach einem Layout von Nina Schäfer
Druck und Bindung: CPI – Clausen & Bosse, Leck
Printed in Germany 2024
ISBN 978-3-7408-2110-4
Ein Weihnachtskrimi
Originalausgabe

24. Dezember

Heiligabend im Haus Winterstern

Es war seltsam ruhig an diesem Morgen. Kein Geräusch, nicht das leiseste Knarzen wie üblich, wenn Oma über mir in ihrem Zimmer umherschritt. Heute schien sie länger schlafen zu wollen, damit sie den Abend körperlich und geistig fit angehen konnte. Zudem pflegte sie ihre Rituale.

Ich vergewisserte mich auf dem Zifferblatt des Weckers, wie spät es war. Acht Uhr achtzehn. Ich strampelte die Decke ans Fußende und stieg aus dem Bett. Ich schlich auf den Zehenspitzen zum Fenster, schlug den schweren Vorhang zur Seite und versuchte, einen Blick nach draußen zu erhaschen. Die Scheiben waren beschlagen von der frostigen Kälte. Ich hauchte darauf und wischte mit der Hand ein Guckloch frei.

Es war, als hielte die Welt ob so viel Schönheit den Atem an. Wo in der Nacht der Wintersturm um die Hausecken gebrüllt und Eiskristalle durch die Luft gewirbelt hatte, lag alles unter einer kompakten Schneedecke. Das Dach beim Pferdestall hatte eine achtzig Zentimeter dicke Haube, der Hang bis zum Waldrand lag im Schatten, und dahinter erhob sich majestätisch das Matterhorn, dessen Gipfel die ersten Sonnenstrahlen streichelten. Was für ein Bild! Heute war Heiligabend, und er hätte nicht schöner beginnen können. Ganz hinten standen die schneebedeckten Tannen wie Pilaster Spalier, bei der schrägen Dachrinne neben meinem Zimmerfenster hatten sich Eiszapfen gebildet.

Madame Clothilde Anthamatten von Winterstern hatte Ende November um eine persönliche Gesellschafterin gebeten. Sie wollte eine junge Frau, die ihr zur Hand ging, nicht fremd und ihr gegenüber mit Liebe erfüllt war. Eine Verwandte hatte sie gewünscht, Anna Imhof, mich. Ich sei ihr ähnlich, sagte sie jeweils, und ich hätte das Temperament von ihr geerbt, denn sie war meine

Großmutter. Ich war mit ihr verbunden, wir verstanden uns und kommunizierten ohne viele Worte. Außer uns musste es niemand verstehen. Ich hatte mir einrichten können, den ganzen Dezember aufgrund zu vieler Überstunden freizunehmen. Oma kam dies gelegen.

Der Morgen dämmerte, aber es würde noch dauern, bis die Sonne vollständig über den Bergen aufgegangen war und die Riffelalp erreicht hätte. Es war wie Magie. Der Himmel über mir glühte. Was versprach der Rotton? Nichts Gutes? Nach dem Schneesturm in vergangener Nacht braute sich wahrscheinlich ein neues Wintertief zusammen. Ich riss mich von diesem traumhaften Anblick los und ging ins Badezimmer. Alles hier war exquisit, vom Lavabo aus Emaille mit den Kreuzhähnen bis zur Toilette, deren Spülkasten oberhalb der Schüssel hing. Um die Spülung zu betätigen, musste man an einer Kette ziehen. Die frei stehende Badewanne mit Füßen erinnerte an eine längst vergangene Zeit. Oma hatte seit dem Tod ihres zweiten Mannes vor zwölf Jahren immer wieder in das Anwesen investiert. Geld war da; wie viel, wusste ich nicht. Aber wenn ich mir die Verwandtschaft ansah, die Jahr für Jahr im Advent an den abgelegenen Ort oberhalb von Zermatt pilgerte, musste es ein ansehnliches Kapital sein. Das Geld lockte, war ich mir sicher, nach dem, was ich in den letzten Tagen erlebt hatte.

Oma hatte sich von meinem Großvater nach dem achtzehnten Geburtstag ihrer jüngsten Tochter getrennt und einen Monat darauf Maxim Anthamatten, den reichen Grundstücksbesitzer, Immobilienmakler und Eigentümer des Herrschaftshauses Winterstern, geheiratet. Aus Omas Erzählungen hatte ich erfahren, wie alle ihre fünf Kinder gegen diese Heirat gewesen waren. Aber als sie den Reichtum gewittert hatten, änderten sich ihre Haltungen. Maxim war mir in bester Erinnerung. Er war ein lebensfroher Mann gewesen, der nicht bloß dem Reichtum, sondern auch den sinnlichen Genüssen zugetan war. Und er hatte wunderbar Geige gespielt. Er war ein Virtuose gewesen, ein von der Muse Geküsster, der jeweils an den Weihnachtstagen im Haus Winterstern die Gäste musikalisch unterhalten hatte. Mein Stiefgroßvater.

Ich duschte mich, zog mich an und machte mich bereit, um Oma in ihrem Zimmer abzuholen. Meistens war sie bereit, wenn ich bei ihr anklopfte.

Komisch, noch immer herrschte eine gespenstische Ruhe im ganzen Haus. Der Schnee der letzten Tage schien das historische Gebäude wie in Watte gepackt zu haben. Ich zog die Tür hinter mir ins Schloss und betrat die Galerie, von der aus eine Anzahl Türen weggingen und man über eine breite Wendeltreppe hinunter ins Foyer sah. Dort stand prominent der eine von drei Weihnachtsbäumen und strahlte mit dem Lüster um die Wette. Ich konnte den Geruch der Nadeln bis nach oben riechen. Eine würzige Note von Harz. Früher hatten keine elektrischen Lämpchen am Baum gehangen. Jede echte Kerze war von Hand angezündet worden. Sie hatten einen besonderen Duft nach Bienenwachs verbreitet. Nachdem der Weihnachtsbaum einmal fast in Vollbrand gestanden und die Treppe wegen des Feuers großen Schaden erlitten hatte, entschied sich Oma für die elektrischen Lämpchen.

Die Stille übte eine bedrohliche Wirkung auf mich aus. Ich war es nicht gewohnt, nach dem Aufstehen in diese absolute Geräuschlosigkeit zu treten. An den vorhergehenden Tagen war um diese Uhrzeit bereits viel los gewesen. Allein die Jüngsten in der Familie verstanden es, die prächtigen Räume in eine Villa Kunterbunt zu verwandeln. Wenn die Feierlichkeiten vorbei waren, ließ Oma jeweils ihre Handwerker kommen, damit diese die Schäden behoben.

Ich ging über die Treppe nach unten. Zugegeben, Omas Haus erinnerte im Innenbereich ein wenig an die viktorianischen Häuser der Südstaaten von Amerika. Es war Treffpunkt für Familienfeiern, Begegnungsstätte für Kaffee- und Teekränzchen, oft auch für politische Zusammenkünfte, luxuriöser Ort für die unvergesslichen Dinners, wo schon mal ein Haubenkoch sein Rendezvous hatte oder das Hotel Riffelalp wegen Überbuchungen an seine Tür anklopfte. In der Vergangenheit hatte sich eine illustre Gesellschaft hier eingefunden. Oma fand, man müsse dem »Kasten« Leben einhauchen.

Alles still. Wollte ich nicht Oma abholen? Aber ja. Deswegen war ich aufgestanden. Ihr Zimmer lag in der zweiten Etage. Bevor ich nach oben ging, ging ich nach unten und öffnete die schwere Eingangstür. Auf dem Vorplatz schaufelte Butler Arthur den Zugang von Schnee frei. Ich rief in seine Richtung, aber er war dermaßen in die Arbeit vertieft, er nahm mich nicht wahr. Vor meinem Mund bildete sich ein feiner Nebel, wenn ich ausatmete. Eine Weile blieb ich stehen und sah über den fast unberührten Schneeteppich.

Ich kehrte um, stieg zwei Treppen hoch, schritt über den Korridor und stand vor Omas Zimmertür. Angespannt lauschte ich auf dem Türblatt, ob ich von drinnen etwas vernehmen würde, ein kleines Lebenszeichen. Zaghaft klopfte ich an.

Ich hörte ihre resolute Stimme – nicht so resolut wie gewohnt. Mir fiel trotzdem ein Stein vom Herzen. Sie war wohlauf.

»Komm rein, meine Liebe. Warum so schüchtern?«

Ich drückte die Klinke, öffnete die Tür und schob mich ins Zimmer. Offensichtlich hatte Oma auf mich gewartet. Mit Verweis auf meine Armbanduhr hauchte ich ein »Guten Morgen« in die Luft.

Sie breitete die Arme aus. »Ach, Kindchen, was für ein Freudentag. Dass ich das erleben darf. Zweiundachtzig Jahre auf dem Buckel, und noch immer gelingt es mir, an Heiligabend und Weihnachten meine ganze Familie an einen Tisch zu bringen. Unter uns gesagt, nicht jedermann ist willkommen. Aber was soll ich machen? Familie ist Familie, und Tradition ist Tradition. Ach, wenn ich dich nicht hätte, ich wüsste nicht, wo mir der Kopf stände. Es war in den letzten Tagen nicht ganz einfach für dich. Zu viele Charaktere treffen aufeinander, und die Teenager, Gott bewahre, sind so was von ungezogen. Nun, übermorgen reisen die meisten ab. Ich werde ihnen keine Träne nachweinen.«

Ich erzählte ihr nicht, wie sehr es mich angestrengt hatte, den Familienmitgliedern gerecht zu werden und auf ihre individuellen und speziellen Wünsche einzugehen. Zum Glück war mir Omas langjähriger Butler Arthur zur Seite gestanden. Er war ein weiser Mann und Menschenkenner und wahrte stets eine vorbildliche Ruhe, auch wenn man ihn mit Worten angriff. Unlängst hatte er mir verraten, er fühle sich manchmal wie ein Blitzableiter. Aber das sei schon früher so gewesen. In der Adventszeit brauche er einen besonders breiten Rücken. Nicht alles lasse er sich gefallen. Ich verstand ihn, hatte ich selbst doch schon miterlebt, wozu und für wen er überall hinhalten musste.

Ich umarmte Oma und stieß sie darauf sanft von mir, um sie mir näher anzusehen. Sie hatte sich bei ihrer Garderobe heute besonders Mühe gegeben. Sie trug ein rotes Kleid, das ihre zarte Figur betonte. Erstaunlich, wie fit sie sich gehalten hatte. Das liege in den Genen, sagte sie jeweils, wenn man sie auf ihre Physis ansprach. Schon ihr Vater sei schlank und rank und voller Energie gewesen. Dass sie heimlich Yoga machte, wusste nur ich. Sie begann den Tag mit dem Sonnengruß und widmete eine halbe Stunde den verschiedenen Übungen. Oma war beweglicher als meine Mam, auch geistig war sie ihr überlegen. Ob sie sich auch gesund ernährte, das blieb ein Geheimnis. Oma trank gern und aß viel Süßes. Sie war exzessiv in allem, was sie tat.

Ich bewunderte sie. Sie hatte sich wie immer geschminkt und hielt sich an den Glamour der fünfziger Jahre, in denen das Make-up genauso zur Frau gehörte wie der Bleistiftrock. Mit wenigen Ausnahmen hatte sie das Flair dieser Zeit und den Stil vom Scheitel bis zu den Fußsohlen bewahrt.

»Wollen wir nach unten gehen?« Ich bot ihr meinen Arm an. »Du siehst wirklich zum Anbeißen aus.«

»Ha, ha.« Sie warf den Kopf in den Nacken. Ihr kinnlanges, noch immer dichtes, jedoch schlohweißes Haar fiel in sanften Wellen auf den Kragen. »Wenn ich dreißig Jahre jünger wäre, könntest du mich damit beeindrucken. Weißt du, meine Liebe, hat eine Frau die fünfzig erreicht, wird sie unsichtbar oder verschwindet allmählich aus dem Blickfeld der Gesellschaft. Die Jungen machen sich lustig über sie, holen Bilder aus ihrer Vergangenheit und vergleichen sie mit den heutigen, als müsste man sich dafür schämen, alt zu werden.« Oma atmete tief durch. »Mit sechzig macht es ihr nichts mehr aus, denn dann hat sie sich daran gewöhnt. Siebzig ist eine doofe Zahl, und wenn sie die achtzig überlebt hat, macht es wieder richtig Spaß, Wert auf das Äußere zu legen. Ich kann heute anziehen, was ich möchte. Ich würde sogar mit dem Babydoll durchs Wohnzimmer gehen, ganz zum Ärger meiner beiden Schwiegertöchter ...« Sie sah in mein erstauntes Gesicht. »Deine Mutter ist die Ausnahme. Aber schau dir doch Julie an. An ihr ist nur der Name schön. Von nichts kommt nichts.« Während Oma es sagte, strahlte sie, und ich konnte nur ahnen, dass sie es nicht so meinte, wie es klang. Ihre sarkastischen Züge verzieh ich ihr. »Also gut, betreten wir die Kampfarena.«

Im Parterre angekommen, hörte ich etwas nuscheln und rascheln. Ein Gemisch aus Flüstern und Papierknistern. Ich schaute mich um, vergewisserte mich, ob da nicht irgendwo Mäuse herumrannten. Vor zwei Jahren war der Kammerjäger hier gewesen und hatte ihre Nester ausgehoben. Die Nager hatten sich in der Wand zwischen Speisekammer und Küche niedergelassen und von dort aus ihre Streifzüge durchs ganze Haus unternommen. Bevor das Übel an der Wurzel gepackt war, hatte man über einen Geist gemunkelt.

Das Geräusch kam aus der Wohnküche.

»Glaubst du, alle sind schon auf?« Ich legte die Hand auf den Türgriff.

»Jetzt sollten sie wach sein.« Oma lächelte. »Ich habe ihnen gestern nahegelegt, heute keinerlei Lärm zu verursachen. Nach den lauten Tagen sollte es doch möglich sein, wenigstens über die Feiertage etwas stiller zu sein.« Sie seufzte, wie mir schien, resigniert.

»Und die Mädchen?« Ich konnte mir nicht vorstellen, die elfjährigen Zwillinge Alpha und Beta könnten heute den Mund halten, nachdem sie seit ihrem Eintreffen täglich mindestens einmal für einen Riesenradau gesorgt hatten. Auch ihre schon etwas älteren Cousins hatten ein lautes Organ.

Oma schmunzelte. »Hast du schon einmal meine Hausapotheke gesehen? Dort gibt es für jedes Wehwehchen eine Pille oder ein Wässerchen.«

Diese Apotheke kannte ich. Sie war grenzwertig. Der weiße Kasten mit dem roten Kreuz hing vor der Kellertür, für alle sichtbar, hatte ein Schloss. »Du willst nicht sagen, du hast ihnen etwas aus deinem Giftschrank verabreicht.«

»Die heiße Ovomaltine haben sie gestern, ohne zu meckern, ausgetrunken.« Oma warf mir einen neckischen Blick zu. Ihre Lachfältchen verästelten sich niedlich auf ihrem Gesicht.

Ich drückte den Griff nieder und stieß schmunzelnd die Tür auf. Wenn Oma etwas sagte, durfte man es nicht immer für bare Münze nehmen.

In der Küche wurde es augenblicklich ruhig. Was erst noch geraschelt und getuschelt hatte, erstarb. An dem langen Tisch saß die gesamte Gesellschaft. Ich hätte mich täuschen müssen, jemanden von denen nicht zu sehen, die während der Adventszeit hier eingetroffen waren. Oma hatte sich eine Sitzordnung gewünscht, die man offensichtlich einhielt. Lediglich der Platz am Tischende, derjenige gegenüber und der Stuhl neben meiner Mutter waren leer. Vis-à-vis von Oma war seit zwölf Jahren an jedem Heiligabend und an Weihnachten ein Gedeck aufgetischt, welches nach dem Fest ungebraucht abgeräumt wurde. Dort saß, in der phantasiereichen Vorstellung aller Anwesenden, Maxim Anthamatten von Winterstern, der Nichterzeuger von Omas drei Töchtern und zwei Söhnen. Ein Konterfei neben dem Platzteller bezeugte seine geistige Präsenz.

Oma setzte sich unter meinem Geleit auf ihren pompösen Sessel, den einzigen in der Küche. Ich wartete, bis sie sich die Serviette auf den Schoß gelegt und Arthur sowie Elvira das Zeichen für den Service gegeben hatte. Vierundzwanzig Augenpaare waren auf Oma gerichtet, nachdem die Bediensteten sich abgewandt hatten.

Ich ließ mich neben meiner Mutter links und rechts meines Vaters nieder. Dass ich seit Jahren eine Art Schutz- und Schallmauer zwischen den beiden Elternteilen verkörperte, störte mich nicht mehr. Sie gingen seit geraumer Zeit getrennte Wege und machten nur während der Feiertage bei Oma auf glückliche Eheleute. Oma war darüber ahnungslos. Mein Vater war ihr Lieblingssohn, und er war der Meinung, sie würde es ihm nie verzeihen, nähme er das Wort Scheidung bloß in den Mund. »Weißt du«, hatte mein

Dad mir anvertraut, »Oma lebt nicht mehr so lange. Sie soll an ihrem Lebensabend nicht enttäuscht werden.« Dass sie vielleicht hundert Jahre alt werden würde, behielt ich für mich.

»So dann«, sagte Oma. »Ich wünsche euch allen ein wunderbares Christfest. Traditionsgemäß beginnen wir den Heiligabend mit einem ausgiebigen Frühstück. Das weckt die Lebensgeister.« Sie sah ihre Zwillingsurenkelinnen an, die still vor sich hin brüteten. Ich vermutete, ihnen hatte die gepanschte Ovomaltine nicht so gutgetan, wie Oma behauptet hatte. Noch immer befanden sie sich in einer Art Delirium. »Über den Mittag gibt's das traditionelle Schneemannbauen vor dem Haus. In der vergangenen Woche beschenkte uns Frau Holle im Überfluss. Wir haben also genug Material.«

»Es könnte noch mehr Schnee geben«, gab mein Dad zu bedenken. »Schon ziehen Wolken wieder auf.«

»Ach, Frank, den nehmen wir auch noch«, sagte Oma leichthin und griff nach einem Brötchen. »Schön, sind die Winter wieder richtige Winter, so wie früher, als man selbst im Unterland schlitteln konnte.« Sie seufzte ein wenig, als erinnerte sie sich an ihre eigene Kindheit. »Nach dem Aufenthalt im Freien werden wir die letzten Vorbereitungen für heute Abend treffen. Die Geschenke könnt ihr schon mal unter den Baum im Wohnzimmer legen. Ha, wenn es denn welche gibt.« Sie sah wiederum kurz zu ihren Urenkelinnen. »Das Mahl nehmen wir vor der Bescherung im Salon ein.«

Ich lächelte. Oma überließ nichts dem Zufall. Sie war eine perfekte, wenn auch chaotische Gastgeberin.

Ihr rotes Kleid gab Anlass für jedwede Bemerkung. Meine Mam fand es wegen der Knallfarbe übertrieben, und Tante Martina pflichtete ihr mit der Bemerkung, der viel zu tiefe Ausschnitt sei überdies eine Zumutung, ausnahmsweise bei. Ansonsten benahmen sich die beiden Frauen wie neidische Zicken. Keine gönnte der anderen ein wenig Glück.

Nach dem Frühstück, welches sich über zwei Stunden dahingezogen hatte, rief Arthur zum Schneemannbauen auf. Meine männliche Verwandtschaft dislozierte mit Schaufeln, Rechen und Eimern ausgerüstet nach draußen. Unter den fünf Familien samt Anhang galt es, den originellsten Schneemann zu bauen. Frauen und Mädchen bekamen den Auftrag für die Feinarbeit, was Oma so beschlossen hatte. Während zweier Stunden schippte man Schnee in die Eimer, trug diese zu den zugeteilten Plätzen und baute Unter- sowie Mittelteil und Kopf auf. Mit Schaufel, Rechen und Wasser wurden die Schneemänner in Form gebracht, Arme angesetzt und zuletzt die Utensilien angebracht. Da weder mein Dad noch meine Mam mit viel Phantasie gesegnet waren, hatte ich allein keine Lust, aus dem Schneehaufen ein Kunstwerk zu fertigen. Dass wir im Gegensatz zu Tante Barbara mit ihrem siebenköpfigen Anhang nur zu dritt waren, war noch nie zum Thema geworden, aber ein großer Nachteil. Ich war nicht bei der Sache und bestaunte lieber die fertigen Figuren der anderen. Oma befand, zusammen mit ihren drei Bediensteten, die Gruppe vier, die Familie von Onkel Oliver, habe den phantasievollsten Schneemann kreiert. Kein Wunder: Eigentlich hatten sie eine Schneefrau gefertigt, mit all ihren weiblichen Merkmalen. Typisch Mann, wieder einmal. Julie hatte gegen ihre drei Typen nichts auszurichten, und ich fand ihr Kunstwerk sexistisch.

Der Nachmittag zog sich dahin mit Schneeballschlachten, Glühweintrinken und Small Talk. Um vier Uhr war der Himmel bedeckt, und Wind kam auf. Was mit dem Morgenrot so schön begonnen hatte, endete mit dichten Flocken, die eine auberginefarbene Wand vor sich herschoben. Die Schneemänner verschwanden allmählich, auch die Schneefrau tauchte unter. Ab und zu blitzte ein Knopf, eine Karotte oder ein Taschentuch aus dem weißen Puder.

»Ich hab's ja gesagt.« Dad brüstete sich mit seiner Wettervorhersage, während Annika ihren Töchtern Alpha und Beta befahl, sich für das Weihnachtsessen bereit zu machen. »Zankt euch nicht beim Baden. Ich kenne euch. Letzthin hat K-I-1 K-I-2 fast ertränkt.«

»Für die, die es nicht wissen«, informierte Cousin Tobias. »K-I steht für ›K-i-nd‹, nicht dass jemand auf falsche Gedanken kommt.«

»Ich bin ganz deiner Meinung«, flachste Martina. »Künstlich sind sie bloß erzeugt worden, aber mit der Intelligenz ist es weit her.«

Immer diese Sticheleien. Ich hörte nicht mehr hin. Ich suchte Oma und fand sie nicht auf Anhieb. Weder war sie in ihren Gemächern noch im Wohnzimmer, weder in der Küche noch im Keller, wo ich sie bei der Wahl des Weins vermutete. Auf der Treppe ins Erdgeschoss begegnete mir Arthur.

»Gut, treffe ich Sie. Haben Sie zufällig meine Großmutter gesehen?« Mit Arthur war hier jedermann per Sie. Oma meinte, es zeuge von Anstand und Respekt, spreche man die Hausangestellten in der Höflichkeitsform an.

»Ach, Miss Anna.«

Miss. Ich lächelte. Arthur hatte halt auch so seine Eigenheiten.

»Vorher war sie im Salon und hat den Weihnachtsbaum und die vielen Geschenke begutachtet und sich wahrscheinlich ihre Gedanken gemacht. Mit Verlaub, es werden jährlich mehr. Unter uns gesagt, Madame Anthamatten regt sich immer über die Berge von Geschenkpapier auf.« Arthur machte mit den Händen eine ausschweifende Bewegung. »In meinem Alter muss man nicht mehr alles verstehen. Aber früher gingen wir sparsamer damit um und verwendeten das Papier ein Jahr darauf wieder.« Er hüstelte vor sich hin. »So, ich sollte nachschauen, ob draußen alles in Ordnung ist.«

Ich sah ihm nach. Seit letztem Jahr war er gebrechlicher geworden. Er ging gebeugter, und wenn er müde war, schlurfte er, als würde es ihn anstrengen, die Füße vom Boden zu heben. Er hatte seinen Stolz, was aber seine Körperhaltung widerlegte.

Ich ging in den Salon, der das Ausmaß eines Saales hatte. Darin standen fünf runde Tische mit je sechs Stühlen. Sie waren festlich aufgedeckt. Mit weißen Tischtüchern und fünfarmigen Kerzenleuchtern, Silberbesteck und erlesenem Porzellan sowie Kristallgläsern von seltener Eleganz. Vom fast drei Meter hohen Weihnachtsbaum ging ein besonderer Duft aus. Arthur hatte wegen der Geschenke übertrieben. So viele, wie er behauptete, waren es nicht. Im Gegensatz zu anderen Jahren sah man die geschmückte Tanne gut. Ich konnte mich gerade noch beherrschen, meine Nase nicht in die Geschenkanhänger zu stecken. Ich umrundete den Baum und schritt zu einem der großzügigen Sprossenfenster. Draußen schneite es stärker als zuvor. Dicke Schneeflocken wirbelten durch die Luft, und matt schimmerten kleine Lichtpunkte durch sie hindurch, als fiele ein Vorhang aus Gold auf die Erde.

Von Oma keine Spur. Vielleicht befand sie sich doch in ihrem Zimmer, hatte sich ein wenig zurückgezogen. In ihrem Alter war es legitim.

Aber ich kannte sie nicht von dieser Seite. Ich begab mich vom Salon zur Küche, wo Pierre mit den Vorbereitungen für das Dinner beschäftigt war. Es roch angenehm nach angebratenem Fleisch. Was immer der Koch kredenzte, die Vergangenheit hatte es gezeigt: Seine Menüs ließen keine Wünsche offen. Ich getraute mich fast nicht, ihn bei seiner Arbeit zu stören, wandte mich nach langem Überlegen trotzdem an ihn. Er rührte in der Pfanne. Ich sah ihm über die Schulter. »Oh, eine Sauce?«

Er sah kurz auf. »Anna, wie schön, dich zu sehen. Eine Rotweinreduktion, um die Fruchtnoten des Weins abzuschwächen.« Er lächelte mich an.« Was führt dich zu mir?« Pierre bekochte meine Oma, seit sie Witwe geworden war. Ich kannte ihn seit meinem dreizehnten Lebensjahr. Schon als Kind hatte ich mich zu ihm in die Küche geschlichen. Pierre hatte mich die Suppen schmecken lassen, die feinen Dessert-Cremen und süßen Kreationen, von Kuchen bis Pralinen. Bevor er ins Haus Winterstern gekommen war, hatte er in Fünf-Sterne-Hotels rund um die Welt gearbeitet. Ein körperliches Leiden hatte ihn zur Ruhe gezwungen. Der Job bei Oma war exakt auf ihn zugeschnitten. Frühstück, Mittag- und Abendessen waren keine große Herausforderung, und wenn mehrere Gäste erwartet wurden, ging ihm Elvira zur Hand. Das war im Dezember und über die Feiertage bis zum 1. Januar der Fall.

»Ich suche meine Oma.« Ich griff nach einem sauberen Teelöffel neben dem Herd und zeigte auf die Pfanne, in der der Sud köchelte. »Darf ich?«

»Vor etwa einer halben Stunde hat Madame Anthamatten das Gleiche gefragt.«

»Sie war hier?«

»Nur kurz.«

»Hat sie gesagt, wohin sie geht?« Ich tauchte den Löffel in den Sud.

»Nein, hat sie nicht. Aber sie trug ein Geschenk mit sich, wollte es vielleicht unter den Weihnachtsbaum legen.«

»Wie sah das Geschenk aus?« Ich sagte nicht, dass ich soeben aus dieser Richtung gekommen war. Oma hatte ich nicht angetroffen. Aber in einer halben Stunde konnte sie überall gewesen sein.

»Der Form zu urteilen nach war es eine rechteckige Schachtel.«

»Wie war sie?« Ich schöpfte ein wenig von der Reduktion auf den Löffel und kostete. »Hm … Sie haben sich wieder einmal übertroffen.«

»Oma?«

Ich nickte.

»Du fragst Sachen.« Pierre schmunzelte. »Schön, wenn es dir schmeckt … Madame Anthamatten schien gut gelaunt. Aber etwas anderes kennt man nicht von ihr. Sie ist meistens, wenn nicht immer, gut drauf.«

Gut gelaunt und zynisch, ging mir durch den Kopf. Oma behandelte ihr Hauspersonal besser als ihre Familienmitglieder. Das hatte natürlich einen Grund.

»Okay, ich lasse Sie dann wieder.« Ich warf einen Blick zu Elvira, die ein Kuchenblech in den Backofen schob. Ich hatte hier nichts mehr verloren. »Ich freue mich auf das Dinner«, sagte ich beim Verlassen der Küche, was nur Pierre mit einem Augenzwinkern quittierte.

Aus der Bibliothek, die sich neben dem Salon befand, erklang Klaviermusik. Ich folgte den Tönen und traf auf meine Cousine Laura und ihren Freund Tim. Sie saßen in trauter Zweisamkeit am Flügel und spielten vierhändig »Jingle Bells«. Ich sah ihnen an, wie verliebt sie waren. Einmal mehr erinnerte ich mich, Tim vor einem Jahr nicht gesehen zu haben. Laura war allein zum Fest angereist, nachdem sie sich von ihrem Langzeitfreund getrennt hatte.

»Wow, das ist wunderbar.« Ich schenkte Laura meine volle Aufmerksamkeit. »Ich wusste nicht, dass du Klavier spielst.«

»Ach, meine Liebe, das wusste ich vor einem Jahr auch nicht.« Sie nahm ihre Finger von den Tasten. »Tim hat es mir beigebracht, also nur dieses eine Stück. Wir üben noch ein wenig, damit wir es heute Abend Oma vortragen können.«

»Apropos: Weißt du zufällig, wo sie ist?«

»Keine Ahnung.« Laura sah auf ihre Armbanduhr. »Es ist halb sechs. Sie wird sich für ihren Auftritt bereit machen.« Sie wandte sich an Tim. »Großmutter ist eine große Nummer, wenn es darum geht, sich in Szene zu setzen.«

Tim erwiderte nichts. Es hätte mich gewundert. In den dreizehn Tagen seiner Anwesenheit war er noch immer ein Fremdkörper, was ihn der Rest der Familie unverblümt wissen ließ. Tim war anständig genug, sich im Hintergrund zu halten. Aber meistens verbrachte das frisch verliebte Paar seine Zeit auf dem Zimmer.

»Ich will euch weiter nicht stören«, sagte ich an Tim gewandt. Irgendwie tat mir der scheue Mann etwas leid. Vielleicht wunderte er sich gerade, worauf er sich mit unserer Familie eingelassen hatte.

Ich drehte mich zu der Tür um und erschrak. Arthur stand dort, kreideweiß im Gesicht und außer Atem.

»Arthur?« Ich ging auf ihn zu, nahm ihn beim Arm, spürte, wie er zitterte. »Ist Ihnen nicht gut?«

Er brachte kein Wort heraus.

»Was ist passiert?« Ich versuchte, an ihm vorbei in den Saal zu schauen, und bemerkte erst jetzt, Arthur trug seinen Wintermantel, die Haare waren nass und die Schuhe mit Schneeresten bedeckt, die sich in der Wärme auflösten und kleine Pfützen auf dem Parkettboden hinterließen. Kleine rote Pfützen. »Waren Sie draußen?«

Natürlich war er vor dem Haus gewesen. Seit zwei Stunden pfiff der Wind wieder um die Ecken und durch die undichten

Ritzen bei den Fensterrahmen. Der Schneesturm von vergangener Nacht war zurückgekehrt, er tobte schlimmer.

»Madame Anthamatten …« Arthurs Augen waren weit aufgerissen. In ihnen spiegelten sich Angst und Schrecken. »Sie liegt im Schnee.« Er wies in Richtung Entrée und Haupteingang. »Alles ist rot, alles ist voller Blut, und sie atmet nicht mehr.«

Laura und Tim schossen gleichzeitig von ihren Stühlen auf. »Tim, jetzt bist *du* dran.« Laura warf mir einen verstörten Blick zu. »Mein Verlobter ist Arzt am Unispital in Zürich. Das ist auch der Grund, weshalb er morgen wieder abreisen muss. Überall herrscht Personalmangel.«

Ich fand keine Zeit, Lauras Bemerkung zu hinterfragen. Ich lief an Arthur vorbei durch den Salon, wo Alpha und Beta die Geschenke gierig betrachteten und die Welt um sich vergessen hatten. Ich rannte durch das Entrée, riss die Tür auf den Vorplatz bis zum Anschlag auf und wurde augenblicklich von einer Böe erfasst. Es stellte mir fast den Schnauf ab. Millionen von Eiskristallen schleuderten auf mein Gesicht.

Der Schein der Laterne unterhalb der zwei Stufen, die zum Eingang führten, kämpfte gegen eine Wand von Schneeflocken und verkümmerte mit jedem Meter mehr, den ich durch den Schnee stakste. An der Grenze zur Dunkelheit erkannte ich schemenhaft meine Mam und Onkel Oliver. Sie beugten sich über einen Körper, den ich aufgrund des Niederschlags nicht gleich erkannte.

Ich spürte Mams Blick auf mir. Ich ging in die Knie, stieß Mam zur Seite. »Was ist geschehen?«

Mam schluchzte auf, derweil Onkel Oliver versuchte, mich von ihr wegzuzerren.

»Lass mich los!«, schrie ich ihn an und betastete den leblosen Körper im Schnee. »Hat jemand eine Taschenlampe?« Ich war verzweifelt.

Laura erreichte uns mit ihrem Handy. Sie hatte die Lampe eingeschaltet, leuchtete jetzt an meiner Mam vorbei auf den Boden, wobei das ganze Ausmaß des Dramas ersichtlich wurde.

Da lag sie, Oma, wie ein Embryo mit angezogenen Beinen und dicht an sich herangedrückten Armen. Neben ihrem Kopf sickerte Blut in den Schnee, die Menge vermochte ich wegen der grotesken Lage nicht zu sehen. Ich ergriff ihre eine Hand. Sie war eiskalt.

Tim kniete an meine Seite, bemerkte wohl das Gleiche wie ich, fuhr mit dem Finger an Omas Hals, ertastete ihren Puls. »Da ist keiner mehr«, flüsterte er.

Ich sackte vornüber. Ich spürte die Kälte des Schnees. Mein Hals verengte sich, und ich bekam kaum Luft. Alles, was sich in meinem Magen befand, drängte nach außen. Ich schaffte es gerade noch, mich zu erheben und zwei Schritte zur Seite zu treten, bevor ich mich übergab.

Meine Großmutter, Clothilde Anthamatten von Winterstern, war tot.

23. Dezember

Wolfgang und der letzte Zug aus Zermatt

Wolfgang Meier schaffte es mit Müh und Not, vom Trittbrett des Zugs über den Bahnsteig zu waten. Nach jedem Schritt fiel er einen halben zurück und fluchte. Er war demoralisiert. Schnee und Sturm verunmöglichten ein zügiges Vorwärtskommen. Zu allem Übel hatte der Zug abrupt anhalten müssen, weil eine entwurzelte umgestürzte Tanne die Gleise unmittelbar bei der Station Riffelalp blockierte. Wer weiterreisen wollte, musste zwangsläufig den Zug verlassen. Die späten Gäste standen dicht gedrängt unter dem Dach der Station und warteten auf einen Ersatztransport. Der direkte Weg von der Station Riffelalp zu den Hotels und weiter zum Haus Winterstern verschwand unter einer Unmenge von Schnee. Drei Motorschlitten standen bereit, zu wenige, um alle Gäste auf einmal zu den Unterkünften zu führen.

Wolfgang klemmte den Koffer zwischen die Beine, krempelte den Kragen an seinem Mantel hoch und hauchte in die vor Kälte klammen Hände. Die Schneeflocken in seinem Haar lösten sich auf und rannen über das Gesicht. Himmel, warum musste seine Schwester auch so abgelegen wohnen? Bis zum Resort Riffelalp würde man ihn mit einem Ski-Doo mitnehmen können, hatte ein Bahnbegleiter gesagt, weiter müsse er zu Fuß gehen oder im Hotel übernachten. Da das Hotel jedoch wissentlich ausgebucht und kein freies Bett mehr übrig sei, müsse er sehen, wie er die Nacht verbringe.

In den letzten Jahren hatte es in keinem Winter so viel Schnee auf einmal gegeben wie heuer. Das Wetter spielte verrückt. Am Morgen war eine Lawine niedergegangen und hatte Teile der Strecke zwischen Randa und Zermatt verschüttet. Am Mittag hatte Wolfgang einen befreundeten Skilehrer bestellt, der ihn, in seinem Jeep mit Schneeketten, bis Zermatt brachte. Auf die

Gornergratbahn hatte er in der Folge vier Stunden warten müssen. Ach, wäre er doch nur zu Hause geblieben. Mit seinen achtzig Jahren war er nicht mehr so agil wie früher. Aber das verstand seine Schwester nicht. Clothilde war zwei Jahre älter als er und in der Reihe zuvorderst gestanden, als der liebe Gott die Energien verteilt hatte. Energien, die Wolfgang in seinem ganzen bisherigen Leben nie besessen hatte. Bereits als kleines Mädchen hatte Clothilde die Marschrichtung angegeben und ihren jüngeren Bruder wann immer möglich zur Schnecke gemacht.

»Sind Sie Herr Meier?«, fragte jemand neben ihm. Ein mit einer Daunenjacke ausgerüsteter Mann stupste ihn am Arm.

»Wer will das wissen?« Eigentlich war es Wolfgang egal. Hauptsache, er kam noch vor dem Eindunkeln zum Haus Winterstern. Vor ihm stand Clothildes Lakai. »Ach, Butler Arthur. Fast hätte ich Sie nicht wiedererkannt.« Er reichte ihm die halb verfrorene Hand zum Gruß. »Sie schickt der Himmel.« Er räusperte sich. »Oder meine Schwester?«

Arthur schüttelte Schnee von der Kapuze und überging die Frage geflissentlich. »Ich bin mit dem Pferdeschlitten hier. Ich musste den Weg über das offene Gelände nehmen. Die Lage gestaltet sich äußerst prekär. Wir müssen uns beeilen. Die Lawinengefahr nimmt stündlich zu. Haben Sie viel Gepäck?«

»Den Ballast hier.« Wolfgang bückte sich und nahm einen altertümlichen Stoffkoffer mit Beschlägen auf. Diesen besaß er seit seinen Jugendjahren. Logos aus aller Herren Länder klebten auf dem Deckel. »Wo steht Ihr Schlitten?«

»Dort drüben neben der Ausschilderung. Bis zum Hotel Riffelalp nehme ich noch vier andere Gäste mit. Ich hoffe, es macht Ihnen nichts aus.«

»Oh nein. Ich bin froh, wenn ich möglichst bald ans Ziel gelange; wie, ist mir so was von wurscht.« Wolfgang schleppte den Koffer über einen Platz, den man ob des vielen Schnees nicht mehr wirklich sah. Vor ihm tauchten zwei Pferde mit Scheuklappen auf. Dahinter zeichnete sich der Schlitten ab. Der Wind brauste ihm um die Ohren. Es war bitterkalt. »Darf ich mich auf den Bock setzen?«

»Nur zu, wenn Ihnen die Kälte nichts ausmacht.« Arthur wuchtete den Koffer neben die Sitzfläche. »Eine Wolldecke liegt bereit. Packen Sie sich warm ein. Wir werden durch die Hölle fahren.«

Daran zweifelte Wolfgang keinen Moment. Seit er aus dem Zug gestiegen war, schien der Sturm zugenommen zu haben. Die Schneeflocken fühlten sich wie Geschosse an, die gegen sein Gesicht peitschten. Er brauchte zwei Anläufe, bis er auf dem Schlitten und dem Sitz war. Er wickelte sich in die Wolldecke ein. Der Stationsunterstand versank in einem diesigen Licht, der Himmel über ihm war verschwunden.

Minuten verstrichen, ehe sich Arthur neben Wolfgang setzte und die Zügel in die Hand nahm. »Wir fahren, bevor die Schneemobile unterwegs sind. Wir müssen uns beeilen.«

Wolfgang sah nach hinten, wo die vier Mitfahrer sich in Schaffelle gekuschelt hatten. Auf ihren Gesichtern zeichnete sich pures Entsetzen ab. Wolfgang winkte ihnen zu und versuchte, ihnen durch eine lockere Geste die Angst zu nehmen. Dabei fürchtete er sich selbst am allermeisten. Als sich der Schlitten in Bewegung setzte, schloss er einen Moment die Augen und harrte der Dinge. Schlimmer konnte es nicht werden. Er hatte sein Schicksal in Arthurs Hände gelegt.

»Wie schaffen es die Pferde, den Weg durch den Schneesturm zu finden«, fragte er, »wenn die Bahn es nicht mal mehr bewerkstelligt?«

»Auf die Pferde ist Verlass«, sagte Arthur und zwickte mit der Longierpeitsche auf deren Rücken. »Hüa-hü! Der Weg hierher bedurfte größter Aufmerksamkeit. Wenn der Schlitten zu schnell ist, rutscht er ab. Das war auch der Grund, weshalb ich nicht früher da sein konnte.«

Die Kufen glitten durch und über den Schnee, während der Wind ununterbrochen Schneeflocken vom Himmel spie. Wolfgang folgte mit seinem Blick der schmalen Straße, die ins Nirgendwo führte. Die Sicht auf die Bäume nahm ab. Die Laternen am Rand wiesen als einzige Orientierungshilfe den Pfad. »Wie geht es meiner Schwester?«

»Sie kann es kaum erwarten, bis der Letzte ihrer Gäste im Haus Winterstern eintrifft.«

Das war nicht die Antwort auf seine Frage. »Bin ich der Letzte?«

»Ja.« Arthur sah zu ihm herüber. »Den Letzten beißen die Hunde.«

Wolfgang nickte ein. Er hatte die Kapuze mit dem Pelz bis über die Stirn gezogen. Er träumte von weißen Sandstränden und Sonnenuntergängen am Meer. Die Reise von Montreux bis Zermatt hatte ihn ermüdet.

Nach einem heftigen Ruck war er hellwach. »Was war das?«

»Keine Bange, wahrscheinlich ein Stein. Von denen gibt es hier einige, unter dem Schnee sieht man sie nicht.« Arthur knurrte etwas vor sich hin.

Wolfgang glaubte, ihm seine Konzentration anzusehen. Er wies den Hang nach oben, ohne konkret etwas auszumachen. »Sind die Schneefahrzeuge nicht unterwegs?«

»Sie meinen die Pistenbullys?« Er wartete eine Erwiderung nicht ab. »Diese sind weiter oben im Einsatz.«

»Wäre etwas sicherer, wenn die Gäste damit transportiert würden.« Wolfgang war angst und bang.

»Nichts gegen unsere Pferde. Zudem ist der Weg zu schmal.«

Der Schlitten wurde langsamer. Sie erreichten das Chaletdorf Riffelalp, welches mit Tausenden von Lämpchen weihnachtlich geschmückt war. Zwei ebenso beleuchtete Tannen verschwanden fast gänzlich im Schnee. Arthur brachte den Schlitten zum Stehen, arretierte die Bremse, stieg vom Bock und half den Hotelgästen auf den Boden. Bis Leute und Gepäck abgeladen waren, dauerte es einige Minuten, in denen Wolfgang zunehmend nervöser wurde. Noch mussten Pferde und Schlitten an den abgelegenen Ort gelangen. Langsam zweifelte Wolfgang an der Machbarkeit. Er schloss wieder die Augen und versuchte zu schlafen.

Vage nahm er Arthurs Rückkehr auf den Schlitten wahr, sein lautes »Hüa-hü«, den Laut der Peitsche und das Dröhnen des Sturms. Es gab Situationen, da musste man sich den Gegebenheiten anpassen. »Es kommt, wie's kommt«, hätte Clothilde gesagt.

Sie passierten offenes Gelände. Die Pferde stapften schnaufend durch den Schnee, während es den Schlitten Richtung Abhang zog. »In vergangener Nacht ging eine Lawine nieder«, sagte Arthur schwer atmend. »Es ist fast ausgeschlossen, dass innerhalb von zwanzig Stunden eine zweite runterkommt. Doch Ausnahmen bestätigen die Regel.«

Wolfgang musste sich anstrengen, um etwas zu sehen. Noch immer wirbelten Schneeflocken durch die Luft. Durch den dichten weißen Vorhang zeichneten sich die mit Lämpchen versehenen Umrisse des Herrschaftshauses Winterstern ab. Den alten Kasten hatte Wolfgang nie gemocht. Zu protzig, zu kalt, irgendwie auch zu unpersönlich. Er zog romantische Chalets dem Luxus hier vor. Aber er hatte Clothilde nicht enttäuschen wollen und war im letzten Moment ihrer Einladung gefolgt. Geschwisterliebe musste man pflegen.

Der Schneesturm verwandelte die Landschaft um das Haus wie in ein gespenstisches Gemälde. Clothilde stand mit Anna beim Eingang. Wolfgang atmete auf. Wie durch ein Wunder hatte Arthur ihn als den letzten Gast des Abends hierhergefahren, bei diesem Wetter eine wahre Leistung.

»Brr!« Der Schlitten kam zum Stehen, die Pferde hoben und senkten ihre Köpfe, schnaubten Nebel in die Luft. »Eine Stunde später«, sagte Arthur, »und wir wären von der Riffelalp nicht mehr hierhergelangt. Gütiger Gott, was für ein Wintersturm. Die Schienen sind nach der Bahnstation nicht mehr befahrbar.«

Clothilde kämpfte sich gegen die Schneewand und die Böen auf den Schlitten zu. »Willkommen, mein liebes Bruderherz. Ich bin froh, hast du es auch in diesem Jahr zu mir geschafft.« Sie streckte ihre Arme aus und empfing ihn herzlich, fiel ihm um den Hals und küsste ihn auf die Wangen. »Somit wären wir komplett.«

Anna grüßte ihn, trug seinen Koffer ins Haus, stellte ihn neben der Treppe zum oberen Stockwerk ab und musterte ihn schweigend.

Clothilde dagegen sprach aus, was sie dachte. »Seit dem letzten Jahr hast du dich kaum verändert. Du bist der verbitterte Alte geblieben.« Sie lächelte dabei. »Deine Art ist nicht greifbar, du bist ein Globetrotter, ein Mann, der von der Hand in den Mund lebt. Aus dem Reichtum hast du dir nie etwas gemacht, oder du hast es mich nicht wissen lassen.«

Wolfgang musste sich zusammenreißen, um seiner Schwester gegenüber nicht ausfällig zu werden. Ihr Zynismus in Ehren, aber manchmal ging sie zu weit. »Als ich jung war, habe ich meine Brötchen als Handlanger verdient, mal einen Job da, mal eine minderwertige Arbeit dort. Ich habe angepackt, wo andere sich weigerten. Hoch hinausgekommen bin ich nicht. Ja, das kannst du mir vorwerfen. Ich bin aber in Südamerika gewesen, in Guatemala, in Kanada und auf Spitzbergen, habe dort mit den Einheimischen gelebt, während du kaum über den Horizont geschaut hast.«

Clothilde lachte. »Und du hast dich in Russland verliebt, verlobt, aber nicht geheiratet.«

»Ich bin mit der Schwester meiner Lebenspartnerin getürmt.« Ob er Kinder hinterlassen hatte, war ihm nicht bekannt, er konnte es sich aber durchwegs vorstellen.

»Unsere Verwandten befinden sich alle im Salon«, sagte Clothilde. »Wir wollten gerade essen. Das Zimmer muss ich dir nicht zeigen. Du weißt, wo du schläfst.«

Er nickte schweigend. *Sein* Zimmer. Wie immer war seine Schwester konsequent. Es lag gegen Südosten und beglückte ihn jeweils mit unvergesslichen Sonnenaufgängen.

Anna öffnete die Tür zum Salon. Aller Augen waren auf Wolfgang gerichtet. »Das ist Wolfgang«, sagte sie. »Vorstellen muss ich ihn euch nicht. Viele unter euch kennen ihn länger als ich.« Sie führte ihn zum Tisch, und er fühlte sich zum ersten Mal an diesem Tag geschmeichelt. Er nahm neben Jonas Platz.

»Sei nett zu ihm«, sagte Anna zu ihrem Cousin, dass auch Wolfgang es hörte.

Jonas sah sie verächtlich an. »Ob er weiß, dass er einmal erben wird?«

»Was soll denn diese Bemerkung, Jonas?« Anna zwang sich zu einem Lächeln, weil sie Wolfgangs Blick auf sich spürte.

»Ach, nichts.« Jonas boxte ihn in die Seite. »Hey, Wolfgang, auf einen schönen Abend. War nicht so gemeint. Du weißt, Sarkasmus liegt in der Familie.«

Auf den Tischen standen Caquelons und jede Menge Gemüse, Dips und Platten voll rohem, zart geschnittenem Fleisch. Clothilde hatte zum traditionellen Fondue chinoise geladen, damit auch ihr Personal mitessen und mitfeiern konnte. Das Mise en Place hatte man Stunden vorher gemacht.

Die Stimmung war ausgelassen, mit den üblichen Diskussionen, was bei einer achtundzwanzigköpfigen Gesellschaft nicht zu vermeiden war. Wolfgang kam seine Schwerhörigkeit zugute. Er widmete sich den kulinarischen Köstlichkeiten, trank über den Durst viel Wein und blendete alles aus, was um ihn herum geschah. Ja, ja, dachte er, die Letzten werden die Ersten sein.

Heiligabend

im Haus Winterstern

Mittlerweile hatte sich die ganze Verwandtschaft um die tote Oma versammelt. Jedermann glotzte, niemand getraute sich, etwas zu sagen. Meine Familie war in Schock und Eis erstarrt. Lediglich Tim schien klar denken zu können. Er schlug vor, Oma ins Haus zu bringen und dort aufzubahren. Er fungierte als Arzt, bekam erst jetzt die Aufmerksamkeit, die ihm seit seiner Ankunft zugestanden hätte. Tim, der bis heute von niemandem richtig wahrgenommen worden war, stand plötzlich im Mittelpunkt. Er würde die Fragen beantworten und alles erklären können. Hoffte man.

»Woran ist sie denn gestorben?« Tante Martina hatte sich ein wenig gefasst. Sie wischte sich die Tränen aus dem Gesicht, wobei der schwarze Kajal zerfloss und sie wie eine Eule aussehen ließ.

»Das kann ich im Moment nicht sagen.« Tim sah in die Runde. »Es könnte ein Schlaganfall gewesen sein, ein Herzinfarkt, oder sie ist unglücklich gestürzt, liegen geblieben und verfroren. Mich irritiert im Moment das viele Blut. Am besten, wir bringen ihren Körper ins Haus.«

»Stopp«, fuhr ich Tim an. »Was, wenn sie umgebracht wurde?«

»Du glaubst, da hat jemand nachgeholfen?« Tim sah mich konsterniert an, während Schneeflocken auf sein Gesicht rieselten und an seinem Dreitagebart hängen blieben.

»Seht ihr das Blut im Schnee?« Ich wies auf die dunklen Flecke, war mir nicht sicher, ob es sich dabei um Blut handelte oder Oma womöglich etwas ausgeleert hatte.

»... so weiß wie Schnee, so rot wie Blut und so schwarz wie Ebenholz«, zitierte Fidelio den magischen Spiegel aus dem Märchen »Schneewittchen« der Gebrüder Grimm.

»Untersteh dich«, fauchte Tante Martina. »Wie kannst du über den Hinschied meiner Mutter Witze reißen?«

Ein Raunen ging durch die Anwesenden. Man sah zuerst Fidelio, dann mich an, als erwartete man von mir eine Bemerkung.

»Vielleicht waren es Außerirdische«, fuhr Fidelio unbekümmert fort, »welche die Erdbewohner mit einer grotesken Tat aus dem Gleichgewicht bringen. Es hat im Augenblick die gleiche Wirkung wie ein intergalaktisches Ereignis, als würde der Mond aus der Umlaufbahn des blauen Planeten geschleudert.«

»Erfunden?«, fragte Tante Evamarie.

»Soeben gedichtet.« Fidelio griff sich in die Haare und wuschelte sie durcheinander.

Ich sah zum Himmel, der nirgends war, und ließ einen Gedankenblitz in mir nachwirken. Aus Fidelio war ich noch nie schlau geworden. Mir lag alles schwer auf. Fidelios Bemerkung ebenso wie Tims Feststellung. Er wolle den »Körper« ins Haus bringen. Tim hatte nicht »Clothilde« gesagt. Für ihn war sie bereits zu einem seelenlosen Wesen geworden, nichts als eine Hülle.

»Dann muss die Polizei her«, schlug mein Dad vor. »Und bringt um Gottes willen die Zwillinge sowie Vanessa und Niklas von hier weg. Sie sollen meinetwegen in ihre Handys starren, lieber darauf als auf unsere tote Mutter.«

»Kein Netz«, bemerkte Fidelio. Er und Evamarie hielten sich eng aneinandergedrängt, versuchten, das Unfassbare auf ihre Weise zu bewältigen. Der Schock hatte sie offensichtlich einander wieder nähergebracht. Oder sie spielten uns etwas vor.

»Mein Smartphone ist auch aus«, sagte Tante Barbara. Konsterniert wandte sie sich an meinen Dad. »Im Internet werden oft grausamere Szenen gezeigt. Mutters Tod ist dagegen harmlos.«

Ich verstand ihre wirre Bemerkung nicht.

»Im Haus gibt es Telefon«, sagte Tante Martina.

Kaum verlautbart, rannte ihr Mann Thomas zurück zum Eingang, offenbar froh, dem Drama hier für kurze Zeit zu entkommen.

Allmählich kam wieder Leben in die Gesellschaft. Nachdem die erste Bestürzung überwunden war, begannen die Spekulationen. Man entsann sich der letzten Stunde, wer wann wo gewesen und wem Oma kurz vor ihrem Verschwinden begegnet war. Meine

Erinnerungen hielten sich in Grenzen. Den ganzen Tag schon war so viel los gewesen; ich vermochte die Bilder nicht richtig zuzuordnen. Wie üblich hatten die Jugendlichen für Unruhe gesorgt. So, wie ich Oma kannte, war sie dem Tumult ausgewichen und hatte sich in ihre Gemächer zurückgezogen. Klar, in ihrem Zimmer hatte ich nur kurz nachgesehen. Aber irgendetwas musste sie nach draußen geführt haben. Nur was?

Und wie sie dalag, zusammengerollt wie ein Embryo oder jemand, der sich vor Kälte schützen will. Weil sie nicht mehr imstande gewesen war, sich aufzurichten? War die Vermutung, sie sei gestürzt und habe sich verletzt, so abwegig? Aber woher kam das viele Blut? Wo konnte sie sich so fest angeschlagen haben, um vielleicht das Bewusstsein zu verlieren? Und wie hatte sie es geschafft, verletzt auf diesen Platz zu kommen? Ich sah weder einen Stein, an dem sie sich gestoßen haben könnte, noch eine scharfe Kante, die im Schnee verborgen lag. Ich erkannte aber auch keine Blutspur, die vom Haus zu Omas Körper führte, bloß vom Leichnam weg ein paar Blutspritzer, die von Arthur stammen mussten. Seltsam war das. Sehr absonderlich.

Ununterbrochen fielen die Flocken aus dem dunkelgrauen Himmel. Die Laternen beim Eingang schimmerten schwach, wiesen halbwegs den Pfad zurück. Die Weihnachtslämpchen versprühten etwas Festliches, was mit Omas Tod an Wirkung verlor.

Thomas eilte herbei. »Das Telefon im Haus funktioniert auch nicht. Es scheint, als hätte der Wintersturm das gesamte Telefonnetz lahmgelegt.«

22. Dezember

Martina und das Feuer im Salon

»Es ist zum Verzweifeln.« Martina machte sich lauthals Luft. »Wegen des vielen Schnees können wir nicht einmal auf die Skipiste. Überall herrscht Lawinengefahr.« Sie griff nach der Kaffeetasse und führte sie zum Mund. Der Kaffee schmeckte bitter und war so dünn wie Abwaschwasser. Wann wollte Mutter sich endlich eine neue Maschine anschaffen? Vor Jahren hatte sie schon davon gesprochen. Aber sie trank mit wenigen Ausnahmen – nebst Alkohol – nur Tee. Ihr Küchenschrank war voll davon.

Das Frühstück an diesem Morgen zog sich dahin. Martina war der Meute schon jetzt überdrüssig, die sich um den Tisch versammelt hatte. Sie hoffte, die Tage und Nächte würden schnell vorübergehen und sie könnte zurück in die Stadt fahren. Wie sie diese Berge hasste.

»Nicht überall«, hielt ihr Mann Thomas dagegen. »Am Gornergrat muss es traumhaft sein. Aber ich kenne deine Bedenken. Wer so schlecht auf den Skiern steht wie du, hat in einem schneereichen Winter wie diesem immer etwas zu meckern. Zudem, das soll hier auch mal gesagt sein, können wir uns einen Skitag nicht leisten.«

Mutter wechselte zwischen ihr und Thomas einen strengen Blick. »Als gäbe es nichts anderes als Ski fahren. Man kann auch spazieren gehen. Allein die frische, unbelastete Höhenluft macht gute Laune.«

Sie bekam von Barbara und Julie gleichzeitig Zustimmung.

»Ach, Mutter, immer die gleiche Leier.« Martina war nicht wegen des Skifahrens hierhergereist. Thomas hatte recht mit seiner Bemerkung. Wer sollte das bezahlen? »Ich bin froh, sind wir erst gestern angekommen. Länger als drei, vier Tage halte ich es auf dieser Alp nicht aus. Letzte Woche waren wir am Weihnachtsmarkt in Riquewihr. Am liebsten wäre ich im Elsass geblieben.

Aber du wolltest ja unbedingt, dass wir wieder alle zusammen sind. Mutter, seit Jahren geht das nun so, als könnte man anderswo nicht auch Weihnachten feiern. Zum Beispiel könntest du wieder einmal ins Unterland kommen.«

»Nein, mir gefällt es hier. Und ich halte an dieser Tradition fest. Zudem«, sie verzog ihren Mund zu einer Schnute, »sei bitte ehrlich. Ich weiß doch, wie ungern du dir etwas entgehen lässt und weshalb du trotz deiner Einwände hierherkommst.«

»Lass ihr doch die Freude, Martina«, intervenierte Barbara, als spürte sie, etwas Unangenehmes könnte sich anbahnen. »Ich liebe diese Tradition auch, und wahrscheinlich bin ich nicht die Einzige hier.« Sie sah in die Runde, wartete offensichtlich auf eine Bestätigung. Mit Ausnahme von Anna wollte niemand Stellung beziehen. Anna. Ha, Mutter hatte sie zu ihrer Lieblingsenkelin erkoren. Traurig genug, dass ihre Tochter Stephanie kaum Beachtung fand. Im Gegenteil, Mutter hatte sie unlängst »Trampel« genannt.

Martina sah zu ihrer Mutter. Sie sah trotz ihres Alters umwerfend aus. Wie machte sie das bloß? Martina hatte vor einem Monat den sechzigsten Geburtstag gefeiert und fühlte sich schon jetzt alt und verbraucht. Sie hatte einfach keine Energie mehr. Der Spiegel warf ihr die Vergänglichkeit entgegen. Es gab Tage, da konnte sie sich nicht anschauen. Wenn sie ihre Tochter betrachtete, stieß es ihr manchmal übel auf. Auch Stephanie hatte etwas Phlegmatisches an sich und war ein bisschen übergewichtig, also mehr als ein bisschen. Sie kam ganz nach ihrem leiblichen Vater, den Mutter vor siebenundzwanzig Jahren verlassen hatte, um sich Maxim Anthamatten von Winterstern an den Hals zu werfen. Seither schwamm sie im Geld. Mit Ausnahme der jährlichen Einladung auf ihr »Schloss« war sie geizig. Nie, aber auch gar nie ließ sie etwas von ihrem Reichtum auf die Konten ihrer Kinder überweisen. Dabei hätten es alle nötig gehabt. So machte man an jedem Weihnachten auf Nettigkeit, »Hihi« und »Haha«, in der Hoffnung, man würde angemessen im Testament bedacht und … Mutter würde bald das Zeitliche segnen.

Martina pflegte mit ihrem leiblichen Vater regen Kontakt. Ihr hatte er nichts zuleide getan, aber er hatte ihr leidgetan, als Mutter ihn abgeschoben hatte. Vater lebte bescheiden in einer Altbauwohnung inmitten der Stadt Bern. Bis zu seiner Pensionierung hatte er bei der Post gearbeitet und nach fünfundsechzig keine Hobbys gehabt. Martina warf ihrer Mutter wiederholt einen verstohlenen Blick zu. Ihre Gefühle ihr gegenüber waren einem steten Wandel unterworfen. Martina bewunderte und verabscheute, liebte und hasste sie, hätte sie drücken und gleichzeitig zerdrücken und zerstückeln können. Mutter verkörperte all das, was Martina auch in ihrem Leben gern getan hätte, sich der Lebenslust hingeben und nur das tun, was wirklich Spaß machte. Aber dazu brauchte man den nötigen finanziellen Rückhalt, den weder sie noch ihr Mann Thomas hatten. Thomas war ein Schlappschwanz, hatte es mit Müh und Not zum Busfahrer gebracht und sich trotz der regelmäßigen Arbeitszeiten überfordert gefühlt. Bis sechzig war er tagein, tagaus Linienbusse gefahren. Danach hatte er fünf Jahre lang bis zu seiner Pensionierung Reisecars gelenkt und mit Rentnern Fahrten ins Blaue unternommen, verbunden mit Werbungen von Matratzen-, Teppich- und Kaffeemaschinenverkäufen. Immerhin hatte er Provisionen kassiert. Aber diese reichten nicht einmal aus, um Ferien in Spanien zu machen.

Das Leben war ungerecht. Martina hätte sich liebend gern einmal eine Kosmetikerin geleistet. Das war der Dank, für Tochter Stephanie immer da gewesen zu sein. Sie war Hausfrau und Mutter gewesen und war dafür bestraft worden. Oft dachte sie, wie ungerecht es sei, dass sie in Armut leben musste, während ihre Mutter den Zaster mit vollen Händen ausgab. Die Gefühle zwischen ihr und Thomas waren in den letzten Jahren immer mehr erkaltet. Martina hatte sich sogar die Scheidung von ihm gewünscht. Aber das war ihm in den falschen Hals geraten. Möglicherweise spekulierte er auf Mutters Hinterlassenschaft, sollte diese denn einmal von dieser Welt gehen. Auch wenn das Erbe durch fünf Kinder geteilt würde, sprang für jedes von ihnen ein happiges Sümmchen ab. Allein das Anwesen Winterstern war mehrere Millionen Schweizer Franken wert.

Martina betrachtete ihre langen lackierten Fingernägel, an

denen sie über eine Stunde gefeilt hatte, und schnüffelte. »Riecht ihr das auch?« Ein schwacher Brandgeruch streifte ihre Nase. »Komisch, hat Butler Arthur Feuer im Kamin gemacht?«

Mutter sah auf. Über ihr Kinn sickerte ein Rinnsal, wahrscheinlich Tee, und Martina dachte, dass auch sie – endlich – alt wurde. »Du hast recht, ich rieche es auch. Arthur!« Mutter hob ihre Stimme. »Arthur!«

Arthur stolperte in die Wohnküche. »Madame Anthamatten, zu Ihren Diensten.«

Lächerlich, dieser Kammerdiener, er hatte sich im Jahrtausend vertan, hätte besser in die Belle Époque gepasst. Man sah ihn nie ohne weiße Handschuhe, außer er gab sich im Stall mit den Pferden ab, die ein junger Mann aus Zermatt sporadisch hegte und pflegte, für einen Lohn, den nicht einmal Thomas fürs Busfahren bekommen hatte.

»Haben Sie den Kamin eingeheizt?«, fragte Mutter.

»Das Cheminée? Selbstverständlich, aber das war um sechs Uhr in der Früh. Wie immer«, schob er nach.

»Es brenzelt«, fand nun auch Anna, die ihr Spitznäschen in die Luft hielt. Anna, die ihre Nase eigentlich überall reinstecken musste, seit sie von Mutter als »Gesellschafterin« auserkoren worden war. Wie absurd. Als wären ihre Verwandten nicht Bespaßung genug. Anna war eine Erbschleicherin, dachte wohl, Mutter habe sie im Testament bevorzugt. Martina würde ihr auf die Finger schauen müssen.

Die Zwillinge Alpha und Beta rannten aus dem Salon herein. »Der Adventskranz brennt«, rief Beta. »Jannik hat ihn in Brand gesteckt.«

»Er hat nur herumpröbeln wollen«, verteidigte Alpha den Sechzehnjährigen.

»Jannik?« Mutter riss die Augen auf. »Himmel, was ist denn in den Jungen gefahren? Er ist zu alt für diesen Lausbubenstreich. Ist es so? Hat er den Adventskranz tatsächlich angezündet?«

Aus dem Salon qualmte es. Der Brand war nicht bloß Einbildung. Die Männer erhoben sich wie auf Kommando vom Frühstückstisch, gingen in den Raum nebenan, während die Frauen geistesgegenwärtig Kannen und Milchkrüge aus den Schränken holten, sie mit Wasser füllten und sich beeilten, in den Salon zu gehen.

Äste und Kerzen brannten bereits lichterloh. Verursacht durch die Zugluft, züngelten die Flammen Richtung Vorhänge. Das Tischtuch schmolz in der sengenden Hitze, und beißender Rauch entwickelte sich rasend.

Die Frauen gossen das Wasser auf den Brandherd.

»Da sieht man wieder einmal, wer logisch denkt«, frotzelte Martina. »Der Mann redet, die Frau handelt.« Sie leerte den zweiten Krug aus, darauf bedacht, ihren Wollpullover nicht zu verschmutzen. Sie hatte nur diesen.

»Das war schon immer so«, bestätigte Barbara. »Da könnte ich dir tausend Geschichten erzählen.«

Allmählich erlosch das Feuer, es zischte, und noch mehr Rauch stieg auf. Die Sicht im Salon glich der an einem nebligen Tag. Jemand riss die Fenster auf.

Barbara sagte: »Ralph zum Beispiel verspricht jeden Tag, mir im Haushalt zu helfen. Du weißt, ich arbeite siebzig Prozent in einer Arztpraxis. Ich kann ihm den Kehrichtsack neben die Tür stellen. Er stolpert lieber darüber, als dass er ihn nach draußen zur Tonne bringt. Wenn ich ihn darauf anspreche, macht er eine Polemik daraus. Wenn ich alles selbst erledige, geht es schneller. Ach, je älter sie werden, umso mühsamer.«

»Mein Kerl ist genau gleich.« Martina erinnerte sich, Thomas hatte sich mit Haushaltsdingen noch nie die Hände schmutzig gemacht. Jetzt war es zu spät für eine Umerziehung. »Wir haben sie verwöhnt.« Sie stöhnte auf. »Selbst schuld.«

Janniks Bruder Jonas hatte in der Zwischenzeit den Feuerlöscher aus dem Entrée geholt und versuchte, ihn in Betrieb zu nehmen. Aber da war das Feuer bereits gelöscht.

Auf und unter dem Tisch hatte sich eine stinkende Brühe aus Asche, Löschschaum, angesengten Tannennadeln und Wasser gebildet. Der wertvolle Perserteppich war dahin. Nicole nahm den Schlick mit Eimer und Putzlappen auf, derweil die Männer danebenstanden wie bestellt und nicht abgeholt.

»Himmel, das muss interessant sein«, fauchte Martina die Männer an. »Bewegt euch, anstatt zu glotzen. Das darf doch nicht wahr sein. Und du, Jannik, schäm dich! Ein Kindskopf bist du, ganz der Vater.« Sie ließ sich nicht zimperlich über ihren Bruder aus. »Der war als Kind nicht besser. Immer Blödsinn in der Birne.« Wieder wandte sie sich an Jannik. »Du bist ein Brandstifter, ist dir das klar? Das ist kriminell, was du veranstaltet hast. Dieses Haus hier«, sie machte eine ausschweifende Geste, »besteht zu neunzig Prozent aus Holz. In den Zwischenräumen lagert Zeitungspapier zur Isolation.«

»Dann wäre es langsam an der Zeit, wenn der Kasten brennen würde. Heiße Sanierung. Die Versicherung würde bezahlen.« Jannik kicherte vor sich hin. »Ist ja nichts passiert. Komm wieder runter, Tantchen. Aber in diesem Haus ist es kotzlangweilig. Nach draußen dürfen wir nicht. Es könnte eine Schneewechte vom Dach fallen und uns darunter begraben.«

»Der ganze Boden ist schmutzig, der Tisch ist angesengt, und im Raum stinkt es.« Martina grollte innerlich. Dieser Bengel hatte ihr nichts zu sagen. Sie würde mit ihrem Bruder Oliver ein ernstes Wort reden müssen.

»Wozu gibt es Elvira?« Jannik zog tief Luft ein und plusterte seine Wangen auf.

Mutter klatschte in die Hände. »Das darf doch alles nicht wahr sein. Bitte, Kinder …«

Anna versuchte, sie zu beruhigen. Anna, war klar. »Ist ja nichts geschehen. Die Tischplatte hat dem Feuer getrotzt, und alles andere kann man reinigen. Du solltest dich auf keinen Fall aufregen. Das tut dir nicht gut. Wir werden alles instand stellen, versprochen.« Anna sah zu Martina herüber.

Sie hätte ihr am liebsten den Hals umgedreht.

»Seit Tagen geht es hier wie in einem Bienenstock zu und her«, sagte Mutter an Anna gewandt. »Wenn Maxim das sähe, er würde sich im Grab umdrehen.« Sie seufzte. »Kannst du mir erklären, weshalb meine Tochter Martina so unglaublich schräg drauf ist?«

Martina schluckte den Ärger herunter. Was ging es Anna an, weshalb ihre Laune im Keller war?

»Tante Martina«, Anna lächelte, »ist voll okay.«

Arthur brachte einen späten Gast in den Salon. Gott sei Dank: Endlich war Oliver eingetroffen. Martina ließ ihre Mutter nicht aus den Augen, während Oliver seiner Frau Julie drei Küsse auf die Wangen schmatzte. Mutter sollte nur sehen, hier herrschte eitel Freude, hier war eine intakte Familienbande. Man liebte sich.

Martina wusste längst, Julie hatte sich in einen anderen verguckt. So etwas spürte man als Frau. Oliver war der Gehörnte. Ob er wusste, was hinter seinem Rücken geschah? Der Kerl hatte es wahrlich nicht leicht. Auch wenn er ihr Bruder war, blieben Mitleid und Bedauern für Martina Fremdwörter. Er sollte sich mal um seine Söhne kümmern.

Oliver sah für sein Alter passabel aus, wenn man Bierbäuche mochte. Er war zweiundfünfzig, viel zu alt für Julie, die in der Blüte ihres Lebens stand. Oliver hatte sich in den Jahren gehen lassen, aber das war bei den Imhofs nichts Außergewöhnliches. Verheiratet sein hieß für Mutters Kinder auf bequem schalten.

»Hat's hier gebrannt?« Oliver schnüffelte.

Mutter streckte beide Arme aus. »Ein kleines Feuerchen. Aber komm, mein Sohn. Jetzt sind alle meine Kinder da. Wir können mit den Feierlichkeiten beginnen.«

Heiligabend

im Haus Winterstern

»Wie es aussieht, können wir Madame Anthamatten nicht einmal zum Hotel Riffelalp bringen«, bedauerte Arthur. »Zu gefährlich mit dem Schlitten. Die Pferde hatten gestern schon Mühe. Einen Ski-Doo besitzen wir nicht, anfordern können wir wegen bekannter Gründe keinen.«

»Gibt es wenigstens ein Funkgerät in diesem Haus?«, fragte Tim, der als Einziger einen kühlen Kopf zu bewahren schien.

»Leider nein.« Arthur verwarf verzweifelt die Arme. »Ich hatte Madame oft darauf angesprochen, falls bei einem Worst Case alles ausfallen würde. Aber sie wollte es nicht wahrhaben. ›Arthur‹, hatte sie gesagt, ›die schneereichen Winter gehören der Vergangenheit an. Wir steuern auf eine Zwischeneiszeit zu, in der im Alpenraum Palmen wachsen.‹« Arthur wischte sich eine Träne ab. »So war sie, Madame Anthamatten. Sie hatte auch viel Humor.«

»Nun haben wir den Salat«, mischte sich meine Cousine Stephanie ins Gespräch, offenbar nur, um ihren Senf dazuzugeben. Sie trug, nicht gerade zu ihrem Vorteil, einen dunkelblauen Wollkasack, den ein Gurt um die Taille zusammenhielt. Wegen Heiligabend hatte sie ein paar Sterne daran geheftet.

Alexander und Dad brachten eine Massageliege herbei.

»Woher habt ihr diese?« Ich wunderte mich.

»Die stand im Keller«, erklärte Dad, »und stammt aus der Zeit, als sich Mutter einen Masseur geleistet hatte.«

»Sie hatte einen eigenen Masseur?« Evamarie, meine jüngste Tante, schien aus allen Wolken zu fallen. »Diese Liege«, ereiferte sie sich, »ist genau das, was ich schon lange suche.«

»Renk dich wieder ein«, sagte ihr Dauerverlobter Fidelio. Er half Alexander und meinem Dad, draußen neben der Toten die

Liege so zu platzieren, dass sie nicht umkippte. Das leichte Holzgestell mit dem Plastikpolster sah nicht allzu stabil aus. Zudem war es verstaubt. Graue Fäden wie Spinnennetze hingen von den Streben.

Tim forderte Thomas auf, ihm beim Tragen der Leiche zu helfen, worauf sich Thomas, etwas vor sich hinmurmelnd, aus der Verantwortung zog.

»Ich mache das«, meldete sich Dad. »Sie ist schließlich meine Mutter.«

»War«, feixte Tante Martina. »Falls du es noch nicht bemerkt haben solltest, unsere Mutter ist soeben gestorben … und das an Heiligabend.« Ein Weinkrampf war die Folge, wobei ich mir nicht sicher war, ob dieser nicht bloß gespielt war. Ich traute meiner Tante nicht.

Gemeinsam wollten sie den toten Körper auf die Massageliege hieven, was sich bei der bereits einsetzenden Leichenstarre als schwierig erwies. Ich befürchtete, Oma könnte wegen der eisigen Temperaturen auch erfroren sein. Tim bestätigte meine Vermutung, während er versuchte, den in der Embryonalstellung erstarrten Körper und die Extremitäten zu strecken, was ihm nicht gelang. Letztlich bemühten sich vier Männer um die Umbettung.

»Wohin damit?«, fragte Dad.

Ich wunderte mich über seine schroffe Äußerung, was ich seinem Entsetzen zuschrieb. Wahrscheinlich hatte er Omas Tod noch nicht richtig realisiert. Martina und Barbara dagegen lagen sich jetzt in den Armen und heulten sich die Augen rot.

»Wir tragen sie vor den Eingang«, schlug Tim vor. »Wenn wir sie ins warme Haus nehmen, könnte mit der Zeit ein unangenehmer Geruch entstehen.«

»Sollten wir nicht doch versuchen, den Leichnam zumindest bis zum Hotel Riffelalp zu bringen?« Ralph, Barbaras Mann, war schon immer der Pragmatischste von allen gewesen. »Im Hotel verfügt man bestimmt über Transportmöglichkeiten.«

»Und dann?«, lallte Großonkel Wolfgang. Er hatte heute bereits wieder einiges intus. »Bei meiner Ankunft gestern, hicks … gab es Probleme mit der Gornergratbahn. Zudem, zudem liegt heute viel mehr Schnee als noch vor, hicks, vierundzwanzig Stunden.« Er wandte sich an mich. »Wie denkst du darüber, Anna? Aus meiner Sicht bist du die, hicks, taffste Person in der Familie. Du hast bestimmt eine Lösung.«

Wie vermochte er dies innerhalb nur eines Tages herauszufinden? Mit Wolfgang pflegte ich keinen Kontakt. Er war immer der Letzte, der zu den Feierlichkeiten an Weihnachten ins Haus Winterstern kam. Oma hatte mir erzählt, wie viel Überzeugungskraft es bei Wolfgang jeweils brauchte, damit er der Einladung Folge leistete. Wenn es nach ihm gegangen wäre, hätte er die Reise nach Zermatt in diesem Jahr nicht angetreten. Er hatte allerlei Ausreden erfunden, um diese Plackerei zu umgehen. War er erst einmal da, beklagte er sich über weiß Gott was alles. In den vergangenen Jahren war er längstens drei Tage geblieben und dann wieder gegangen, so unspektakulär, wie er angekommen war. Heuer war es anders gewesen. Seine Ankunft unter den widrigen Umständen würde niemand vergessen. Bevor er in seinem Zimmer verschwunden war, hatte er sich bei der ganzen Verwandtschaft negativ über Oma geäußert. Es sei das letzte Mal, dass er in die Berge fuhr. Er war mit zwei Flaschen Rotwein nach oben in sein Zimmer gegangen.

21. Dezember

Stephanie und ihre unfolgsamen Kinder

Stephanie suchte nach ihrer Seidenbluse. Sie war sich sicher, diese eingepackt zu haben. Vor zwei Stunden waren sie und ihr Mann Alexander mit ihren Kindern im Haus Winterstern eingetroffen, zusammen mit Martina und Thomas, ihren Eltern. Alexander hatte darauf bestanden, mit ihrem Van zu fahren. Er verfügte über sieben bequeme Sitze und genügend Stauraum für das Gepäck. Die Reise war eine Tortur gewesen, nicht wirklich entspannt. Tochter Vanessa hatte andauernd über Brechreiz geklagt und Sohn Niklas sie entsprechend gehänselt. Teenager, fand Stephanie, waren etwas vom Schlimmsten, was es gab, und ihre eigenen wünschte sie nicht einmal dem ärgsten Feind. Doch, ihrem Cousin Tobias, der glaubte, mit seinen Zwillingen habe er den Jackpot gewonnen. Dieses Getue ständig wegen der beiden Gören. Noch befanden sich die Mädchen knapp vor der Pubertät. In zwei, drei Jahren wären sie auch richtige Teenies und würden ihre Umgebung tyrannisieren. Stephanie grinste vor sich hin und wühlte weiter. Ihr Koffer lag geöffnet auf dem französischen Bett, welches sie gern gegen zwei normale Einzelbetten getauscht hätte. Mit Alexander auf Tuchfühlung zu gehen behagte ihr seit Jahren nicht mehr. Sie verpönte seine nächtliche Anhänglichkeit, denn über Tag nahm er sie kaum einmal in die Arme; er blendete sie sogar gänzlich aus. Und nachts redete der Schuft im Schlaf, verstehen konnte sie jedoch nichts.

»Mama, suchst du *die*?« Vanessa baute sich neben ihr auf, mit herausgestreckter Brust und dieser Unschuldsmiene. Und sie hatte ihre teure Seidenbluse angezogen, die dunkelblaue mit den silbernen Punkten, genau die, welche Stephanie vermisste.

Sie schnappte nach Luft. »Was fällt dir ein?«

»Sorry, Mama.« Wenn Vanessa diese Mimik sprechen ließ, konnte ihr niemand böse sein.

»Erst noch hast du gesagt, wie altbacken du die Bluse findest. Zudem ist sie dir zu weit.«

»An dir sieht sie gruftimäßig aus, das stimmt. Aber an mir wirkt sie sexy. Ich stehe auf Pünktchen. Bitte, bitte, Mama … Uroma will, dass wir uns fürs Dinner chic anziehen. Ich habe nichts Passendes dabei, und für Heiligabend können wir in Zermatt noch etwas einkaufen gehen.«

Ja genau, dachte Stephanie. Das würde bestimmt für Abwechslung sorgen. Es gab eine Boutique für Übergrößen im Ort, die sie ins Auge gefasst hatte. »Was ist mit dem hübschen Top und dem Blazer?«

»Das ist es ja. Ich habe beides in einer Tüte auf dem hintersten Autositz liegen lassen. Papa hatte es so verdammt eilig, auf diesen Zug zu springen, als würde die Bahn nicht im Zehn-Minuten-Takt nach Zermatt fahren.« Vanessa riss ihre veilchenblauen Augen weit auf. »Warum ist Zermatt eigentlich autofrei?«

»Um junge Damen wie dich zum Bewegen zu animieren, nicht bloß von der Glotze ins Bett und zurück.«

»Du bist unfair, Mama.« Vanessa schmollte. »Und hinter dem Mond. Filme kann ich mir auf dem Smartphone reinziehen.«

Was wieder einmal bewies, wie unkontrollierbar ihre Tochter war und wie wenig, wenn nicht sogar nichts, Stephanie von ihr wusste. Alexander nahm es in jeder Hinsicht lockerer. Er hielt sich die Kinder einfach vom Hals.

»Mama?«

Worauf wartete Vanessa? Dass Stephanie ihr die Bluse mir nichts, dir nichts überließ? Sie hätte ihrer Tochter früher mehr Härte zeigen sollen. Jetzt war es zu spät für Restriktionen. Stephanie hatte den Zeitpunkt verpasst. Wann genau der gewesen war, wusste sie selbst nicht. Sie sei zu lasch, hielt Alexander ihr vor, als trüge er selbst keine Verantwortung.

»Mama!«, rief Vanessa jetzt eindringlicher.

»Ja, ja. Du kannst die Bluse behalten, wenigstens über die Feiertage.«

Wenn Stephanie von ihrer Tochter erwartete, sie würde sie vor Dankbarkeit umarmen, täuschte sie sich wieder einmal. Vanessa drehte sich auf dem Absatz um und war im Begriff, das Schlafzimmer zu verlassen, als sie von ihrem Bruder Niklas beinahe umgerannt worden wäre.

Ein Unglück kam selten allein. Er trug unter seiner schwarzen Strickjacke ein T-Shirt mit der Aufschrift »Alle können mich mal«. Hätte er nicht tragen müssen, allein durch seine Präsenz provozierte er. Er wollte anders sein als der Rest der Welt, war es auch. Irgendwie. Seit einem Jahr hielt er sich vom Friseur fern. Seine Haare sahen entsprechend wild und ungezähmt aus. Er trug oft zerlöcherte Hosen und eine schwarze Lederjacke mit Totenkopf, wenn er auf Rocker machen wollte. Gott sei Dank war er von den echten Rockern meilenweit entfernt.

Stephanie hatte es aufgegeben, ihn wegen seiner Outfits zu tadeln. Aber heute, einen Tag vor dem vierten Advent, hätte er sich *ein Mal* Mühe geben können, sich anständig zu kleiden. Schon wegen Oma. »In einer halben Stunde gibt es Nachtessen.« Stephanie hoffte, Niklas würde es nicht vermasseln.

»Die Knarren nicht vergessen«, rief Niklas seiner Schwester hinterher.

Vanessa blieb stehen, kam zurück bis zum Bett und fletschte die Zähne. »Sicher nicht.«

»Welche Knarren?« Stephanie fühlte einen Stich unter der Brust. Fing das schon wieder an? »Nicht das, was ich glaube, oder?«

»Mama.« Niklas' Stimme quietschte wie ein rostiges Gartentor, was von seinem Stimmbruch herrührte. »Für nach dem Dinner, du weißt schon. Fidelio hat ein paar Theaterrequisiten mitgenommen.«

»Aber nicht vor Omas Augen.«

»Warum nicht? So, wie ich die Uroma kenne, spielt sie mit.«

»Nicht heute. Und sicher nicht, bevor du ihr Einverständnis hast.«

»Aber dann wäre es keine Überraschung und nicht so spannend.«

Stephanie schlug ihre Hände über dem Kopf zusammen, während Vanessa kicherte. Sobald die Kinder Blödsinn im Kopf hatten, waren ihre ständigen Sticheleien und Streitereien untereinander vergessen und sie ein Herz und eine Seele. »Was habe ich in meiner Erziehung bloß falsch gemacht?« Stephanie hätte heulen können. »Wir befinden uns im Weihnachtsmonat, und ihr führt euch auf wie auf dem Jahrmarkt. Ich will auf keinen Fall, dass ihr schießt.«

»Ist doch nur zum Spaß«, entgegnete Vanessa. »Die Farbe kann man auswaschen.«

»Genau.« Niklas unterstützte seine Schwester. »Die Zwillinge finden es bestimmt auch lustig. Mama, hier ist es uns langweilig. Jeden Tag mühen wir Junge uns damit ab, der älteren Generation gerecht zu werden und ihr zu gefallen. Wir hassen die Teezeremonien, die Spaziergänge zum Hotel Riffelalp, die Ausflüge nach Zermatt. Ski fahren liegt nicht drin, weil es sich keine unserer Familien leisten kann, eine Tageskarte zu lösen. Und Uroma schenkt uns nicht einmal zu Weihnachten ein Ticket für die Bergbahnen, Ski- und Sessellifte. Hier ist es wie in einem Gefängnis. Lass uns wenigstens etwas Spaß haben.«

Stephanie klatschte in die Hände. Sie wollte fröhlich sein und es auf ihre Kinder übertragen. Manchmal half es. Dies waren die Momente, in denen sie nicht bereit war, die Hoffnung aufzugeben. Ihr Leben bestand nur aus diesen kleinen Hoffnungen. Tag für Tag ein Quäntchen Optimismus. Wenn sie die Episode mit den Teenagern überstand, würde sich auch die Beziehung zu Alexander zum Guten wenden. »Dann geht nach draußen und baut einen Iglu«, riet sie.

Niklas hielt dagegen. »Warum konnten wir nicht einfach zu Hause bleiben?«

»Weil ihr minderjährig seid.« Stephanie entging Vanessas verächtliches Lachen nicht. Sie wusste genau, was ihre Tochter über sie dachte. Vanessa hatte mit ihren sechzehn Jahren bereits einen festen Freund, und dass sie nicht nur Däumchen drehten, wenn sie zusammen waren, ahnte Stephanie schon lange. Allein zu Hause? Das hätte gerade der Tochter sehr gepasst. Stephanie vergewisserte sich, wie spät es war. Bald sechs Uhr. Sie musste sich beeilen, sich umziehen und schminken.

Stephanie scheute ihre Kinder mit der Bitte aus dem Zimmer, den geplanten Schabernack zu überdenken und sich, wenn nicht für ihre Mama, so doch für die Uroma herauszuputzen. Mit einem tiefen Seufzer ging sie ins Badezimmer, um sich für den Auftritt im Salon bereit zu machen.

Später traf sie ihre Cousine Anna auf der Galerie. Sie sah großartig aus in ihrem schwarzen kniebedeckenden Kleid und den hochgesteckten Haaren. Anna hatte den Vorteil, vierzehn Jahre jünger zu sein als sie. Die Jugend kam Anna in jeder Hinsicht zugute, wogegen Stephanie gegen die ersten Anzeichen der Hautalterung kämpfen musste. Der Ärger um Gemahl und Kinder hatte das Seinige dazu beigetragen, an schlechten Tagen nicht wirklich in die Gänge zu kommen, worunter ihr Aussehen litt.

»Hey, Anna. Gut siehst du aus.« Es war wie ein Reflex, obwohl sie ihr niemals ein Kompliment hatte machen wollen. »Bist du auf dem Weg nach unten?«

»Ja.« Anna betrachtete sie neugierig. »Ist alles in Ordnung?«

»Na ja, Ordnung wäre übertrieben. Meine Kinder bringen mich wieder einmal zur Weißglut.« Nun war es gesagt.

Wider Erwarten bedauerte es Anna. »Schlimm? Kann ich dir helfen?«

»Vanessa und Niklas hecken etwas aus. Ich habe die Bälger nicht davon abhalten können, habe sie, seit ich im Haus Winterstern angekommen bin, überhaupt nicht mehr im Griff.« Als hätte sie sie je im Griff gehabt, ging ihr durch den Kopf. Sie war überfordert. Schon voriges Jahr war es so gewesen. Wenn Vanessa und Niklas gemeinsam auftraten, war die Hölle los.

Stephanie und Anna gingen über die Treppe nach unten. »Sie führen etwas im Schilde«, sagte Stephanie.

Sie erreichten den Salon, der in ein angenehmes Licht getaucht war. Es roch nach Bratensauce. An den Fenstern klebten irisierende Weihnachtssterne.

»Lass mich das machen«, schlug Anna vor. Sie sah sich um. »Ich setze mich zu ihnen an den Tisch.«

»Dann viel Vergnügen.« Stephanie blieb mit einem Abstand von zwei Metern stehen und beobachtete ihre Cousine. Sie entdeckte ihre Kinder. Was, zum Teufel, versteckten sie unter ihrer Jacke? Niklas schwang sich auf einen der sechs Stühle.

»Hey, Niklas.« Anna beeilte sich, an den runden Tisch zu gehen. »Darf ich mich neben dich setzen?«

Niklas hob die Brauen und warf seiner Schwester einen Blick zu, was etwa so viel bedeutete wie: Was soll das?

Vanessa zog ihre schmalen Schultern hoch, und Stephanie plagte das ungute Gefühl, Anna könnte sich zu viel zumuten.

Anna nahm neben Niklas Platz und schnüffelte auffällig. »Deine Jacke riecht nach Nikotin. Weiß deine Mama, dass du rauchst?«

Stephanie hatte es geahnt.

»Gruftis sind hier nicht willkommen«, zischte Vanessa. »Der Tisch ist für die vierte Generation reserviert. Wir dulden nur noch Jonas und Jannik von der dritten, aber niemanden über zwanzig, verstanden? Generation Z. Alpha und Beta zählen wir auch noch dazu.«

»Generation Z.« Anna schmunzelte, das wäre auch ihre, stattdessen sagte sie: »Zombies?« Sie ließ sich von Vanessa offenbar nicht einschüchtern. »Für das, dass du heute erst angekommen bist, nimmst du den Mund ganz schön voll, junge Dame.«

Einen Moment sah Vanessa sie irritiert an. »Du bist doch Uromas Gesellschafterin, oder?«

Anna überging den Kommentar. Alpha und Beta sprangen wie Furien auf den Tisch zu. Offenbar hatten sie gewettet, wer schneller neben Niklas saß. Beta beschlagnahmte den Platz und ließ ihre Zwillingsschwester blöd grinsend stehen. Von den Mädchen ging eine Energie aus, die Stephanie frösteln ließ. Kinder an die Macht. Gnade Gott.

Allmählich füllte sich der Saal. Jonas traf ein und setzte sich neben Vanessa, während sich Jannik einen Stuhl vom Nebentisch ergatterte. Anna befand sich inmitten einer Meute Jugendlicher und Kinder auf einem Beobachtungsposten, derweil sie den Tisch mit Clothilde anvisierte und es nicht unterließ, auch zu Stephanie hinzusehen.

Stephanie verdrehte die Augen. Wenn das bloß gut ging. Mit

ihren vierundzwanzig Jahren gehörte Anna zu den Jüngeren. Sie passte an den Tisch. Vanessa jedoch schien es anders zu sehen. Sie duldete keine Konkurrenz. Mit Jonas und Jannik nahm sie es einstweilen mit links auf. Olivers Söhne waren infantil genug, um sich auf Vanessa einzulassen.

Plötzlich ging alles sehr schnell. Es konnte ein Zeichen gewesen sein, welches Vanessa ihrem Bruder unbemerkt gegeben hatte, ein nicht beachtetes Wort, der Beginn des Abendessens. Noch ehe sichs Stephanie versah, standen ihre Kinder auf dem Tischrondell, ihre Arme waren ausgestreckt und die Finger an der Pistole.

Sie schossen. Gezielt.

Es traf Tim unvorbereitet. Alle an seinem Tisch schrien auf. Einer lachte. Fidelio, und Stephanie wusste, warum. Die ganze Aktion musste auf dessen Mist gewachsen sein. Alexander reagierte als Erster. Er sprang vom Stuhl hoch, der polternd auf den Boden krachte, sprang in Richtung Vanessa und holte diese mit einem einzigen Griff vom Tisch runter.

Tim versuchte verzweifelt, die rote Farbe von Gesicht und Hals zu wischen. Er sah aus, als hätte man ihn mit dem einen Paintball kaltgemacht. Anna kümmerte sich um Oma, führte sie vom Tisch weg und verschwand mit ihr in der Küche.

Die Jungs an Vanessas Tisch krümmten sich vor Lachen. Jannik fand, endlich sei Leben in die Bude eingekehrt.

Vanessa war auf dem Boden gelandet. Auf einmal zeigte Alexander die Qualitäten eines strengen Erziehers. Stephanie hätte stolz auf ihn sein können. Niklas dagegen war wieder einmal straffrei davongekommen.

Heiligabend

im Haus Winterstern

Im Keller war es wesentlich kälter als im übrigen Haus, obwohl in dessen Nähe die Heizung lag. Ganz demokratisch hatten wir abgestimmt, wohin man den Leichnam bringen wollte. Um die Tote zu untersuchen, brauchte Tim Licht und nicht gerade Minustemperaturen, aber so viel Kühle wie möglich, damit es die Fliegen nicht anzog. Seine Worte. Ich fragte mich, wo in einem Winter wie diesem die Fliegen hätten herkommen sollen.

Mein Dad erklärte sich bereit, Omas Kleid aufzuschneiden. Sie hatte das rote Gewand des Vormittags mit einem beigen getauscht. Es war voller Blut. Was sich im Schnee und unter der herrschenden Dunkelheit draußen nicht hatte ermessen lassen, wurde im Keller sichtbar. Woher das Blut kam, aus welcher Wunde es getreten war, blieb dennoch ein Rätsel. Meine Mam kam mit einer Gartenschere daher und reichte sie Dad.

Dieser sah zuerst die Schere, dann Mam an. »Wie wäre es mit einer Heckenschere, Nicole?«

»Wie bitte?« Mam warf ihm einen erschrockenen Blick zu.

»Wie soll ich mit diesem Monster von Schere an der zarten Gestalt meiner Mutter Hand anlegen?«

»Sie ist tot.«

»Trotzdem bitte etwas mehr Respekt.« Dad sah mich verzweifelt an, und ich hob die Schultern.

Evamarie schuf Abhilfe und holte eine gewöhnliche Schere. Dad nahm sie dankbar an. »Es gibt doch noch Leute hier, die ihren Verstand benutzen.«

»Ja, ja, ich weiß«, fauchte Mam ihn an. »Evamarie! Mit dieser Schere schnipselt sie vor laufender Kamera ihre Barthaare weg. Nur, dass du es weißt.«

»Kein Kommentar«, sagte Dad, während er mich ansah.

Ich fragte mich, wie Mam auf diese Idee gekommen war. Ich begründete es damit, die Nerven aller lagen blank. In Omas Familie, ging mir durch den Kopf, stimmte einiges nicht. In diesem Jahr hatte sich vieles, was im letzten Jahr im Diffusen geschwelt hatte, zugespitzt. Noch nie hatte man sich so oft gestritten, waren so viele böse Worte gefallen wie in diesen Tagen. In mir erhärtete sich der Verdacht, Weihnachten sei die gesamte Verwandtschaft hier, um herauszufinden, was nach Omas Tod allenfalls zu holen wäre. Jeder hoffte auf ein großzügiges Erbe. Ob jemand nachgeholfen und Schicksal gespielt hatte?

Nicht, dass ich es mir hätte erklären können. Mich beschlich jedoch das bange Gefühl, ich könnte das nächste Opfer sein. Wenn meine Verwandtschaft herausfand, dass Oma mich im Testament bevorzugt hatte, wenn sie denn dazu gekommen war, es schriftlich festzuhalten, was sie mir gesagt hatte, würde ich in Teufels Küche geraten.

Ich ging in Gedanken in mich. Wem würde ich eine perfide Ader attestieren? Wer hatte kriminelle Energie? Wer war bereit, eine über achtzigjährige Frau kaltblütig umzubringen? Ich beobachtete, wie Dad zuerst das Kleid, dann die Unterwäsche aufschnitt. Oma trug tatsächlich ein fleischfarbenes Korsett und einen Push-up-Büstenhalter. Deshalb ihre makellose Figur. Sie hatte nachgeholfen und war eitel gewesen.

Arthur hatte einen fünfarmigen Kerzenständer nach unten gebracht, für was auch immer. Ob er damit für eine sakrale Stimmung sorgen wollte? Er zündete die Dochte an. Der Keller bezeugte das Alter von Haus Winterstern. Wurden die Geschosse darüber regelmäßig saniert, hier unten war mit Ausnahme einer neuen Ölheizung alles beim Alten geblieben. Der Kellerboden bestand aus einem Naturboden, stellenweise schienen Kieselsteine durch. Entsprechend muffig roch es.

Nachdem Dad den Leichnam aus den Kleidern geschält hatte, untersuchte Tim den Körper. Die Totenstarre war jetzt ausgeprägt, die Embryonalstellung blieb. Ich beobachtete aus der Ferne Tims Handgriffe. Er suchte den Körper nach Verletzungen ab, fand aber keine.

Ich wollte tapfer sein, aber mir war schlecht. Ich versuchte, die Kühle zu mimen, merkte aber, wie sich alles in mir dagegen sträubte. Oma, dachte ich, wer hat dir das angetan? Stunden zuvor war sie hellwach und gesund gewesen. Zugegeben, im Gegensatz zu Weihnachten vor einem Jahr war sie die letzten Tage öfter in sich gekehrt. Ihren Zynismus hatte sie nicht verloren, aber sie war sanfter geworden. Ich hätte viel dafür gegeben, nur ein Mal in Omas Gedankenwelt zu blicken. Jetzt konnte ich nicht einmal mehr mit ihr darüber sprechen.

Tim wandte sich an Dad. »Hat sie aus dem Mund geblutet?«

»Ist mir nicht aufgefallen.«

»Wenn ich mir die Blutmenge ansehe, ist es äußerst seltsam.«

»Vielleicht hat sie innere Verletzungen«, mutmaßte Dad. »Aber wie willst du das herausfinden?«

»Indem ich sie seziere.«

20. Dezember

Frank und seine Mailänderli-Manie

Frank war Clothildes ältester Sohn. Vierundfünfzig Jahre alt und seit dreißig Jahren mit Nicole verheiratet. Sie hatten eine gemeinsame Tochter: Anna. Und sie waren seit einiger Zeit getrennt, sie teilten weder das Bett, noch aßen sie am selben Tisch. Frank hauste seit ein paar Wochen in einem billigen Hotelzimmer. Was niemand wusste, er hatte sich längst in eine seiner Arbeitskolleginnen verliebt. Sich scheiden zu lassen kam im Moment nicht in Frage. Seine neue Freundin vermochte er nicht zu finanzieren, weil sie das Mehrfache forderte von dem, was er in der Regel ausgab. Dennoch, sie war der Inbegriff der Frau, die er sich immer gewünscht hatte. Nicole war nur am Anfang ihrer Beziehung seine Traumfrau gewesen. Mit den Jahren hatten sie sich dermaßen auseinandergelebt, sie hätten ihre Wohnsituation auch als Wohngemeinschaft bezeichnen können. Miteinander wie Bruder und Schwester.

Die Neue war fünfundfünfzig, klug, auf eine unnachahmliche Weise schön und geduldig, jedoch dem Luxus zugewandt. Nach ihrem ersten Date hatte Frank sie mit teuren Geschenken überhäuft, seither erwartete sie stets mehr. Natürlich war er selbst schuld. Er hatte ein falsches Zeichen gesetzt. Einen Rückzieher zu machen hätte ihn Kopf und Kragen gekostet und die entspannenden Quickies nach Feierabend.

Dass Frank seine Frau einmal für eine ältere aufgeben würde, hätte er sich nie vorstellen können. Nun war es passiert. Vielleicht aus Rache, weil Nicole vorhatte, ihn zu verlassen. Nun war er ihr zuvorgekommen. Seiner Mutter gegenüber durfte er es nicht zugeben. Es hätte ihr das Herz gebrochen, zumal sie in ihm den perfekten Sohn sah. Er hatte es zu etwas gebracht. Nach der kaufmännischen Berufsschule war er ins Detailhandelsgeschäft eingestiegen und hatte sich in verschiedenen Filialen von Großverteilern zum Geschäftsführer emporgearbeitet. Sein Lohn und der von Nicole hatten ausgereicht, um sich ein kleines Vorstadthäuschen zu leisten und zweimal im Jahr Urlaub auf Gran Canaria zu verbringen. Alle vier Jahre leaste er einen teuren Sportboliden, was in der Zwischenzeit sein Markenzeichen geworden war. Kurz: Er lebte je länger, desto mehr über seinen Verhältnissen.

Im Haus war es ausnahmsweise ruhig. Nach dem Frühstück war Clothilde mit ihren bereits angereisten Gästen nach Zermatt gefahren. Der Besuch des Museums »Zermatlantis« stand auf dem Programm. Es präsentierte die Entwicklung von Zermatt vom einfachen Bergbauerndorf zur alpinen Destination mit Weltruf.

Originalhäuser, Multimediashows und die Erstbesteigung des Matterhorns im Jahr 1865 waren zu sehen.

Frank genoss das Alleinsein. Er lustwandelte durch das Herrschaftshaus, stellte sich in Gedanken vor, wie es sich anfühlte, könnte er dieses Anwesen sein Eigen nennen. Zugegeben, er war gegen die Heirat mit Maxim Anthamatten von Winterstern gewesen. Seine Mutter Clothilde hatte seinen Vater einfach im Regen stehen lassen, als sie den Reichtum witterte. Doch sie hatte alle eines Besseren belehrt: Mutter hatte sich in ihren neuen Mann Hals über Kopf, mit Herz und Verstand verliebt. Heute konnte Frank sie verstehen. Vielleicht hätte sie auch für seine Situation Verständnis gezeigt. Sollte er ihr aber die Wahrheit sagen, würden so manche Dinge über ihn auskommen, die er zuletzt seiner Mutter anvertrauen wollte. Nicole hatte einige Trümpfe gegen ihn in der Hand, die sie bei einer Scheidung allzu gern gegen ihn ausspielen würde. Veruntreuung von Geldern zum Beispiel. Nachdem es publik geworden war und Frank sich dafür hatte verantworten müssen, war Nicole ihm zur Seite gestanden, hatte sogar ihr persönlich verdientes Geld zur Verfügung gestellt, damit er die Gerichtskosten und die Schulden bezahlen konnte. Sein Leumund wies trotzdem einen schwarzen Flecken auf. Es Mutter zu erzählen kam nicht in Frage. Er würde sich gedulden müssen, bis sie die Augen für immer schloss. Dann würde er sich an ihr

Grab setzen und all das berichten, was sie zeitlebens nie hatte erfahren dürfen. Er war nicht der Sohn, den sie in ihm sah.

Frank folgte dem Geruch nach Gebackenem und landete in der Küche. Sie hatte die Fläche eines halben Volleyballfelds. Ihr Kernstück war der lange Tisch mit sechsundzwanzig Lehnstühlen. Ein Tresen, über den die Teller gereicht wurden, trennte den Ess- vom Kochbereich ab.

Pierre knetete Teig. Er arbeitete seit geraumer Zeit an der Herstellung diverser Weihnachtsbiskuits. Leere Blechdosen standen bereit. Im Ofen lachte goldgelbes Gebäck, und auf der Ablage neben dem Kochherd gab es weitere Zutaten für andere Köstlichkeiten.

Die Mailänderli hatte Frank schon immer am liebsten gemocht. Eine Vorliebe, die er mit Maxim selig geteilt hatte. Wenn der Koch oder ein Patissier das Weihnachtsgebäck zubereitet hatte, waren Frank und Maxim nicht weit von der Küche entfernt gewesen. Am langen Tisch, den sie für sich allein hatten, wurde diskutiert, Kaffee und Schnaps getrunken und von den Süßigkeiten genascht. Kaffee und Schnaps in der gleichen Menge wie damals konsumierte Frank schon lange nicht mehr. Und Diskutieren stand nicht mehr an erster Stelle. Aber die Mailänderli, die befanden sich noch immer zuoberst auf seiner Liste, wenn es darum ging, einen speziellen Weihnachtswunsch anzubringen. Man mochte ihn deswegen als kindisch bezeichnen. Wenn ihm der Duft des Buttergebäcks in die Nase stieg, lief ihm das Wasser im Mund zusammen.

Frank lehnte sich über die Theke und schnupperte. Pierre wandte sich zu ihm um. Er war seit zwölf Jahren im Haus Winterstern angestellt.

»Lust auf etwas Süßes?« Pierre reichte ihm einen Teller mit den ausgekühlten Biskuits. »Nicht mehr nach dem Rezept meines Vorgängers, sondern seit dieser Saison nach dem von Madame Anthamatten. Feinste Mailänderli. *Et voilà.*« Er sah zur Tür. »Kommen Sie heute allein zum Backen?«

Frank verneinte. »Meine Verwandten treffen später ein. Ich nutze die ungestörte Stunde.«

»Greifen Sie zu.«

»Danke.« Frank schnappte sich ein herzförmiges Biskuit, betrachtete es, als hätte er den Heiligen Gral vor sich, roch daran und ließ es schließlich in seinem Mund verschwinden. Er kaute bedächtig, der Geschmack war vorzüglich. »Wie immer ... nein, warten Sie. Da hat sich eine feine Note eingeschlichen. Könnte es Mandel sein?« Der Rest des Biskuits blieb ihm im Hals stecken. Sapperlot! »Sie sagen, das Rezept sei von meiner Mutter.«

»Ja, ist etwas nicht in Ordnung? Sie sehen blass aus.«

»Haben Sie den Teig probiert?«

»Nein, warum auch. Ich kenne das Rezept.«

Frank schob den Teller zurück. Nach Bittermandeln rochen auch Cyanide, ging ihm durch den Kopf. Mit Schrecken erinnerte sich Frank an die Veranstaltung eines bekannten Krimiautors. Er hatte vor seinen Anhängern aus seinem Buch vorgelesen. Einige unter ihnen hatten ihm Gebäck in Form von Kuchen und Biskuits mitgebracht. Der Autor hatte sich geweigert, dieses anzunehmen, geschweige denn zu essen. Er wisse, dass man ihm nach dem Leben trachte, hatte er gesagt.

Warum nur musste Frank an diese Episode denken? War seine Mutter ihm auf die Schliche gekommen und wollte es ihm heimzahlen? Ihn dafür bestrafen, weil er sie jahrelang angelogen hatte? Frank würde tot umfallen und niemand auf die Idee kommen, seine Mutter könnte hinter seinem plötzlichen Ableben stecken. Vielleicht ging das Sterben aber auch langsam voran. Jeden Tag würde es ihm etwas schlechter gehen, und schwupp – wäre der erste Erbe weg. Niemand würde seinen Tod hinterfragen. Zeit seines Lebens hatte er ungesund gelebt.

Ahnte Mutter, dass man sie loswerden wollte? Bislang hatte keiner von ihren geladenen Gästen sich konkret dazu geäußert. Wenn sich Frank jedoch die letzten Tage in Erinnerung rief, schwelte etwas unter der Oberfläche. Seine Geschwister und ihre Familien waren in Geldnot geraten, die einen bereits früher, die anderen vor Kurzem. Mit Mutters Tod wären plötzlich alle Probleme gelöst.

Er musste auf der Hut sein.

Nicole kehrte als Erste aus Zermatt zurück. In ihrer Anwesenheit kam sich Frank immer schäbig vor. Sie hatte ihn während seiner beruflichen Krisen unterstützt, hatte sogar mehr gearbeitet, obwohl der Job als Reinigungskraft in einem Altersheim nicht das Gelbe vom Ei war. Nachdem ihre Tochter Anna aus dem Gröbsten raus war, hatte sie eine Stelle in einem Pflegeheim angenommen und arbeitete seither fünfzig Prozent.

»Und wie war's?« Frank unterließ es, seinen Verdacht zu verlautbaren. Er würde seine Mutter im Auge behalten. Wenn sie Weihnachten und Neujahr überstanden oder überlebt hatten, würde er sein Leben mit der neuen Frau aufgleisen und mit Nicole Klartext sprechen.

»Man sah vor lauter Bäumen den Wald nicht«, zischte Nicole und signalisierte damit, keine Lust auf ein Gespräch zu haben.

Nicole sah so zart aus wie Anna. Alles andere hatte ihre gemeinsame Tochter gottlob nicht von ihr geerbt. Annas Intellekt konnte aber unmöglich von ihm sein. Der Briefträger war es auch nicht. Frank war schon einmal nahe daran gewesen, einen Vaterschaftstest machen zu lassen, hatte aber wieder davon abgesehen. Anna hatte eindeutig viel von seiner Mutter. Sie war genauso hartnäckig und, wenn sie jemanden ins Herz geschlossen hatte, überbordend liebenswürdig. Genau wie Mutter.

Ihren eigenen Kindern gegenüber zeigte sie die kalte Schulter. Aber da waren sie selbst schuld. Frank zog die Augenbrauen hoch. Seine Geschwister Martina, Barbara, Oliver und Evamarie hatten es mit ihrer Mutter verbockt. Ob Mutter auf die Schmeicheleien einging oder ihre Kinder längst durchschaut hatte, blieb ein Rätsel.

»Es war ganz okay.« Nicole setzte endlich ein wenn auch frivoles Lächeln auf. »Was man nicht alles tut, um deiner Mutter zu gefallen. Es hatte eindeutig zu viele Leute im Dorf. Das Museum war berstend voll.«

Sollte Frank sie auf die Mailänderli aufmerksam machen? Falls diese wirklich vergiftet waren, wäre es ein Leichtes gewesen, Nicole langsam, aber effizient von der Bildfläche verschwinden zu lassen.

Nicole schnappte sich zwei Stück von der süßen Versuchung.

»Und?« Frank wartete hoffnungsvoll auf ihre Reaktion.

Nicole verdrehte die Augen.

Ob das Gift bei ihr bereits wirkte?

»Hm, gut wie immer.« Sie griff nach drei weiteren Mailänderli und ließ sie genussvoll nacheinander im Mund verschwinden. »Was ist?«

»Wie schmecken sie dir?«

»Seit wann interessiert es dich, wie mir etwas schmeckt?« Nicole lachte verächtlich. Sie sah auf die Biskuits, dann Frank an. »Ah, ich verstehe. Kommst du gerade auf die gleiche Idee wie ich?«

»Was?« Frank verstand ihre Bemerkung nicht.

»Na ja, ich denke gerade an einen schleichenden Tod … ich meine, was deine Mutter betrifft.«

Heiligabend

im Haus Winterstern

»Du willst Mutter einer Sektion unterziehen?« Onkel Oliver war nicht der Einzige, der sich dagegen sträubte. »Ich nehme an, du als Allgemeinmediziner hast kaum Ahnung, wie so etwas geht.«

»Klar hat er eine Ahnung«, nahm meine Cousine Laura ihren Freund in Schutz. »Zudem muss ich dich korrigieren. Tim arbeitet als Chirurg in der Notfallaufnahme und ist nicht Allgemeinmediziner.«

Tim schenkte Oliver ein Lächeln. »Die Sektion ist ein wichtiger Bestandteil des Medizinstudiums. Sie hilft, den menschlichen Körper besser zu verstehen.«

»Aha.« Oliver lief rot an. »Trotzdem möchte ich nicht, dass Mutter aufgeschnitten wird. Kommt dazu, wir haben weder Desinfektionsmittel noch die passenden sterilen Anzüge.«

»Wenn wir herausfinden wollen, woran Clothilde gestorben ist«, erklärte Tim, »müssen wir diesen Schritt tun.«

Ich befand mich in einem Wechselbad der Gefühle. Einerseits mutete ich mir zu, Tim beim Sezieren zu assistieren, weil ich von Natur aus ein neugieriger Mensch war, andererseits befürchtete ich nachfolgend Alpträume. Es war nicht dasselbe, ob man den Menschen, der auf dem Tisch lag, zu dessen Lebzeiten gekannt hatte oder im Fernseher zusah, wie in der Pathologie gearbeitet wurde. Vor mir lag Oma. Ob sie tot oder nur bewusstlos war: Sie blieb meine Oma. Nein, dachte ich, wie konnte ich auf eine solche Idee kommen?

Nie mehr würde ich ihre weiche Hand auf meiner spüren. Nie mehr ihr Lachen hören, in dem ausnahmslos ihr Zynismus mitschwang. Nie mehr würde ich ihre Stimme vernehmen, die mal herzlich, mal resolut geklungen hatte. Nie mehr den Schalk in ihren Augen sehen. Nie mehr in ihrem Zimmer in Fensternähe sitzen, während sie vom Matterhorn erzählte, von seiner Gefährlichkeit und den Tücken. Kein Jahr würde ohne Todesopfer vergehen. Der Berg nehme die Menschen, wie es ihm gefiel. Das sei schon bei seiner Erstbesteigung gewesen. Beim Abstieg sei das Seil gerissen und habe vier der sieben Bergsteiger in den Tod gerissen. Das originale Unglücksseil könne man im Museum anschauen.

Ich seufzte. Das Haus Winterstern würde ohne Omas Präsenz erlöschen, das Innere ohne Seele sein.

Mein Cousin Tobias riss mich aus meinen Gedanken. Ihm lag es offensichtlich sehr daran, Omas Tod nicht zu hinterfragen, was mich wiederum an seiner Unschuld zweifeln ließ. Seit seiner Ankunft vor sechs Tagen übte er einen äußerst nervösen Eindruck auf mich aus. War er vor einem Jahr einigermaßen erträglich gewesen, motzte er jetzt dauernd herum. Nichts konnte man ihm recht machen. Ich schrieb es seinen Zwillingen Alpha und Beta zu, die sich alles erlaubten, was Gott verboten hatte. Weder Tobias noch Annika bemühten sich um eine angemessene Erziehung. Es schien ihnen egal zu sein, wie ihre Mädchen mit dem Rest der Familie umgingen.

Dass Tobias sich mit Problemen herumplagte, sah ein Blinder. Dass diese Probleme eventuell etwas mit seiner Verletzung an der linken Schläfe zu tun hatten, gründete vielleicht in meiner Phantasie. Ich hatte schon davon gelesen, wie Frauen ihre Männer schlugen. Ob Annika die Hand ausgerutscht war? Schwer zu sagen. Annika war für mich nicht greifbar. Aber das waren die wenigsten hier. Jeder trug ein Geheimnis mit sich. Mir war es nie zuvor so aufgefallen wie in diesem Dezember. Seit sich alle nach und nach im Haus Winterstern eingefunden hatten, lag eine sirrende Energie in der Luft. Sie versprach nichts Gutes.

War es möglich, dass Omas Tod gerade jetzt etwas in eine negative Schwingung setzte? Oder war schon vorher etwas in Bewegung geraten, was Omas Tod nach sich zog? Ich richtete mich auf, sah in die Gesichter neben mir, versuchte, hinter den traurigen, zum Teil versteinerten Mienen etwas zu lesen. Vielleicht war es zu früh für weitreichende Schlüsse.

»Der Wintersturm wird sich in den nächsten Stunden legen«, erläuterte Evamarie. »Und das Telefon wird wieder funktionieren.«

»Das ist illusorisch«, brachte Tobias die Bemerkung an. »Der Sturm legt eher noch zu. Gehe mal nach draußen. Dort herrscht das Inferno.«

»Ich wette, dem ist nicht so«, meinte Evamarie. »Das Netz *muss* doch wieder funktionieren.«

Ja, dachte ich, damit du wieder Kontakt zu deinen Followern aufnehmen kannst. Evamarie hatte sich nach dem Schneemannbauen nicht mehr sehen lassen, war in ihr Zimmer verschwunden und habe dort, was ich von Fidelio wusste, mit fast nacktem Oberkörper für ein Serum geworben. In mir reifte die Idee, Fidelio könnte hinter Omas Tod stecken. Hoffte er, Evamarie könnte sich, nachdem sie geerbt hatte, von dem ganzen Zirkus abwenden und wieder vollumfänglich für ihn da sein? Fidelio, der ewige Verlobte. Oma hatte mir zwar verraten, er werde um Evamaries Hand anhalten, weil er in Zermatt eine Wohnung gemietet habe, aber wir hatten alle vergebens darauf gewartet. Fidelio war vor Evamarie nicht auf die Knie gegangen. Weil er andere Pläne hatte?

Evamarie hatte mir erzählt, Fidelio habe sich schwergetan, nach Zermatt zu fahren. Oma aber habe darauf bestanden, ihn an der Familienfeier dabeizuhaben, egal, wie sich die Beziehung mit ihrer jüngsten Tochter im neuen Jahr weiterentwickeln oder ob sie zerbrechen werde. Evamarie habe sich aber gewundert, weil Fidelio dann doch früher angereist war.

War dies eventuell Omas Todesurteil gewesen? Das konnte ich mir ehrlich gesagt nicht vorstellen. Es musste einen anderen Grund geben.

19. Dezember

Barbara und der geheimnisvolle Fund

Im Salon stand nebst dem Cheminée ein grüner Kachelofen mit goldfarbenen Ornamenten, ein Prunkstück im Haus Winterstern, dominant in der Erscheinung, trotzdem wenig beachtet.

Außer von Barbara, sie mochte ihn. Kaum war sie bei ihrer Mutter angekommen, setzte sie sich jeweils auf die Ofenbank und genoss die Wärme, die sie abstrahlte. Arthur heizte den Ofen jeden Morgen ein, legte Holzscheite und Briketts sowie alte Zeitungen hinein und entfachte das Feuer. Barbara war dreißig Jahre alt gewesen, als sich ihre Mutter von ihrem Vater getrennt hatte. Da hatte sie selbst schon eine Familie gegründet und zwei Kinder zur Welt gebracht. Obwohl sie von Anfang an gegen die zweite Heirat ihrer Mutter gewesen war, war sie später froh um jede Hilfe. Ihre zwei Kinder Tobias und Laura hatten viel Zeit auf der Riffelalp verbracht, manchmal ganze Sommer. Ihre Mutter und ihr neuer Mann Maxim hatten sie gehütet und behütet, und wenn es ihnen zu viel geworden war, stellten sie ein Kindermädchen an. Für sie war immer alles so einfach gewesen. Um einer eventuellen Not abzuhelfen, hatte man entsprechendes Personal angestellt.

Barbara seufzte. Das alles lag viele Jahre zurück, und die Erinnerungen an diese Zeit waren einer Ambivalenz unterworfen. Einerseits hatten Barbara und ihr Mann Ralph die Kinder abschieben können, um sich ein bisschen Auszeit zu nehmen, andererseits hatte ihre Mutter ihr nichts zugebilligt. Sie und Maxim waren rund um den Globus auf Reisen gewesen, hatten sich die teuersten Hotels und Destinationen geleistet. Sie hatten Ausflüge mit den Oldtimern gemacht – eine Leidenschaft von Maxim – und die Schweiz bis zu den verborgensten Winkeln kennengelernt. Sie hatten geschlemmt und sich verwöhnen lassen, waren gern gesehene Gäste an luxuriösen Veranstaltungen gewesen. Kurz: Sie hatten zur Crème de la Crème gehört.

Seit Maxims Tod war alles anders geworden. Nachdem bekannt geworden war, was Mutter erbte, verschloss sie sich. Die einen hatten behauptet, wegen ihrer Trauer, die anderen, es sei der Geiz. Barbara glaubte, die Wahrheit zu kennen. Nicht ihre Mutter hatte die Enkelinnen und Enkel regelmäßig auf Besuch haben wollen, sondern Maxim, der als Einzelkind aufgewachsen war und früh seine Eltern verloren hatte. Eine eigene Familie hatte er nie gegründet. Ihm waren die Geschäfte wichtiger gewesen. Trotzdem hatte er sich nach einer kinderreichen Familie gesehnt und in Mutters Großfamilie die Erfüllung gefunden.

Die Imhof-Kinder hatten einen superreichen Stiefvater bekommen; am Reichtum zu partizipieren war ihnen nicht vergönnt gewesen. Mutter war der Meinung, man solle sich nie auf finanzielle Unterstützung innerhalb der Familie oder Erbschaften versteifen. Sie habe ihre Kinder zu selbstständigen Menschen erzogen, die für ihr eigenes Leben verantwortlich sein müssten.

Je länger Barbara auf der Ofenbank saß, umso heißer wurde ihr. Sie erhob sich, öffnete die Ofentür und kontrollierte das Feuer. Die schwarz versengten Scheite glühten und zerstieben beim kleinsten Luftstoß. Barbara legte Holz nach. Der Geruch weckte eine Retrospektive. Sie schloss die Tür und öffnete eine kleinere über der Sitzbank. Mutter hatte hier oft ihre legendären Kirschsteinsäckchen zum Aufwärmen hineingelegt. An klirrend kalten Winterabenden war man damit ins Bett gegangen. Sie hatten wie eine Wärmeflasche gewirkt.

Barbara griff in die Öffnung, die sich über die Hälfte der Ofenbank ausdehnte. Seit es im Haus eine gut funktionierende Ölheizung gab, waren die Kirschsteinsäckchen überflüssig geworden. Trotzdem hatte Mutter noch nicht alle entsorgt. Barbara holte die Säckchen heraus. Es war, als würde sie ein Stück Erinnerung in den Händen halten. Bilder von früher tauchten vor ihrem geistigen Auge auf. Ihre Kinder, die Nichten und Neffen im Pyjama, wie sie vor dem Ofen gestanden und von Maxim oder Mutter die Säckchen in Empfang genommen hatten. Vorher hatte es heißen

Punsch gegeben, und später waren sie über die Treppe zu ihren Zimmern gegangen.

Der Stoff war mit den Jahren verblasst, und die Kirschsteine darin fühlten sich kleiner an als früher. Offenbar waren sie durch den Gebrauch und das wiederkehrende Erwärmen geschrumpft. Ganz zuhinterst ergriff Barbara etwas Hartes, Heißes. Erschrocken zog sie die Hand zurück. Sie sah in die Öffnung. Ihre Augen mussten sich zuerst an die Dunkelheit gewöhnen. Sie entdeckte eine Eisenschatulle, der Form und Beschaffenheit zu urteilen nach, eine antike. Hatte Mutter darin ihren Schmuck versteckt? Barbara lächelte. Mutter hatte schon früher Angst gehabt, man könnte ihre privaten Sachen durchwühlen und womöglich stehlen. Sie war sicher, Mutter wusste selbst nicht mehr, was sie in der Schatulle versteckt und wo sie diese hingestellt hatte.

Barbara sah sich um. Niemand da. Sie suchte im Salon nach einem Tuch, fand auf einem der runden Tische einen Berg Servietten, nahm zwei davon und ging zurück zum Ofen. Mit Hilfe der Servietten zog sie die Schatulle ans Tageslicht, stellte sie auf die Bank und sah sich wiederholt um. Mutter befand sich zusammen mit Anna, Jonas und Jannik im Gesellschaftsraum, der früher als Raucherzimmer genutzt worden war. Wenn Mutter heute ihre Zigarillos paffte, ging sie in den Wintergarten neben dem Eingang. Das Personal hatte Zimmerstunde, und der Rest der Gäste war auf einer Schneeschuhtour.

Die Luft war rein. Barbara zitterte vor Aufregung. Vielleicht würde sie heute Mutters teure Perlenketten und die Diamanten finden, die sie vor aller Welt verborgen hielt und nur für besondere Anlässe hervorholte.

Barbara spürte die Hitze durch den Stoff. Sachte hob sie den heißen Deckel ab, der wider Erwarten nicht verschlossen war. In der Schatulle befand sich ein bordeauxrotes Samttuch und erinnerte an die verstaubten Vorhänge in Mutters Gemächern. Unter dem Samt stieß Barbara auf einen Briefumschlag. Er war weich, wie gepolstert. Barbara musste sofort an Geldscheine denken. Himmel noch einmal! War ihr soeben das Glück in die Hände gefallen?

Barbara überlegte. Finden war nicht das Gleiche wie stehlen.

Mutter würde nicht merken, wenn Geld fehlte, weil sie das Versteck bestimmt vergessen hatte. Und für Barbara wäre das Geld *die* Rettung. Endlich würde sie sich etwas leisten können, und seien es bloß zwei Wochen in einem Wellnesshotel. Der Umschlag war verschlossen. Es würde nicht leicht sein, ihn zu öffnen, ohne dass es auffiel. Barbara schob den rechten kleinen Finger zwischen die zugeklebte Lasche und versuchte unter größter Vorsicht, sie millimeterweise vom Leim zu lösen. Sobald ein kleiner Ritz entstehen würde, wäre die Übung für die Füchse gewesen. Die Geduld verließ sie, und sie riss den Umschlag auf.

Keine Geldscheine. Ein in Luftpolster eingepackter Brief kam zum Vorschein. Was für ein Betrug.

Trotzdem wollte sie die Hoffnung nicht aufgeben. Zeitlebens hatte sie gehofft, nicht nur auf bessere Zeiten, sondern darauf, einmal im Leben das wöchentliche Zahlenlotto mit sechs richtigen Zahlen zu gewinnen. Oder überhaupt einmal einen Hauptgewinn aus einem der vielen Wettbewerbe, bei denen Ralph und sie mitmachten.

Barbara entnahm dem Luftpolster einen Umschlag, faltete ihn auseinander und zögerte.

So also sah ein Vermächtnis aus. War vielleicht gut, hatte sie es gefunden. Falls Mutter in den nächsten Tagen etwas zustoßen sollte, wüsste Barbara, wo sich das Testament befand. Sollte sie es zurücklegen? Dann hätte sie nichts Verbotenes getan. Andererseits, wenn sie es schon mal in Händen hielt, konnte sie es auch lesen. Zudem war der Umschlag futsch.

Letztlich hing es davon ab, wie sich die nächsten Tage im Haus Winterstern entwickeln würden. Barbara stöhnte leise auf. Ob sie es Ralph erzählen sollte? Ihren Kindern?

Nein! Sie vermochte gut, etwas für sich zu behalten, vor allem bei dieser Brisanz. Und über Geld sprach man ja nicht. Barbara hätte weniger Mühe gehabt, sich über Furunkel, Nierensteine und Hühneraugen auszulassen. Geld war noch immer ein Tabuthema. Entweder man hatte es, oder man hatte es nicht.

Barbara steckte den Brief in das Couvert zurück und dieses in den Ärmel ihrer Wolljacke. Sie legte den Deckel auf die Schatulle, schob diese ins Fach, die Kirschsteinsäckchen hintennach und verschloss das Ofentürchen. Langsam sank sie der Wand entlang auf den Boden. Eine geraume Zeit verharrte sie in dieser kauernden Stellung.

Hatte sie soeben etwas Verbotenes getan?

Mit dem Umschlag im Ärmel und der Zuversicht, die andern würden nicht gleich zurückkommen, machte sie sich später auf den Weg zu ihrem Zimmer. Barbara brauchte jetzt Zeit für sich. Aus dem Gesellschaftsraum drang Gelächter, auch von Jonas und Jannik, was Barbara erstaunte. So, wie sie ihre Neffen kannte, machten sie sich nichts aus Spielen wie Monopoly oder Bridge, schon gar nicht in Anwesenheit ihrer Großmutter. Vielleicht waren sie tatsächlich reifer geworden.

Barbara trippelte über die Treppe nach oben, ohne den mächtigen Weihnachtsbaum an deren Fußende anzusehen. Noch hatte niemand sie bemerkt. Auf ihrer Etage angekommen, ging sie die Galerie entlang zur Tür. Ihr und Ralphs Zimmer lagen gegenüber Annas, hatten aber bei Weitem nicht die feudale Aussicht zum Matterhorn. Vielleicht wird dir das Lachen vergehen, Anna, dachte Barbara und betrat den Raum.

Elvira hatte die Betten gemacht und das Badezimmer aufgeräumt, nachdem Barbara und Ralph, aufgrund ihrer Anreise zu vorgerückter Stunde gestern, heute länger geschlafen hatten. Gegen ihren Plan, mit ihrer Tochter Annika und deren Töchtern Alpha und Beta anreisen zu können, waren sie verspätet in Täsch angekommen und nach Zermatt gefahren. Eingetroffen waren sie im Haus Winterstern erst, nachdem der letzte Zug sie von Zermatt auf die Riffelalp gebracht hatte. Um diese Zeit waren Alpha und Beta bereits im Bett gewesen, was Barbara nicht bedauerte. Die Zwillinge konnten recht kratzbürstig sein.

Es schneite nicht mehr. Trotzdem war es tagsüber grau und trüb gewesen. Die Sicht Richtung Dorf war diesig. Barbaras Laune dagegen klarte mit jedem Schritt mehr auf, den sie auf den kleinen runden Tisch neben dem Fenster zuging. Vorsorglich hatte sie den Schlüssel im Schloss umgedreht, um Ralphs überraschtem Eintreffen vorzubeugen.

Barbara setzte sich auf einen der ockerfarbenen Velourssessel, die Mutter vom letzten in das neue Jahrtausend gerettet hatte. Auf dem Tisch stand eine Karaffe mit frischem Quellwasser. Sie schenkte sich ein Glas ein und trank es halb leer. Sie holte den Brief aus dem Ärmel und legte ihn auf den Tisch. Sie saß gefühlte fünf Minuten einfach da, unschlüssig, ob sie ihr Vorhaben in die Tat umsetzen durfte, ohne sich strafbar zu machen.

Papperlapapp! Barbara war durch Zufall auf den Brief gestoßen. In einem unbeobachteten Moment würde sie ihn zurück zum Fundort bringen, und niemand würde merken, dass er eine Weile nicht in der Schatulle gelegen hatte. Barbara hielt die Nase über das Couvert. Der Geruch nach Papier hatte sich verflüchtigt.

Es waren mehrere beschriebene Papierbögen, deshalb die Dicke des Umschlags. Barbara faltete sie ein zweites Mal auseinander. Diesmal wollte sie den Text nicht bloß überfliegen.

»Mein Letzter Wille«. Schlicht und schnörkellos von Hand geschrieben und darunter »Clothilde Anthamatten von Winterstern«. Hätte Barbara nicht gewusst, was sie zwischen Daumen und Zeigefinger hielt, hätte sie auf ein Manuskript geschlossen. Aber vielleicht war »Mein Letzter Wille« eine Art Biografie. Oder ein literarischer Erguss? Bei Mutter wusste man nie, welche Geschichten sie sich in den Jahren ausgedacht hatte.

Barbara legte das erste Blatt zu Seite. Auf dem zweiten Papierbogen gab es eine Art Inhaltsverzeichnis, in dem die Namen der Kinder und deren Nachkommen aufgeführt waren. Auf den unteren drei Zeilen erschienen die Namen Arthur, Pierre und Elvira. Natürlich. Mutters Bedienstete gehörten sozusagen zum Inventar. Ob sie diesen etwas vererben würde und sie im Testament aufgeführt wurden?

Die dritte Seite ging nicht chronologisch weiter. Mutter vermachte das Haus Winterstern ihrer Enkelin Anna mit dem innigen Wunsch, den Butler Arthur, den Koch Pierre und die Reinigungsfrau Elvira im Angestelltenverhältnis weiter hier wohnen zu lassen. Das Personal bekam zudem je ein sattes Sümmchen des Vermögens. Anna durfte die drei Mietshäuser in Zermatt verwalten oder verwalten lassen. Die Zinsen würden in ihre Kasse fließen. Im Falle eines Verkaufs solle der Betrag unter den fünf Geschwistern aufgeteilt werden.

Unfair, dachte Barbara. Anna würde die Häuser niemals verkaufen, wenn sie von den Zinsen leben konnte. Man wäre dann gezwungen, Abhilfe zu schaffen. Klar, man konnte ein Testament anfechten.

Vierte Seite. Barbara bekam trotz der Kühle im Zimmer Schweißhände. Hier waren ihre älteste Schwester Martina, ihre Brüder Frank und Oliver, ihre jüngste Schwester Evamarie sowie sie selbst erwähnt. Zu gleichen Teilen würden sie je einen Zehntel des Gesamtvermögens bekommen. Barbara las eine Summe, die ihren Puls durch die Decke schießen ließ. Die restlichen fünfzig Prozent würden unter den Enkelinnen und Enkeln aufgeteilt. War klar, dass die Urgroßkinder leer ausgingen.

Datiert war das Testament auf den 1. März vor acht Jahren, unterschrieben von Mutter. Zeuge war Butler Arthur und der Erbvollstrecker ein Notar aus Zermatt, den Mutter und Arthur gut kannten.

Heiligabend

im Haus Winterstern

Es lag in der Luft, an diesem traurigen Abend würde Omas Testament irgendwann zum Thema werden. Dass ausgerechnet Tante Barbara als Erste darauf zu sprechen kam, verwunderte mich doch sehr. Ihr hätte ich ein wenig mehr Fingerspitzengefühl zugetraut. Unter all meinen Verwandten kam sie mir als die Sensibelste vor. Obwohl auch sie im Vergleich zu den anderen Jahren an Maßlosigkeit zugelegt hatte, was ihre Forderungen betraf, schrieb ich ihre Reaktion dem Benehmen ihrer Geschwister zu.

Selbst meinen Dad hatte ich noch nie so außer Rand und Band erlebt wie gegenwärtig. Er konnte sich auf einmal schwer beherrschen, er, der ansonsten die Ruhe in Person war. Er und seine Schwester Barbara schienen sich unter den Geschwistern am ehesten zu verstehen. Doch musste ich mich eines Besseren belehren lassen. So lieb und großmütig ich Oma erlebt hatte, so voller gegenseitiger Missgunst waren ihre Söhne und Töchter.

»Hat Mutter ein Vermächtnis gemacht?« Barbara sagte es so trocken und emotionslos dahin, was mich an ihren Tränen zweifeln ließ. Es war keine zehn Minuten her, als sie noch Rotz und Wasser geheult hatte. Wie unglaublich tief sie doch in der Klemme stecken musste, wurde mir erst jetzt bewusst. Zudem musste etwas vorgefallen sein, was sie entweder komplett verändert oder aus der Bahn geworfen hatte. Ich konnte es mir nicht erklären, wollte sie aber im Auge behalten. Wer auf den ersten Blick so empfindlich war wie Barbara, würde früher oder später die persönliche Absicht verraten.

Ich beobachtete Arthur, der auf Barbaras Frage fast ein wenig pikiert reagierte. Er sagte nichts, aber ich sah ihm an, wie betroffen ihn die Situation machte.

»Ein Vermächtnis?«, fragte Ralph, Barbaras Mann. Anscheinend hatte auch er seine Ohren in ihre Richtung verlängert.

Ich schämte mich fremd. So viel Pietätlosigkeit hatte ich nicht erwartet.

»Hat denn jemand eine Ahnung, wo sich das Testament befindet?« Selbst Martina war aus ihrer Lethargie erwacht, wohl in der Meinung, sie könnte etwas verpassen. Sie hielt ihre Hände nach oben, bewegte ihren Zeigefinger mit dem langen Nagel, was wie eine Drohgebärde aussah.

Arthur räusperte sich. »Wir sollten uns jetzt Madame Anthamatten widmen. Sie hat es nicht verdient, dass ihre Hinterbliebenen sich dermaßen ungehobelt benehmen, noch bevor ihr Körper unter dem Boden ist. Wir sollten sie schön aufbahren, damit wir uns alle würdig von ihr verabschieden können. Ist jemand da, der den Leichnam waschen, pflegen, anziehen und frisieren kann?«

Die Sektion schien auf einmal kein Thema mehr. Man wollte sich anderweitig drüber klug machen, was genau mit Oma geschehen war, und ausnahmslos Arthurs Vorschlag befolgen. Offenbar hatten einige meiner Verwandten Angst, bei einer Autopsie könnte etwas zum Vorschein kommen, was auf einen Täter hinwies.

Ich merkte, jemand musste die Familie führen und sagen, wie der Hase läuft. Da ich mich der Oma besonders nahe fühlte, musste ich den Takt vorgeben, es wäre sonst alles in ein Chaos ausgeartet.

»Okay«, sagte ich, »alle mal herhören. Wir befinden uns in einer sehr verzwickten Lage. Aufgrund des vielen Schnees und wegen des Ausfalls des Telefonnetzes müssen wir zusammenarbeiten.«

Natürlich blieben die despektierlichen Bemerkungen nicht aus. Arthur, Pierre und Elvira hatte ich jedoch auf meiner Seite. Sie willigten sofort ein, obwohl ich mir schwer vorstellen konnte, sie wüssten, worum es tatsächlich ging. Zum Glück hatte ich ein wenig Ahnung von all den Dingen, die auf uns zukommen würden. Oma hatte in mir schon früh die Wissbegierige erkannt.

»Da weder die Polizei noch ein Gerichtsmediziner auf die Riffelalp kommen kann, müssen wir die Ermittlungen selbst in die Hand nehmen«, sagte ich.

»Wie stellst du dir das vor, du selbst ernannte Miss Marple?«, fragte mein Cousin Jonas vorwitzig.

»Dazu ist sie viel zu jung«, kicherte Thomas, Martinas Mann. »Jane Marple war zum Beispiel in ›Bertrams Hotel‹ über siebzig Jahre alt.«

»Ich glaube nicht, dass es jetzt etwas zu lachen gibt«, fand mein Dad. »Da ich die Qualitäten meiner Tochter kenne, schlage ich vor, Anna übernimmt das Zepter.«

Hoppla! Das waren neue Töne. So hatte ich Dad noch nie sprechen gehört, wenn es um meine Person ging. In der Regel versuchte er, mich kleinzuhalten. Meine Meinung war bei ihm nicht gefragt. Als Mam mich dazu befeuerte, die Ermittlungen zu leiten, verstand ich die Welt nicht mehr. Wahrscheinlich war es ihre Ohnmacht, die dazu beitrug. Plötzlich stand ich bei meinen Eltern im Mittelpunkt, weil sie spürten, da war jemand, der verkraftete viel mehr als sie beide zusammen. Nur kam diese Erkenntnis reichlich spät.

»Bist du nicht Floristin?«, fragte Jonas. »Für die Grabblumen und die Kränze wäre wohl schon gesorgt.«

»Hoffentlich gratis und franko«, kicherte Jannik.

»Eine Detektivin sehe ich echt nicht in dir.« Jonas machte unbekümmert weiter, was meinen Dad auf die Palme brachte.

»Ich darf doch bitten.«

18. Dezember

Alpha und Beta und das vorprogrammierte Chaos

Clothilde verabscheute die Ankunft der Zwillingsmädchen. Bereits an letzter Weihnacht hatten sie für Aufregung gesorgt. Annika und Tobias, deren Eltern, waren mit der Erziehung überfordert, und wenn sie bei Clothilde zu Besuch waren, durften die Gören machen, was sie wollten. Elf Jahre alt waren sie geworden, mit Sternzeichen und Aszendent Skorpion. Clothilde schwor auf die Astrologie und glaubte, in dieser Konstellation das Fieseste zu sehen, was es gab. Nachtragend und rachsüchtig, was sich bereits in jungen Jahren zeigte. Die zwei Mädchen waren schon jetzt gerissen.

Trotz der nervigen Kinder wollte Clothilde diese am Familientisch mit dabeihaben. Ihretwegen hatte sie jedoch schon endlose Diskussionen mit ihrem Enkel Tobias geführt, der die Verantwortung für seine beiden Töchter nicht wahrnehmen wollte. Wenn sich die Mädchen bis aufs Blut stritten und aus ihrem Zimmer in der zweiten Etage Kleinholz machten, setzten Tobias und Annika bloß ein unschuldiges Lächeln auf. Man solle den Kindern eine gewisse Freiheit lassen, war ihre Ansicht, sie müssten in der Schule genug lange stillsitzen. Einmal hatte Clothilde die Mädchen zurechtgewiesen, worauf Beta, die Vorwitzigere, ihr direkt ins Gesicht sagte: »Ich wünsche dir den Tod, Uroma, wie alle hier.«

Nach Weihnachten war der Spuk jeweils vorbei. Clothilde ließ einen befreundeten Schreiner kommen, der die Möbel wieder instand stellte, oder sie kaufte neue, ganz zu Olivers Leidwesen. Er hatte ihr einmal ein Angebot gemacht, das die Vorstellung eines Freundschaftspreises überschritt. Clothilde hätte zumindest von ihrem Sohn eine Gratisreparatur erwartet, worauf er jedoch nicht einging. Oliver Geld in die Schuhe zu schieben behagte ihr nicht, auch wenn es für eine Leistung gewesen wäre. Betas Aussage hatte zudem tiefere Wunden verursacht, als es eine defekte Schranktür und das kaputte Bett je tun konnten.

Nun aber hatten sich Tobias und Annika früher angemeldet als geplant. Infolge Krankheit der Lehrperson an der Primarschule fiel für ihre Töchter der Unterricht aus. Tobias, der als Elektriker vor Weihnachten zu Hause das Administrative erledigte, hatte sich kurzfristig entschlossen, seine Ferien früher anzutreten, und Annika konnte sich als Schneiderin ihre Arbeitszeit nach ihrem Gusto einteilen.

Nach dem Mittag waren die Herrschaften in Zermatt angekommen, hatten die Gornergratbahn bis Riffelalp genommen, wo Arthur sie mit dem Zweispänner-Schlitten abholte.

Clothilde wartete beim Eingang auf sie. Sehnsüchtig sah sie zum Matterhorn, dessen Gipfel von dichten Wolken umhüllt war. Noch bis vor zwanzig Jahren war sie mit Maxim an den Hängen der Furggen Ski gefahren, und er hatte ihr von der eindrücklichen Pendelbahn Plan Maison erzählt, die im März 1993 aufgrund eines nächtlichen Eissturms den Betrieb unerwartet hatte einstellen müssen. Ach, wie schön doch die Tage mit Maxim gewesen waren. Clothilde hatte so viel Zeit mit ihm verbracht. Im Winter waren sie auf den Pisten unterwegs gewesen, in die Bergrestaurants eingekehrt und am späten Nachmittag zur Riffelalp runtergefahren. Sie hatten im Cheminée ein Feuer entfacht, sich davor auf ein Bärenfell gelegt und über Gott und die Welt geredet. Im Sommer waren sie bis zum Riffelsee hochgestiegen und hatten an dessen Ufer gepicknickt.

Es waren Bilder aus der Vergangenheit, die mehr schmerzten, als sich Clothilde zugestehen wollte. Maxim war an einem Herzinfarkt gestorben, so plötzlich und unerwartet, sie hatte nicht einmal die Zeit gehabt, sich von ihrem Mann zu verabschieden. Eines Morgens war sie aufgewacht, und er hatte neben ihr gelegen und nicht mehr geatmet. Maxim war so schnell von ihr gegangen, wie er in ihr Leben getreten war. Ein Komet, der ihre Erdbahn gekreuzt, eine Weile mit ihr verbracht hatte, um danach zu verglühen. Geblieben waren seine Liebe, ihr Schmerz und ein stolzes Vermögen.

Das Haus Winterstern war in eine weiße Märchenlandschaft getaucht. Wie von Puderzucker überzogen ragten Tannen und Lärchen in einen milchig grauen Himmel. In den letzten Tagen hatte es immer wieder geschneit. Die Berge von Schnee, die Arthur mit der Schleuder vom Vorplatz gefegt hatte, wuchsen neben dem Weg in die Höhe und verdeckten gänzlich die roten Markierungen an dessen Rand. Die Welt versank wie in Watte. Clothilde glaubte, die Stille zu hören.

Schemen gleich erschienen die Pferde in der Nähe der Herz-Jesu-Kapelle, deren Dach man von hier aus nur bei klarer Sicht zu erkennen vermochte.

Und plötzlich war es mit der Ruhe vorbei. Kaum hatte der Schlitten vor dem Eingang gestoppt, sprangen Alpha und Beta übermütig in den Schnee. Annikas mahnende Worte schienen sie in den Wind zu schlagen, Clothilde beachteten sie nicht. Ihr Ziel waren die zwei Bobs neben der Haustür. Mit einem Tunnelblick rannten sie darauf zu. Kreischend schwangen sie sich auf die Plastiksitze, zogen die Beine an, und weg waren sie.

Hosianna! Hoffentlich waren sie weit nach unten geschlittelt. Vom Tobel unterhalb des Hauses Winterstern gab es keinen Lift bis hierher. Es würde dauern, bis sie wieder oben waren.

»Annika.« Clothilde breitete die Arme aus. »Was für eine Freude.« Was für ein Desaster! Sie musterte Tobias und reichte ihm die Hand. »Du siehst blass aus. Bist du krank?« Ohne eine Antwort abzuwarten, schob sie nach: »Die Wintersonne wird dir guttun.«

»Von der ist allerdings nicht viel zu sehen«, murmelte er leicht säuerlich.

»Kommt erst mal rein. Elvira wird für euch einen Willkommensdrink zubereiten. Orangenpunsch mit Zimt und Ingwer. Das weckt die Lebensgeister. Wie geht es den Mädchen?« Clothilde war sich bewusst, das war eine scheinheilige Frage. Aber sie durfte ihre Abneigung gegen die Gören nicht so offensichtlich zeigen.

»Ich bin froh, können sie sich hier austoben.«

»Und du?« Clothilde sah Annika neugierig an. Blasses Gesicht, krumme Nase, fad. »Noch immer keinen richtigen Job?«

»Ich mache Änderungen an Kleidern, bin zuständig für den Haushalt und erziehe die Zwillinge.«

Sie dafür zu bauchpinseln fiel Clothilde nicht im Traum ein. Stattdessen musterte sie ihren Enkel Tobias. Er sah wirklich schlecht aus. An der linken Schläfe klebte ein Pflaster, was ihr erst jetzt auffiel. »Hattest du eine Prügelei?«, konnte sie sich nicht verkneifen.

Tobias griff sich ins Gesicht. »Kleine Rangelei, nicht der Rede wert.«

»Und ich dachte schon, dem Coiffeur sei das Messer ausgerutscht.« Clothilde lachte über ihren eigenen Scherz.

Tobias war für sie noch nie fassbar gewesen. Wahrscheinlich hatte er die Gene von ihrem Schwiegersohn Ralph. Verschlossen und abweisend. Man wusste nie, woran man bei ihm war. Er konnte eine fröhliche Miene machen und das Gegenteil ausstrahlen. Und – lügen war sein Hobby. Diesen Charakterzug hatte er bestimmt von seinem Vater. Selten ließ er sich auf frischer Tat ertappen. Je älter er wurde, desto undurchsichtiger seine Wesensart. Seine Zwillinge waren sein Stolz. Er prahlte mit ihnen, als wäre es an ihm gelegen, die Gören im Doppelpack zu zeugen. Alpha und Beta. Stumpfsinnigere Namen hätten Tobias und Annika für ihre Töchter nicht aussuchen können, sie passten aber irgendwie. Alpha stand für Anfang. Der Beginn allen Übels, dachte Clothilde. Und Beta war die Zweitgeborene. Man munkelte, die Zwillinge seien nicht auf normalem Weg entstanden. Aber Clothilde hatte nie danach gefragt. »Alphabet« nannte sie die Mädchen, denn sie hatte Mühe, die beiden voneinander zu unterscheiden. Sie sahen beide nicht schön aus. Obwohl sie ihre Urenkelinnen waren, hatte Clothilde sie nie als herzig oder reizend oder niedlich empfunden. Nach der Geburt hatten sie ausgesehen wie Bhairava, die schreckliche Inkarnation des Hindu-Gottes Shiva. Clothilde bekundete Mühe mit dem Gedanken, dass ein Achtel ihres Erbgutes in den Zwillingen steckte. Ähnlichkeiten hatte sie an denen nie entdeckt, weder im Aussehen noch im Charakter.

War es verwegen, seine Urenkel nicht ins Herz schließen zu können? Früher hatte sich Clothilde darüber den Kopf zerbrochen. Dann fand sie den Alternativgedanken tröstlich, dass vieles in der Natur dem Gesetz des Zufalls unterlag.

Annika und Tobias bezogen ihr Zimmer und trafen sich danach mit Clothilde am langen Tisch in der Küche. Elvira hatte die Fenstersimse und die Tischmitte mit Ästen, unechten Kerzen und bunten Kugeln geschmückt. Arthur servierte Punsch. Dazu gab es leckere Lebkuchenplätzchen. Kaum saß Clothilde mit ihren Neuankömmlingen vor den Tellern, stürmten Alpha und Beta vom Windfang her in die Küche und belegten unaufgefordert zwei Stühle. Sie rissen sich die Mützen vom Kopf und warfen die Handschuhe hin. Schnee löste sich von ihren Winterstiefeln. Die Mädchen griffen beide gleichzeitig nach den Kugeln und spielten Pingpong.

»Alphabet!« Clothilde vermochte nicht, sich zu beherrschen. »Benehmt euch!«

»Du hast uns nichts zu sagen, Uroma«, sagte die eine und rotzte. Schnodder landete vor ihr und verfehlte knapp die braunen Plätzchen. Das Mädchen strich den Rotz weg.

Tobias wandte sich den Keksen zu, und Annika schlürfte vom Punsch. Sie taten so, als bemerkten sie ihre Töchter nicht.

»Gut, wie ihr wollt.« Clothilde ließ sich trotz des Ärgers nicht aus der Ruhe bringen. Schon vor einem Jahr waren Annika und Tobias ihrer Gören nicht Meister gewesen. »In sechs Tagen feiern wir Heiligabend. Ihr könnt wählen: Entweder ihr benehmt euch, wie es sich für elfjährige Mädchen gehört, oder ihr –«

Annas Ankunft unterband Clothildes spontan geplante Schelte. »Hallo, da seid ihr ja.« Offenbar hatte Anna den Zwist nicht mitbekommen, und Clothilde gedachte, diesen so schnell wie möglich wieder zu vergessen.

»Hi, Anna.« Beta, die auch Alpha hätte sein können, rollte die farbigen Kugeln zu ihrem Ausgangspunkt zurück, und Alpha, die auch Beta hätte sein können, schob die Äste so zurecht, dass man zwischen vorher und nachher einen Unterschied sah.

»Gut angereist?« Anna warf Clothilde einen verschmitzten Blick zu. Sie räumte Mützen und Handschuhe vom Tisch, nahm die Mädchen an den Händen und zog sie Richtung Eingang. »So, und jetzt zieht euch die Stiefel aus. Danach zeige ich euch das Zimmer. Ich habe ein paar Sachen für euch vorbereitet.«

Clothilde atmete erleichtert aus. »Sie ist ein wahrer Schatz.« Sie wandte sich an Tobias. »Wenn du Lust hast, könntest du Arthur mit den Pferden helfen.«

»Ich dachte, du hättest einen Stallburschen.«

»Der ist nicht alle Tage da.«

»Muss das sein? Also, ich dachte, ich könnte mich hier mal richtig erholen. Arbeiten stand nicht auf dem Programm.«

Clothilde schloss die Augen. Was hatte sie auch für Kinder und Enkelkinder herangezüchtet? Nun standen bereits die Urenkel in den Startlöchern und waren keinen Deut besser als ihre Vorfahren. »Ist es möglich, mal einen Augenschein vom Sicherungskasten zu nehmen?« Sie war nicht bereit, aufzugeben. »Du als Elektriker könntest sicher checken, weshalb im Weinkeller das Licht flackert.«

»Die Bude ist alt, Oma. Man darf keine Wunder erwarten.«

Wenig später kehrten Alpha und Beta aus ihrem Zimmer zurück. »Uroma«, schrien sie synchron. »Die Toilette ist verstopft.«

Clothilde schmerzten die Ohren. »Weshalb?«

»Beta hat versehentlich die Mütze hineingestoßen«, sagte Alpha.

»Und du hast gespült …«

Heiligabend

im Haus Winterstern

Ich holte einen Schreibblock aus meinem Zimmer und ging damit in den Keller zurück, wo die tote Oma lag. Mittlerweile hatten meine Mam und Tante Martina sie von ihrem Kleid befreit. Tim suchte noch einmal, nun mit einer Lupe, die gefleckte Haut nach Einstichstellen ab. Vergeblich. Es gab nirgends äußere Verletzungen. Martina hatte Omas Hochzeitskleid, welches sie bei der Eheschließung mit Maxim getragen hatte, aus einem Schrank geholt. Mit Barbaras Hilfe kleidete sie Oma damit ein, was sich als schwieriges Unterfangen herausstellte.

»Jetzt sieht sie aus wie eine Braut«, schluchzte Barbara.

»Der Schleier fehlt«, entgegnete Martina und ließ sich darüber aus, wie schön doch ihre Mutter an der Hochzeit ausgesehen habe.

Mir entging nicht, wie Barbara sie in die Seite stieß. »Ausgerechnet du sagst das. Ich erinnere dich daran, wie du dich gegen die Eheschließung gewehrt hast. Du wolltest am Fest nicht teilnehmen.«

»Wir alle wollten nicht dabei sein«, mischte sich Evamarie ins Gespräch. »Dann kam Maxim und machte uns den Hof.«

»Er hat uns buchstäblich gekauft«, sagte Martina. »Erinnert ihr euch an die rosaroten Deux-Pièces? Er wollte partout, dass Clothildes Töchter sich gleich anzogen.«

»Und wir sind ihm auf den Leim gekrochen.« Evamarie lachte schrill. »Unsere Brüder mussten hellgraue Anzüge und rosarote Hemden tragen mit diesen geblümten Krawatten, ha. Erinnert ihr euch?«

»Wir hätten Nein sagen können«, berichtigte Martina, während sie mit einem Taschentuch über die Augen fuhr. »Ihr habt schon damals das große Geld gewittert. Mal sehen, was dabei herauskommt.«

Barbara schmunzelte vor sich hin. »Wer zuletzt lacht, lacht am besten.«

»Weshalb?«, fragte Martina.

»Ihr könnt beruhigt sein.« Barbara sah sich um und bemerkte, dass ich ihrem Gespräch gelauscht hatte. Sie wandte sich an ihre beiden Schwestern und flüsterte ihnen etwas zu, was nicht für meine Ohren bestimmt war und was ich deswegen nicht verstand.

Beschämt wandte ich mich von ihnen ab. Unter diesem Dach gab es Geheimnisse, die man vor mir verborgen hielt. Es verwunderte mich etwas. In den vergangenen Tagen waren sich Martina, Barbara und Evamarie eher ausgewichen, oder wenn sie den Weg kreuzten, stritten sie. Hatte Omas Tod sie zusammengeschweißt? Irgendetwas stimmte hier nicht. Ich wollte dem Mysterium auf den Grund gehen, nachdem man mich zur Ermittlerin erkoren hatte. Ich hätte es auch ohne diesen »Ehrentitel« getan.

Ich beabsichtigte, mir jedes Familienmitglied einzeln vorzunehmen. Auch die Jugendlichen wollte ich nicht verschonen. Ich ging nach oben in den Salon, wo sich die Teenies versammelt hatten. Den Blick hatten sie auf ihre Handys gerichtet. Offenbar war es die erste Handlung, die sie nach Omas Tod vollzogen hatten, sie hatten ihre Smartphones aus den Verstecken geholt und dann losgelegt. In Omas Anwesenheit hatten sie die Geräte nicht benutzen dürfen. Oma hatte darauf bestanden, Gespräche und Diskussionen am Familientisch, im Salon und auf den Spaziergängen zu führen. Das bilde und sei für die Sozialkompetenz gut. Als dies nicht funktioniert hatte, beklagte sie sich bei mir, die Jungen seien nicht mehr fähig, face-to-face zu kommunizieren, und ihnen fehle der Wortschatz. In Bildern zu denken, dazu seien sie nicht fähig.

Keiner sah auf. Jeder der Anwesenden glotzte auf sein Smartphone. Augenscheinlich versuchten sie, durch alle möglichen Kanäle auf das Internet zu kommen, und waren enttäuscht, weil es nicht gelang. Ich dachte an den Super-GAU und konnte mir ein Schmunzeln nicht verkneifen. Wie sehr der Mensch doch von diesen Dingen abhängig war, zeigte sich erst, wenn sie nicht mehr funktionierten.

Ich notierte die Namen Vanessa, Niklas, Jonas, Jannik, Alpha und Beta auf meinen Schreibblock. Oft mordete man für lapidarere Gründe als ein Handyverbot. Aber Kinder? Konnten ganz fies sein. Ich hatte ein erstes Indiz.

Ich überlegte, wie ich ihre Aufmerksamkeit auf mich ziehen konnte. Mir fiel eine Frage ein, mit der ich die Kids zu ködern versuchte. »Wer hat denn nun das neueste Smartphone?«

Keiner antwortete. Alle starrten mich entgeistert an. War es eine alberne Frage?, überlegte ich mir. Die neuesten Geräte waren schweineteuer, und so wie mir Jonas letzthin verraten hatte, hoffte man auf ein neues unter dem Weihnachtsbaum. Doch wenn ich mir die letzten Jahre in Erinnerung rief, hatte Oma aus Prinzip nie elektronische Geräte verschenkt. Sie hatte mit wenigen Ausnahmen immer Puzzles verteilt, sogar an ihre Kinder. Diese seien gut für das Gehirn, war sie der Meinung gewesen.

Natürlich hatte diese Art von Geschenken stets für rote Köpfe gesorgt, und unter den Töchtern und Söhnen war diskutiert worden, ob man der Einladung zum Weihnachtsfest im nächsten Jahr noch Folge leisten wollte. Das Fest sei Mutters Eigeninszenierung, man esse zu viel und trinke noch mehr. Und die blöden Weihnachtslieder, die zu singen man gezwungen werde, gehörten endlich in die Mottenkiste.

Sie waren immer wieder gekommen. Ausnahmslos alle. Und jeder hatte von Neuem auf eine großzügigere Gabe gehofft. Ich entsann mich der Snowboards, die meine Cousins Jonas und Jannik im Voraus bekommen hatten. Sie waren einmal kurz damit am Übungshang gewesen. Nun standen die Bretter neben dem Weinkeller.

»Hört mal zu«, versuchte ich es auf die einschmeichelnde Tour. »Ich brauche eure Hilfe. Oma respektive eure Uroma ist tot. Wahrscheinlich wurde sie umgebracht. Ihr wart während des ganzen Tages mehr oder weniger im oder um das Haus. Was habt ihr gesehen oder gehört, das euch seltsam vorkam?«

»Kommen wir ins Zeugenschutzprogramm, wenn wir den Namen des Täters nennen?«

Es hätte mich gewundert, wäre Niklas um eine Antwort verlegen gewesen. Ich bemerkte seinen sprießenden Flaum über der Oberlippe.

»Ja genau«, pflichtete seine Schwester Vanessa ihm bei. »Wer garantiert uns, dass wir nicht auch umgebracht werden?«

Ich stöhnte leise auf. Mit den Kindern meiner Cousine Stephanie hatte ich schon vor einem Jahr große Mühe gehabt. Ich dachte, es werde sich bessern, aber sie waren auf eine beklemmende Art frech. Sie steckten mitten in der Pubertät und versuchten, ihrer körperlichen Veränderung Herr zu werden, indem sie sich kolossal danebenbenahmen. »Ich überlasse es euch, mir zu helfen.« Ich bedachte sie und die Zwillinge mit einem abschätzigen Blick. »Vielleicht kann ich mich dafür auf meine beiden Cousins verlassen.«

»Warum sollten wir unseren Hintern bewegen?«, fragten sie synchron. »Hey, Vanessa und Niklas sind voll *slay*.«

Okay, ich hatte die Jugendsprache noch nie verstanden. Ich bewegte mich aber auch, anders als Stephanies Kinder, in einer gänzlich anderen Sphäre.

Hier würde ich bloß wertvolle Zeit verlieren, ging mir durch den Kopf. Ich musste mich zusammenreißen, um nicht laut zu werden. Enttäuscht ging ich in die Küche, wo ich Pierre und Julie antraf.

Es war mir, als lösten sie sich von einer innigen Umarmung.

17. Dezember

Julie lässt sich von Pierre bekochen

Clothildes Geburtstag fiel in diesem Jahr auf einen Dienstag. Trotz ihres Besuchs hatte sie sich den Luxus geleistet, heute länger zu schlafen als üblich. Anna hatte ihr um zehn Uhr das Frühstück ans Bett gebracht. In den Jahren zuvor war es Arthur gewesen, noch früher Maxim, der sie mit frischen Croissants und Milchkaffee beglückte. Dazu hatten sie den ersten Champagner am Tag geschlürft und puren Kaviar ohne Drumherum genossen. Maxim hatte sie zudem mit einem schönen Ausflug überrascht, am Abend zu einem Haubenkoch eingeladen und ihr ein Schmuckstück in Form eines Rings, einer Halskette, eines Armbands oder einer Markenuhr geschenkt.

Die Frage blieb, wer ihr was zu ihrem diesjährigen Geburtstag bescheren würde. Von ihren Kindern konnte sie nichts anderes erwarten als die üblichen Süßigkeiten. Sie stöhnten täglich, wie schlecht sie finanziell dastanden und dass sie sich keine teuren Gaben leisten konnten. Die Schokolade komme aber von Herzen, weil sie wüssten, wie gern sie diese mochte. Diese Leier ging Clothilde so was von auf den Keks.

Natürlich würde es an diesem Tag eine Party geben. Clothilde hatte schon Wochen zuvor dafür gesorgt, möglichst viele Freunde aus Zermatt auf die Riffelalp einzuladen. Am 17. Dezember fand Clothilde die Gelegenheit, einmal im Jahr Maxims Wegbegleiter von früher ins Haus Winterstern zu bitten, damit sie unter dem Jahr wieder Ruhe vor ihnen hatte. Sie selbst war nicht so erpicht darauf, ihr Geld für diese Leute auszugeben. Als Maxim noch gelebt hatte, waren sie wie Kletten an ihm gehangen. Sie hatten gewusst, wie großzügig ihr Spender war, und es ausgenutzt. Diese Zeiten waren mit Maxims Ableben vorbei. Clothilde verspürte kein Bedürfnis, auf diese anbiedernden Begegnungen einzugehen.

Wie die Leute über sie dachten, war ihr egal. Hauptsache, sie kam mit ihrem Arzt, dem Zahnarzt und dem Friseur gut aus. Ohne alle anderen vermochte sie gut zu leben und konnte auf sie verzichten.

Ihr Geburtstag war die Ausnahme. In den letzten zwei Jahren war die Anzahl der Gratulanten jedoch geschrumpft, sei es, weil sie weggezogen oder weggestorben waren oder den Weg zwischen dem Hotel Riffelalp und dem Haus Winterstern wegen eines Gebrechens nicht mehr zu bewältigen vermochten. Für den Rest war dann gut gesorgt. Pierre stellte sein Können unter Beweis, und Arthur nahm sich der Bestandesverringerung alter Weinflaschen an. Die Topweine zu Beginn, und wenn alle angeheitert waren, gab es den billigeren und zuletzt den Fusel. Dass man fast Essig trank, merkten die Betrunkenen nicht.

Wenn alle da waren, zog sich Clothilde sowieso in ihre Gemächer zurück. Viel lieber hätte sie ihre malenden und töpfernden Künstler, ihre phantasievollen Schriftsteller und jungen kreativen Leute auf die Riffelalp eingeladen. Da diese aber unter dem Jahr bei ihr einkehrten, musste sie eine klare Grenze ziehen.

Clothilde machte sich frisch und holte ihr originellstes Outfit aus dem Schrank, bei dem sie sicher sein konnte, man würde sie deswegen für nicht ganz bei Trost halten. Ach, wie sie es liebte, die Leute zu provozieren. Einmal im Jahr zog sie blickdichte Strümpfe an und darüber ein Minikleid. Diesmal wählte sie rote Strumpfhosen und ein lilafarbenes Kleid. Sie behängte sich mit Modeschmuck. Sie wollte verhindern, dass ihr die echten Ketten vom Hals gerissen würden. Gelegenheit macht Diebe, sagte sie sich zu ihrer Verteidigung. Sie versteckte ihre dichten weißen Haare unter einem bunten Turban. Ihr Geburtstagsritual, welches sie seit ihrer Heirat mit Maxim durchzog. Vor einem Jahr war deswegen die Boulevardzeitung bei ihr gewesen, um das »schräge Grosi« zu interviewen. Clothilde hatte allesamt unerledigter Dinge fortgeschickt. Weder den Journalisten noch den Fotografen noch deren Begleiterin hatte sie ins Haus gelassen. Zwei Tage später war sie trotz negativen Ausgangs immerhin als »mürrische Alte« der Redaktion eine halbe Seite wert gewesen.

Vielleicht wollte man damit ihre abweisende Art rächen. Clothilde war bloß ein Lächeln geblieben. Warum sollte sie sich wegen solcher Kleinigkeiten aufregen?

Die Familie traf sich am Mittagstisch in der Küche. Elvira hatte wunderbar dekoriert. Ein dem Kleid angepasstes purpurfarbenes Tischtuch, weiße Teller mit lila Servietten, zweiundachtzig Kerzen. Jonas und Jannik hatten Ballons angebracht, Evamarie und Julie für Orchideen gesorgt. Laura und der scheue Tim brachten Geschenke. Aus der Form zu schließen, waren es Pralinen. Clothilde hatte einmal verraten, wie gern sie Schokolade aß und dass man sie damit um den kleinen Finger wickeln könne. Seither versuchte man stets, sie mit Schokolade jedweder Art und jedweden Geschmacks zu beeinflussen, damit sie spüren musste, wie besorgt doch alle um sie waren.

Für Clothilde war das Bestechung.

Pierre trumpfte mit einem Fünf-Gänge-Menü auf. Zugegeben, Clothilde aß mit wenigen Ausnahmen alles. In den letzten Jahren hatte Pierre immer ihr Lieblingsessen gekocht. Gedämpften Hummer zur Vorspeise und als Hauptgang Tournedos Rossini. Zur Nachspeise gab es eine Zitronenmousse nach Art des Hauses Winterstern. Und als Prophylaxe gegen Bauchkrämpfe ein Lefax.

Warum hatte er plötzlich neue Ideen? Pierre wusste genau, wie sehr Clothilde Rituale mochte. Dazu gehörte auch das Mittagsmenü an ihrem Geburtstag. Basta!

Was waren das auf einmal für Marotten? Clothilde fiel auf, Julie fehlte an der Tafel. Dagegen saß Arthur bereits am Tisch, während Elvira ein Currysüppchen servierte. Auch das war neu. Alles schien gegen den Strich zu laufen, und Clothilde überlegte, ob sie etwas dazu sagen sollte. Andererseits war es ihr leid. Pierre hatte nichts gegen ein Partybuffet eingewendet, welches sie am Abend ihren auswärtigen Gästen zu kredenzen gedachte. Pierre hatte die nötigen Lebensmittel in Zermatt eingekauft und sie mit Arthurs Hilfe und dem Schlitten von der Station Riffelalp bis zum Haus Winterstern gebracht. Clothilde hatte vorgegeben, was. Vielleicht müsste sie heute ein Auge zudrücken. Generell war sie zufrieden mit ihrem Koch. Brachte sie spezielle Wünsche an, Pierre setzte sie um. Hatte jemand von den Gästen eine Lebensmittelallergie gegen Eier, Milch, Nüsse, Weizen, Sesam, Soja, Obst, Gemüse, Meeresfrüchte oder Schalentiere: Pierre berücksichtigte auch dies und legte Wert auf schonendes Kochen.

Trotzdem blieb ein schaler Geschmack zurück. Nachdem Elvira die Suppenschüsseln verteilt hatte, setzte sie sich ebenfalls an den Tisch. Clothilde wünschte einen guten Appetit. Noch immer fehlte Julie.

»Hat jemand Julie gesehen?« Clothilde griff nach dem Suppenlöffel. Der intensive Geruch nach rotem Curry stieg ihr in die Nase. Sie tauchte den Löffel in die Suppe und stieß auf deren Grund auf eine Jakobsmuschel.

Ihr schwante Schreckliches. Was beabsichtigte Pierre mit ihr? Er hatte bereits bei seinem Jubiläumsapéro vor einer Woche davon geschwärmt, von den aphrodisierenden Zutaten, welche die Libido steigerten. Aber gerade Pierre musste es doch wissen, dass Clothildes sexuelle Lust längst um alle Ecken war. Clothilde hatte tatsächlich einmal ein intimes Gespräch mit ihm geführt. Da hatte sie allerdings bereits einen Schwips gehabt. Hoffte Pierre an ihrem zweiundachtzigsten Geburtstag auf ein Wunder? Natürlich hatte sie Sehnsüchte. Sie wäre schon mit ein paar Streicheleinheiten zufrieden gewesen. Wenn sie diese nicht einmal von ihren eigenen Kindern bekam, wer sollte sie ihr sonst geben?

Clothilde warf einen Blick zum Tresen. Pierre hätte dort eigentlich stehen sollen. Tat er aber nicht. Nun riss ihr Geduldsfaden, und sie rief nach Anna.

»Sie ist auf der Toilette«, sagte Jonas. »Das kann länger dauern.«

Clothilde erhob sich, bat die Herrschaften, am Tisch sitzen zu bleiben, und ging zum Kochherd, den man vom Tisch aus nicht sah.

»Pierre?« Sie traute ihren Augen nicht.

Julie wusch Spinatblätter, während Pierre dicht neben ihr das Dressing zubereitete.

»Was ist denn hier los?«

Julie wandte sich ertappt zu Clothilde um. Pierre ließ den Schwingbesen in die Sauce fallen. Beide gingen auseinander.

»Habe ich richtig gesehen? Ihr habt euch geküsst?« Clothilde dachte, ein Traum narre sie. »Verkommt mein Haus jetzt zum Bordell?«

»Oh, Madame Anthamatten.« Pierre wischte sich die Hände an der Küchenschürze ab. »Es ist nicht so, wie es aussieht.«

»Wonach sieht es denn aus? Ich sehe also keine verliebte Schwiegertochter, die sich an den Hals meines Kochs wirft? Und ich sehe keinen Koch, der wahrscheinlich wegen meiner Schwiegertochter mein Geburtstagsmenü auf den Kopf stellt?«

»Nein, nein … das sehen Sie komplett falsch«, ereiferte sich Pierre, nachdem sein Repertoire an Entschuldigungen zu Ende war. Er kniff seine Lippen zusammen.

»Was alles steht noch auf dem Programm des heutigen aphrodisierenden Essens? Spinatsalat?«

»Ja, Schwiegermutter.« Julie hatte sich endlich gefasst. »Ich wollte Pierre bloß zeigen, wie ich den Spinatsalat zubereite … nach meinem Rezept.«

»Ah, ich verstehe«, spottete Clothilde. Sie spürte Wut im Bauch, Wut gegen und wegen Julie, die ihr den Geburtstag zu vermasseln drohte. »Bestimmt hast du eine zweijährige Lehre absolviert, um Salat zu waschen, und hast mit dem Zertifikat ›Grünfutter‹ abgeschlossen.« Sie wandte sich an Pierre. »Und Sie enttäuschen mich. Sie denken wohl, ich wüsste nicht, was zwischen Ihnen und Julie läuft. Julie ist früher nie schon Anfang Dezember nach Zermatt gereist, und Elvira setzt mich immer in Kenntnis, wenn im Haus Winterstern etwas nicht so ist, wie es sein sollte. Zum Beispiel bekomme ich von ihr Meldung, wenn die Kleenex-Box aufgebraucht ist. Unregelmäßigkeiten fallen mir immer auf.« Clothilde seufzte. »Obwohl Julie die Frau meines Sohnes Oliver ist, stört es mich nicht im Geringsten, wenn sie auf Abwege gerät, falls sie aus meinem Leben verschwinden würde. Aber mich stört, dass es so offensichtlich wird. Eigentlich wäre es ein Entlassungsgrund.« Clothilde hielt inne. Sie beobachtete ihren Koch. Hatte sie sich so in ihm getäuscht? Himmel, was sah er an dieser Julie? Auch wenn er sicher zwanzig Jahre älter war als sie … Clothilde fand keine Erklärung. »Leider brauche ich

Sie, Pierre. Auf die Schnelle bekomme ich keinen Ersatz. Aber nach den Feiertagen will ich Sie hier nicht mehr sehen. Und du, Julie …« Sie sah ihre Schwiegertochter verächtlich an. »Schon nächste Woche bist du mir aus den Augen und aus dem Sinn.« Clothilde schluckte den Kloß im Hals herunter. Sie hatte Julie nie gemocht. Als Oliver mit diesem aufgetakelten Flittchen dahergekommen war, hätte sie ihn am liebsten gewarnt. Unter ihrem Make-up und den aufreizenden Klamotten hatte nie etwas gesteckt. Nun war sie älter und hässlicher geworden. Pierre war entweder blind, oder er trug rosarote Kontaktlinsen. Sollte sie Julie gleich zum Teufel jagen?

Es war schwierig, weil Clothilde selbst nie ein großes Vorbild gewesen war. Eine zerrüttete Ehe, die Scheidung, ein Jahr später Flucht in die Arme einer Zermatter Berühmtheit. Vielleicht hätte sie die Partnerwahl ihrer Söhne und Töchter besser kontrollieren sollen. Manchmal fragte sie sich, welche Ehe ihrer Kinder ohne Fehl und Tadel war. Auch wenn man über die Weihnachtstage auf heile Familie machte, Clothilde sah, wer sich noch immer in Liebe und Respekt begegnete. Es kriselte bei allen fünf. Bereits die Enkelgeneration war vorbelastet. Nun gut, dachte Clothilde, ich werde das Spiel mitmachen.

Aber heute war ihr Geburtstag. Zweiundachtzig Jahre hatte sie auf dem Buckel. Es gab einen Grund zum Feiern. Andere Kinder trugen ihre Mutter auf einer Sänfte. Sie trug man nicht einmal im Herzen. Sie wollten nur eines: an ihr Erbe. Schön, sie sollten es haben. Jedoch nicht heute und nicht morgen.

Heiligabend

im Haus Winterstern

Ich war ein wenig perplex. Es war mir nie aufgefallen, Julie und Pierre könnten mehr als miteinander bekannt sein. »Oh, sorry, ich komme wohl ungelegen.«

Julie fuhr sich mit dem Handrücken über den Mund. »Traurig, das alles«, sagte sie mit weinerlicher Stimme, was ich ihr, ihrer Unverfrorenheit in den letzten Tagen wegen, nicht abnahm.

Komisch, Oma hatte sich nie über Julie geäußert. Hätte sie gemerkt, dass sie sich mit Pierre eingelassen hatte, wäre es ein Thema gewesen, über das sie mit mir bestimmt diskutiert hätte. Konnte es sein, dass ich weniger von Oma wusste, als sie mir hatte weismachen wollen? Andererseits hatten wir miteinander philosophiert. Da hatten familiäre Belange keinen allzu hohen Stellenwert, und wenn doch, dann nur am Rand. Natürlich hatte sich Oma gern über ihre Familie ausgelassen. Über das, was mir selbst auch aufgefallen war. Ihre zynischen Bemerkungen nahm ich nie für bare Münze. Oma hatte die Angewohnheit gehabt, sich über ihre Kinder und Kindeskinder lächerlich zu machen. Mich ausgeschlossen. Aber das lag wahrscheinlich an unserer Seelenverwandtschaft.

Meine Neugier obsiegte. »Geht das schon lange mit euch?« Obwohl ich mit Pierre noch immer per Sie war, vergaß ich meinen Respekt ihm gegenüber. Ich nahm meinen Schreibblock zur Hand und notierte. Ich hatte ein weiteres Indiz. Julie und Pierre waren ein Liebespaar. War Oma ihnen auf die Schliche gekommen, und musste sie deshalb sterben? Was wäre geschehen, wenn Oliver davon erfahren hätte? Ich war mir sicher, Oma hätte es ihrem Sohn mitgeteilt. Hatte man dies mit allen Mitteln verhindern wollen?

»Was denn?« Julie stellte sich vor Pierre hin, nahm offensichtlich für beide Stellung. Sie verschränkte die Arme. Die klassische Abwehrhaltung.

»Falls du es nicht mitbekommen hast, ich habe die Aufgabe, die letzten Stunden von Clothildes Leben zu rekonstruieren. Es würde einiges erleichtern, wenn ihr euren Teil dazu beitragt. Julie!« Ich sah die Frau meines Onkels Oliver unverwandt an. »Wann hast du meine Oma zum letzten Mal lebend gesehen?«

»Du lieber Himmel, wenn ich das wüsste. Glaube mir, ich würde es dir sagen. Aber ich erinnere mich beim besten Willen nicht. War es beim Frühstück? Beim Schneemannbauen? Beim Sackhüpfen … sorry, das tut man in der Regel nur im Sommer.« Sie kicherte. »Beim Imbiss nach dem Schneemannbauen schien sie mir sehr lebendig zu sein. Ich kann mir nicht vorstellen, einen Geist am Tisch sitzen gesehen zu haben. Es reicht, wenn Maxims Portrait eine gewisse Allgegenwärtigkeit präsentiert.« Sie drehte sich um und wandte sich an Pierre. »Und du? Erinnerst du dich an die letzte Begegnung vor ihrem Tod?«

»Sie war am Nachmittag bei mir in der Küche, hatte Saucen probiert. Danach sah ich sie nicht mehr.« Pierre taxierte mich mit einem Hundeblick, den ich so an ihm nicht kannte. Fast unterwürfig kam er mir vor, oder ihn plagte das schlechte Gewissen, dass er es sich erlaubt hatte, sich an Olivers Frau heranzumachen. Mir machte er nichts vor. Ich ließ den Monat Dezember Revue passieren. Wie auf einem Puzzle setzten sich die Momente zusammen, die Heimliches und doch Augenfälliges erkennen ließen.

Warum war Julie früher als sonst angereist? Warum hatte ich schon länger das Gefühl, zwischen ihr und Oliver stimmte es nicht mehr? Warum benahm sich Oliver sonderbar? Ahnte er etwas von den Eskapaden seiner Frau? Hatte er selbst Dreck am Stecken?

Ich schweifte ab. Mein Kopf war voller Bilder. Aktuell vermochte ich nichts mit ihnen anzufangen. Kam dazu, dass ich weder Pierre noch Julie eine kriminelle Ader zugestand. Sie waren verliebt, hatten wohl kaum Augen für etwas anderes. Omas Tod passte hier nicht ins Schema. Andererseits …

»Was geschieht nun?« Julie stellte sich neben Pierre. »Jetzt, wo du's weißt, müssen wir es zumindest vor dir nicht verbergen.« Sie himmelte Pierre von der Seite an. »Ja, wir lieben uns. Ich werde mich von Oliver zu gegebener Zeit scheiden lassen und mit Pierre wegziehen. Unter uns gesagt …« Sie hielt inne, erwartete Pierres Einvernehmen, wofür auch immer. Aber er nickte ihr zu. »Meine Schwiegermutter hat Pierre damit gedroht, ihm zu kündigen. Sie hatte uns auf frischer Tat ertappt. Du kannst es auslegen, wie du willst, Anna. Aber mit Clothildes Tod haben wir nichts am Hut. Auch wenn es danach aussieht. Zugegeben, ihr Tod kommt uns nicht ungelegen. Und entschuldige, wenn ich nicht trauern kann. Clothilde war mir immer fremd.«

Ich hörte nur eines. »Zu gegebener Zeit? Was meinst du damit? Willst du die Testamentsvollstreckung abwarten? Soviel ich weiß, habt Oliver und du keine Gütertrennung und keinen Erbvertrag.«

Julie runzelte die Stirn, was sie gleich noch älter machte. »Hat Oliver es dir erzählt?«

»Nein, Oma hat es mal erwähnt. Ich gehe davon aus, sie wusste alles über ihre Kinder.«

Julie verzog den Mund. »Sie kannte auch unsere finanzielle Situation. Aber sie kam nie auf die Idee, uns zu helfen. Oliver hat seine Schreinerei an die Wand gefahren, er hat Schulden, noch und nöcher.«

»Ein großzügiges Erbe würde die Situation beruhigen, oder?«, provozierte ich.

»Das wird es mit Bestimmtheit.« Julie ließ einen tiefen Seufzer vom Stapel. »Vielleicht fasst du Oliver ins Auge.«

16. Dezember

Tobias wittert das große Geschäft

Der Mann mit der Gesichtsmaske hielt ihm die Knarre an die Schläfe. »Wer nicht hören will, muss fühlen.« Es klickte, als er den Hahn spannte.

Tobias schluckte. Der Schweiß rann in Bächen über seinen Rücken. Seit einer halben Stunde saß er in einem Keller, in den man ihn gelockt hatte, in der Nähe seines Wohnorts. Und niemand von seiner Familie wusste davon. »Wenn du mich erschießt, wird dein Auftraggeber die Kohle nie sehen.« Er versuchte, seine Stimme deutlich klingen zu lassen, was ihm aufgrund der bedrohlichen Situation schwerfiel. Die Angst saß ihm im Nacken, und er sah im Moment keine Möglichkeit, dem Dilemma zu entkommen. Außer er konnte sich beherrschen. Oder andersherum: dem Angreifer die Knarre aus der Hand schlagen. Zu riskant.

»Seine Geduld geht zu Ende.« Der Mann hatte eine sonore Stimme und lispelte ein wenig.

»Ich verstehe ihn, sag ihm das. Er muss mir noch etwas Zeit geben. Ich …«

»Was?«

Die Mündung der Pistole drückte gegen die Lateralseite seines Kopfes. Ein einziger falscher Reflex, und der Schuss würde sich lösen. Tobias musste den Angreifer bei Laune halten und ihn gleichzeitig beruhigen. Was, wenn der Kerl durchdrehte?

»Was?«, wiederholte der Maskierte.

»Noch einen Monat …«

»Bedenkzeit? Ha, das wird er dir nicht geben. Du hast Schulden bei ihm. Es ist an der Zeit, diese einzutreiben.«

Tobias schloss die Augen, während er den Druck der Pistole spürte. »In einem Monat habe ich das Geld. Ehrenwort.«

»Das hast du schon letzte Woche gesagt.«

»Jetzt ist es anders.«

»Warum auf einmal?« Der Druck des Schießeisens nahm etwas ab.

Offenbar hatte Tobias das Interesse geweckt. »Nimm den Scheißknüppel weg, dann verrate ich es dir.«

»Wehe, du legst mich wieder rein.«

Tobias schluckte wiederholt. »Die Sachlage hat sich verändert. In einem Monat kann ich ihm ein Projekt anbieten, welches das Hundertfache wert ist.«

»Er wird sich nicht mit Naturalien zufriedengeben. Er will Cash. Dreihunderttausend, verstanden? Das sind dreihundert Tausenderscheine oder dreitausend Hunderterscheine oder dreißigtausend Zehnernoten, ziemliches Volumen.«

»In meiner Familie wird es ein großes Erbe geben. Ich bin mir sicher, es wird ein Objekt zum Verkauf ausgeschrieben, was deinen Auftraggeber interessieren dürfte. Wenn du mich erschießt, wird er nichts von alldem sehen.«

»Noch einmal: Er will einkassieren und nicht ausgeben.«

»Aber wenn ich meinen Anteil verkaufe, werde ich ihm alles bar auf die Hand zurückbezahlen können. Habt noch etwas Geduld. Es wird natürlich dauern. Aber ich könnte ihm vorab eine Absichtserklärung geben …« Tobias' Verzweiflung hatte die Grenze zum Kollaps erreicht. Eine einzige unüberlegte Bewegung, und der Maskierte würde ihn niederknallen. Es würde schnell gehen, er müsste sicher nicht leiden. So ein Schuss würde ihm das Gehirn pulverisieren. Für ihn die beste Option, dem Drama ein Ende zu setzen. Unter diesen Umständen wollte Tobias nicht mehr weiterleben.

Aber was würde danach mit Annika und seinen beiden Mädchen geschehen?

Annika. Tobias hatte ihr nie von den krummen Geschäften erzählt, in die er verwickelt war; sie mochte es vielleicht ahnen. Er litt unter Spielsucht. Dabei hatte es harmlos begonnen. Ein Geschäftsausflug ins Zürcher Nachtleben, Besuche von Bars und Striptease-Lokalen, zuletzt war Tobias völlig unerfahren im Casino gelandet. Hundert Schweizer Franken hatte er eingesetzt und das Dreifache gewonnen. Mit dem Gewinn hatte er Annika einen Ring gekauft, einen billigen, aber sie war überglücklich gewesen. Am Geburtstag der Zwillinge Alpha und Beta hatte Tobias gefeiert und mit seinen zwei engsten Kollegen wieder das Casino besucht. Zweihundert Franken Einsatz, das Doppelte gewonnen. Es war richtig gut gelaufen für ihn. Im Grunde genommen war es einfach, an viel Geld zu kommen. Er hatte sich ausgemalt, was alles er sich leisten könnte, wenn die Glücksgöttin weiter auf seiner Seite stände. Eine neue Polstergruppe, die sich Annika wünschte, nicht nur zwei Wochen, sondern einen ganzen Monat Ferien. Nicht bloß in Italien, sondern auf den Seychellen. Vielleicht würde ein neues Auto noch drinliegen, zwei lässige Fahrräder für die Zwillinge …

Dann die eiskalte Dusche.

Von da an hatte man Tobias regelmäßig an den Slot-Maschinen angetroffen, beim Keno und Bingo, manchmal auch beim Roulette. Gewonnen hatte er nie wieder. Im Gegenteil, er hatte viel mehr verloren, als sein Einsatz hoch war. Was einmal euphorisch begonnen hatte, driftete auf den Abgrund zu. Unaufhaltsam. Es war, als würde sich ein Boden öffnen und ihn aufsaugen. Das Schicksal hatte ihn in die Hände eines dubiosen Kreditgebers gespielt. Elf Jahre nach seinem ersten Verlust in der Spielhölle war sein Schuldenberg auf dreihunderttausend Schweizer Franken herangewachsen. Die Geduld seines Gläubigers hatte mit dem heutigen Tag ihren Tiefpunkt erreicht.

Auf leere Versprechen ging man nicht mehr ein. Eine Lösung musste her. Jetzt.

Die Idee hatte nur zaghaft Gestalt angenommen. Wollte Tobias weiterleben, musste er handeln und mit den Dingen agieren, die ihm zur Verfügung standen. Leben gegen Leben. Wenn er jetzt nichts dagegen unternahm, würde er untergehen und, wie er den Kredithai einschätzte, auch seine Frau Annika. Kriminelle kannten kein Pardon.

Es gab zwei Erschwernisse. Die Geldschleuder, die Tobias sich erhoffte, lebte noch. Falls sie in den nächsten Tagen von dieser Welt ginge, müsste Tobias das zweite Problem lösen, nämlich seine verhassten Eltern eliminieren. Er erschrak ob seiner wüsten Gedanken.

Aber hatte er eine Wahl? Und wie wollte er es anstellen, damit er nicht auffiel? Manchmal musste man etwas Schlechtes tun, um etwas noch Schlechteres zu verhindern.

Die diesjährige Einladung zur Weihnachtsfeier war Tobias gelegen gekommen, und er hatte sich einen Plan ausgedacht. Seine Großmutter Clothilde war über achtzig und gebrechlicher geworden. Ihr Ableben lag wahrscheinlich nicht mehr in weiter Ferne. Wenn er etwas nachhalf, müsste er nicht einmal ein schlechtes Gewissen haben. Er würde ihr ein schreckliches Ende ersparen. In den letzten Jahren hatte er von Berufes wegen oft Einblicke in Alters- und Pflegeheime gehabt und gesehen, wie die Senioren dahinvegetierten, lust- und freudlos mit dem einen Ziel vor Augen, möglichst schmerzlos von dieser Welt gehen zu können. Er kannte die Heimmitarbeiterinnen, welche wegen Personalmangels oft am Anschlag waren. Er bewunderte deren Herzlichkeit und mit welcher Ruhe sie den Heimbewohnern begegneten und sie pflegten und gleichzeitig Bösartigkeiten einstecken mussten, weil die Alten sie herumkommandierten. Zum Kotzen war das.

So gesehen, tat er etwas für die Allgemeinheit, wenn er Oma ins Jenseits beförderte. Seine Onkel und Tanten würden es ihm verdanken. Sie alle waren nicht gerade auf Rosen gebettet. Für sie käme das Erbe zur richtigen Zeit. Wenn er es überlegt anging, würde der Tod seiner Eltern nicht auffallen. Seine Mutter Barbara war eine Zartbesaitete, und Vater Ralph würde ohne sie nicht leben wollen …

All das ging Tobias durch den Kopf, während er die Pistole an seiner Schläfe spürte, fester und beängstigender wieder. »Bitte, bitte, lass mir eine Gnadenfrist. Ich schwöre beim Leben meiner Zwillinge, dein Auftraggeber wird das Geld bekommen.«

Heiligabend

im Haus Winterstern

Ich suchte nach Oliver und fand ihn im Salon. Er saß zusammengesunken in Omas Lieblingssessel. Ich hatte den Eindruck, Oliver trauerte sehr um seine Mutter. Nach dem ersten Schock hatten sich die Gefühle der Einzelnen in mannigfacher Weise Bahn gebrochen. Die einen zogen sich zurück, die anderen verdrängten sie. Dann gab es diejenigen, die ihren Verstand über alles stellten oder eiskalt blieben. Für mich war es schwierig, alle richtig zu deuten. Ich selbst gehörte zu denen, welche die Emotionen zurückhielten. Es gelang mir nicht immer. Meine Kehle war dann wie zugeschnürt, meine Glieder waren wie gelähmt.

Ich setzte mich auf das Sofa neben dem Ohrensessel, ging auf Tuchfühlung mit Onkel Oliver. Er sah bedauernswert aus. Er trug noch immer seinen in die Jahre gekommenen Trainingsanzug, hatte offenbar keine Zeit gefunden, sich vor der Weihnachtsfeier in Schale zu werfen. Die Hiobsbotschaft von Omas Tod hatte sämtliche Pläne und Vorbereitungen für den Heiligabend zunichtegemacht.

»Kann ich etwas für dich tun?«

Er sah mich mit verweinten Augen an. »Ich wollte, ich könnte einiges ungeschehen machen«, schluchzte er. »Ich wollte, ich hätte den Disput mit Mutter nie geführt.«

»Welchen Disput?« Ich stellte mich ein wenig dumm.

»Ich stritt mich mit ihr, und jetzt mache ich mir große Vorwürfe deswegen. Sie hatte es nicht verdient, an Heiligabend von mir dermaßen angegriffen zu werden.«

»Könntest du konkreter werden?«

»Es kostete mich viel Überwindung, Mutter auf meine berufliche Misere anzusprechen. Ich bin bankrott. Ich habe Schulden, was in Anbetracht meiner Ehe und meiner beiden Söhne mehr als desaströs ist. Wie soll ich sie weiter finanzieren?«

Puh, schwieriges Thema. Julie betrog Oliver, und er machte sich Sorgen, wie er sie finanziell weiter unterhalten könne. Ich an seiner Stelle hätte mir eher überlegt, wie ich sie am schnellsten aus der gemeinsamen Wohnung jagen würde. Julie hatte es nicht verdient, dass man sie weiterfinanzierte. Das hätte nun Pierre übernehmen können. »Du redest von Jonas und Jannik«, wich ich aus. Julie ignorierte ich. »Mensch, Oliver, Jonas ist bald volljährig, Jannik ist auch kein Kind mehr. Sie sind noch immer zu Hause, profitieren von Kost und Logis.« Meine Cousins sollten endlich den Finger rausnehmen. Aber das sagte ich nicht. »Sie sind gesund und könnten arbeiten, wenn sie wollten ...« Ich entsann mich Jonas' Job bei Lidl. Alle fangen mal klein an. Auch bei Lidl konnte man sich emporarbeiten, das war nicht nur bei den Tellerwäschern so.

»Das ist ein schwacher Trost. Ich brauche ...«

»Geld?«

»Ich bat meine Mutter, mir zu helfen. Das war, bevor sie in den Keller ging, um Weine auszusuchen. Sie war sehr beschäftigt, wollte mich zuerst nicht anhören.«

»Wie verhielt sie sich?« Obwohl ich ihre Reaktion erahnte, wollte ich Olivers Meinung hören.

»Sie lachte mich aus, nannte mich einen Versager und Erbschleicher und riet mir, meine Finanzen besser in den Griff zu bekommen. Keine Unterstützung, nichts, nicht einmal die Hoffnung auf einen Kredit. Dabei wusste sie nicht, wohin mit all der Kohle.« Oliver versteckte sein Gesicht hinter den Händen. »Würde die Polizei mich befragen, stünde ich mit dieser Aussage zuoberst auf der Liste der Verdächtigen, oder?«

Die Bitte nach Bestätigung verriet mir seine Verzweiflung.

Ich musste ihm insgeheim recht geben. Dennoch: Traute ich ihm einen Mord zu?

Tötungen konnten aus dem Affekt heraus geschehen. Der Streit zwischen Oma und Oliver zielte darauf ab. Oma hatte meinen Onkel provoziert, er hatte die Nerven verloren und zugeschlagen oder sie erwürgt. Doch am Leichnam gab es weder Anzeichen eines Schlags noch des Würgens. Im Grunde genommen existierte nichts, was auf einen gewaltsamen Tod hinwies. War Oma eventuell vergiftet worden? Ich überlegte. Selbst bei einer Vergiftung wären Spuren vorhanden gewesen – mit der Ausnahme, man setzte jemanden mit Gift ganz langsam außer Gefecht. Nein, Oma war fit wie ein Turnschuh. Nach ihrem Durchhänger Mitte Dezember hatte sie sich rasch erholt. Beim Frühstück heute Vormittag war sie ganz die Alte gewesen, so wie ich sie seit Jahren gekannt hatte. Oder doch nicht?

Sie war nachdenklicher gewesen. Manchmal sogar ein wenig abwesend.

Ich machte mir ein paar Notizen. Oliver durfte ich nicht ausschließen. Ihm stand das Wasser bis zum Hals. Mit Omas Erbe wären alle seine Probleme vom Tisch. Er würde ein neues Leben beginnen können. Geld beruhigte. Wer reich war, schlief besser.

Ob Oliver von Julies Beziehung zu Pierre wusste? Würde dieses Wissen allenfalls etwas an der Situation ändern? Nein! Ich war mir sicher, das Hauptmotiv musste Omas Vermögen sein.

»Kann ich dich allein lassen?« Mir war nicht geheuer. Olivers Zustand gefiel mir nicht. Er tat mir auf einmal leid.

»Geht schon. Ich möchte einfach, dass Mutters Mörder schnell gefasst wird.« Er sah an mir vorbei Richtung Kachelofen. »Ah, da kommt Tobias. Vielleicht fragst du ihn das Gleiche wie mich. Du hast uns doch alle in Verdacht, liebe Anna. Aber«, er zwinkerte mir unverschämt zu, was nicht zum Übrigen passte, »wie sieht es eigentlich mit deinem Alibi aus?«

Tobias nahm mir eine Erwiderung ab. »Hallo«, sagte er, als hätten wir uns an diesem Tag noch nicht gesehen. Er sah mich mit seinen veilchenblauen Augen an. An seiner linken Schläfe klebte ein neues Heftpflaster mit einem Barbapapa-Aufdruck. Ob er es aus Omas Erste-Hilfe-Kästchen hatte?

Ich deutete auf das Pflaster. »Schlimm?«

Tobias griff sich an die Schläfe. »Ach das … nein, bin gegen eine Wand gelaufen.«

Oliver murrte etwas vor sich hin. »Gestern warst du auf dem Eis ausgerutscht. Was stimmt jetzt?«

»Auf dem Eis gegen die Wand gerutscht.« Tobias lachte verklemmt.

»Du hattest nicht zufällig Streit mit deiner Oma?«

Tobias warf zuerst mir, dann Oliver einen fragenden Blick zu. »Habe ich etwas verpasst?«

Vorstellbar war es. Auch Tobias steckte in Geldnöten, wie Oma hatte durchsickern lassen. Mich nahm wunder, woher sie das alles gewusst hatte.

Weder ich noch Oliver antworteten.

Tobias blieb stehen, obwohl seine Haltung Flucht ausdrückte. Er vermittelte Ungeduld und Nervosität, war auf dem Sprung. »Anna, weißt du zufällig, wann die Willensvollstreckung stattfindet?«

»Nicht dein Ernst, oder?« Ich war geschockt, behielt jedoch in meinen Vermutungen recht. Auch Tobias machte sich verdächtig. »Wann hast du Oma zum letzten Mal gesehen?«

»Als wir diese Schneemänner bauten.«

»Die bescheuerten Schneemänner«, äußerte sich Oliver.

»Eure Gruppe hat immerhin gewonnen«, brachte ich die Bemerkung an. »Von wegen bescheuert.«

»Wir bekamen nur einen Orden«, entgegnete Tobias mit einem zynischen Unterton. »Und die Gewinner eine Goldmedaille, in Form eines in Aluminiumpapier gewickelten Schokoladentalers. Ich hätte von Mutter schon etwas Originelleres erwartet. Jedes Jahr das Gleiche. Und wir machen mit wie blöde.«

Ich wollte dies nicht kommentieren. »Hast du Oma danach nicht mehr gesehen?«

»Draußen im Schnee«, sagte Tobias, »aber da war sie bereits erfroren.« Er sagte es mit einer solchen Gefühlskälte dahin, ich musste davon ausgehen, es gab etwas in seinem Leben, was mehr gewichtete als der Tod unserer Oma.

Ich erhob mich, nachdem ich meine Hand auf Olivers Arm gelegt hatte. »Ich werde es herausfinden. Ehrenwort.« Ich stieß Tobias vor mich her. Er war zehn Jahre älter als ich, aber im Charakter zurückgeblieben. Obwohl er erst am 18. Dezember im Haus Winterstern eingetroffen war, hatte ich genügend Zeit gehabt, mich mit ihm auseinanderzusetzen. Natürlich hatte er es selbst nicht mitbekommen. Er hatte dauernd telefoniert, war geistig abwesend gewesen und hatte kaum an den Gesprächen mit dem Rest der Familie teilgenommen.

Ich hätte alles dafür gegeben, einen Blick auf sein Smartphone werfen zu können. Ausgerechnet jetzt trug er es nicht offen zur Schau. Logisch, überlegte ich mir, nach wie vor gab es keine Verbindung zur Außenwelt. Einmal mehr wurde mir bewusst, wie abgeschieden und auf uns allein gestellt wir waren.

Im Haus ging ein Mörder um. Wer war sein nächstes Opfer? Lag ich mit meiner Vermutung, *ich* könnte es sein, nicht weit daneben? Ich traute niemandem. Nicht einmal mehr Pierre. Selbst bei Elvira ließ ich Vorsicht walten. Sie war für mich schon immer ein Mysterium gewesen, schweigsam und bescheiden. Ein stilles Wasser, welches tief gründete.

Ich drehte mich zu Tobias um. »Können wir reden?«

Er sah mich linkisch an. »Worüber?«

»Über deine Probleme.«

»Probleme?«, kam es verzögert über seine Lippen. »Wie kommst du darauf? … Ach ja, du ermittelst, du Neunmalkluge. Man kann es dir nicht verübeln, wenn du penetrante Fragen stellst. Aber ich kann dich beruhigen: Ich habe keine Probleme mehr.«

Ich war sprachlos. War das soeben ein indirektes Geständnis, ein möglicher Mord an meiner Oma geplant gewesen? Von Tobias, der allem Anschein nach mit Omas Tod seine Probleme gelöst sah? Würde ich in ihm den Täter sehen, wenn ich hinter seine Fassade blickte? Wie sah ein Mörder aus? Wenn Tobias getötet hatte, mussten starke Gefühlsregungen vorhanden gewesen sein. Angst, Wut, Hass. Gier?

Ich musste sein Handy finden.

15. Dezember

Fidelio und seine zwei Gesichter

»›Der Tag entwich schon, und der düstre Himmel entlud die Wesen, die auf Erden wohnen, all ihrer Mühen, aber ich allein nur hielt mich bereit, den Kampf zu überstehen. So mit dem Weg, als auch mit dem Erbarmen, – den mein Gedächtnis ohne Trug soll schildern. Oh Musen, hoher Geist, kommt mir zu Hilfe, Gedächtnis, welches schrieb, was ich gesehen, hier wirst du deinen Adel offenbaren …‹«

»Fidelio, geht's dir gut?« Clothilde stand draußen vor dem Haus und sah empor zum Balkon, wo Evamaries Verlobter den Teil eines epischen Gedichts vortrug.

Fidelio ließ sich nicht von ihr ablenken. Er thronte auf der Empore, erhaben wie ein Adonis. Wäre Clothilde jünger und ohne Vergangenheit gewesen, sie hätte ihn sich geschnappt. So stand er denn mit dem Gesicht zum Matterhorn, jünger als der Dichter und Philosoph Dante Alighieri auf dem Sockel in Verona.

»›Und so begann ich: *Dichter, der mich führest, betrachte meine Kraft erst, ob sie stark ist, eh' du dem schweren Pfad mich anvertrauest …*‹«

»Genug, genug, du erkältest dich in deinem Hemd.«

Endlich schien Fidelio sie zu erkennen. »Oh, Sie Gnädigste, was bin ich doch ein Narr. So viel Schönheit unter dem Walliser Himmel. Meine Muse möcht ich küssen.« Er hob seine linke Hand und hauchte einen Kuss über sie hinweg in ihre Richtung.

»Jetzt ist aber Schluss. Geh sofort ins Zimmer, du holst dir sonst eine Lungenentzündung. Oder komm runter in die Küche. Ich gieße mir einen Tee auf. Pierre hat einen Apfelkuchen gebacken.«

Früher als angekündigt war Fidelio Maria Ferraro am Vormittag im Haus Winterstern eingetroffen. Er habe Sehnsucht gehabt, hatte er verlautbart, weniger nach Evamarie denn vielmehr danach, in luftiger Höhe den ihm zugeteilten Text aus der »Göttlichen Komödie« zu rezitieren. Viel Arbeit, hatte er gesagt. Dazu brauche er Ruhe. Clothilde hatte ihm ein Einzelzimmer zur Verfügung gestellt, welches sie für Notfälle herrichten ließ.

Clothilde hätte Fidelio gern zum Schwiegersohn gehabt. Sie mochte ihn mehr als ihre eigenen Söhne, sah aber einer Hochzeit zwischen ihm und ihrer Tochter Evamarie skeptisch entgegen. Fidelio arbeitete in der Werbebranche, sein Hobby war das Theater. Und Clothilde hatte an Schauspielern nun mal den Narren gefressen. Seit sie über die Sommer- und Herbstmonate ihre Künstler einlud, war sie auf den Geschmack gekommen. Sie brauchte weder Zeitungen, Radio noch Fernseher. Mit den Leuten aus der Kunstszene hatte sie genug Unterhaltung. Sich mit ihnen über Kunst und Kultur zu unterhalten bereicherte ihr Leben.

Clothilde ging zurück ins Haus, nachdem sie ihren Blick noch einmal zum Matterhorn gerichtet hatte. Der Gipfel war seit Tagen nicht mehr zu sehen. Er versteckte sich hinter dichten Wolken.

In der Küche sangen die Wiener Sängerknaben »Es ist ein Ros' entsprungen«. Im Kamin im Salon züngelten die Flammen, und Elvira tischte Tee und Kuchen auf. Der Duft war ein Mix aus Feuer, gebackenem Teig und Zimt. Pierre musste mit dem ceylonesischen Canehl-Gewürz wieder einmal maßlos übertrieben haben. Oder der Geruch stammte von der Kerze auf dem Fensterbord, die dieses süßlich warme und würzige Odeur verbreitete. Pierre verstand es, seine Gäste mit verschiedenen Duftnoten zu inspirieren.

Fidelio war ein Mann, der darauf ansprach. »Es erinnert mich an die Adventszeit zu Hause«, sagte er, als er sich zu Clothilde an den langen Tisch setzte. »Meine Mutter investierte viel Zeit, uns Kindern die Vorweihnachtszeit zu verkürzen. Sie backte von Anisbiskuits bis Zimtsterne alles und bastelte Kerzenständer, Serviettenhalter und bemalte leere Flaschen, hörte besinnliche Musik und hatte immer ein offenes Ohr für unsere kleinen Sorgen. Bei dir, liebe Clothilde, fühlt es sich gleich an.«

»Hast du Sorgen?« Clothilde ließ sich von Elvira Tee einschenken. Die Wörter Sorgen und Probleme übten eine magische Anziehungskraft auf sie aus. Wenn darüber gesprochen wurde, fuhren ihre Antennen aus. Dann hieß es Vorsicht walten lassen. Oder hinhören.

Fidelio schien nichts von beidem zu haben; er verneinte unverzüglich. Er verdiente gut, hatte ein frohes, wenn auch gewöhnungsbedürftiges Gemüt. Aber dieses rührte von seiner theatralischen Art her. Vor einem Jahr hatte er Loriots Adventsgedicht vorgetragen. Nach dem letzten Satz hatten alle Tränen gelacht. Daran erinnerte sich Clothilde, als sie den ersten Bissen des Apfelkuchens kostete.

»Würdest du am 24. noch einmal deine Adventsposse aufsagen?«, fragte sie.

»Die von Loriot?« Fidelio schmunzelte.

»Genau die.«

Fidelio richtete sich auf. »Zu Ihren Diensten, Gnädigste.«

»Die Stelle mit dem Knall gefällt mir.«

»Knall? Aha, ich verstehe, Clothilde hat morbide Gedanken.« Fidelio erhob sich. »›… So kam sie mit sich überein: Am Niklasabend soll es sein. Und als das Rehlein ging zur Ruh, das Häslein tat die Augen zu, erlegte sie – direkt von vor 'n – den Gatten über Kimm' und Korn.‹« Fidelio hielt inne. »Zufrieden?«

Clothilde bejahte. »Gedichte gehören einfach dazu. Besinnliche, schöne Weihnachtsgedichte.« Sie lächelte. »Mit einem Schuss Zynismus.«

»Ich habe den Text erweitert.«

»Dichter bist du auch noch? Da bin ich mal gespannt.«

»Wenn du nichts dagegen hast, werde ich ihn am Heiligabend vortragen.

»Ach, Fidelio, wenn ich dich bloß in der Familie behalten könnte.« Clothilde sprach es schweren Herzens aus. »Was immer passiert, für dich steht Haus Winterstern jederzeit offen.«

»Du sprichst in Rätseln.«

Sie sah ihm an, wie es hinter seiner Stirn ratterte. »Evamarie und du … es kriselt zwischen euch, nicht wahr?« Clothilde hob abweisend ihre Hand, als Fidelio etwas erwidern wollte. »Ich kenne meine Tochter. Sie ist alles andere als einfach. In ihrem ganzen bisherigen Leben ist sie den Weg des geringsten Widerstandes gegangen. Schule und Ausbildung ging sie minimalistisch an. Ihr war schon die kleinste Aufgabe zu viel. Dann machte sie mehr schlecht als recht eine dreijährige Ausbildung zur Verkäuferin in einem Modegeschäft. Ich verstehe heute noch nicht, wie sie es geschafft hat.« Vielleicht hat sie mit den Experten geschlafen. Aber dies dachte sie nur.

»Nichts gegen Evamarie.« Fidelio hielt inne. »Ich liebe sie wegen ihres Charakters, wegen ihrer Andersartigkeit, weil sie kompliziert ist … und einfallsreich.«

»Ich weiß, nun hat sich die Liebe verabschiedet. Ich verstehe dich. Evamarie ist kalt wie ein Fisch, wie ihr Vater.«

»Nein, das siehst du vollkommen falsch. Ich liebe sie. Ich brauchte etwas Zeit, über eine gemeinsame Zukunft nachzudenken. Ich werde ihr noch in diesem Jahr einen Heiratsantrag machen. Wenn sie Ja sagt, werde ich nicht zögern. Ich habe alles bereits in die Wege geleitet. Am Freitag, 27. Dezember, werden wir uns in Zermatt zivil trauen lassen. Unter uns gesagt: Ich habe hier eine Wohnung gemietet und bin seit gestern auf der Gemeinde angemeldet.«

»Nicht dein Ernst, Fidelio.« Clothilde spürte einen groben Kloß in ihrem Hals, der sich nach oben ausbreitete. Sie musste sich ein paarmal räuspern. »Geht das nicht zu schnell?« Andererseits hätte sie dann auch ihre Jüngste endlich unter der Haube. Wenn Fidelio so erpicht darauf war, sie vor den Altar zu führen, was sie trotz ihrer Einstellung zur Kirche hoffte, würde sie ihm nicht im Weg stehen. Andererseits tat ihr der Junge wirklich leid.

»Ich habe es mir überlegt«, fuhr Fidelio unbekümmert fort. »Ehrlich gesagt hatte ich Mühe mit ihren Auftritten auf Instagram. Aber wenn sie damit Geld verdienen kann, werde ich es wohl oder übel akzeptieren müssen.« Er runzelte die Stirn. »Ich aber vermute, dir ist es nicht recht, wenn deine Tochter zum Gespött der Leute wird.«

»Nein, natürlich nicht. Im Gegenteil, ich schäme mich für sie. Andererseits bringt sie es einfach nicht auf einen grünen Zweig.

Sie hat von einer eigenen Marke gesprochen. Aber Evamarie redet immer viel, wenn der Tag lang ist. Sie ist wie eine Seifenblase. Sie bläst sich auf, bis sie zerplatzt.«

»Ich kenne sie ja auch ein wenig. Sie würde all das nicht tun, wenn du sie unterstützen würdest …«

»Mit Geld?« Dass ausgerechnet Fidelio darauf zu sprechen kam, enttäuschte sie. »Dir kann ich es sagen: Ich hatte alle Kinder gegen mich. Ausnahmslos. Als ich mich bei ihnen beklagte, wie brutal ihr Vater zu mir war, glaubten sie dem Vater, obwohl sie vieles miterlebt hatten. Georg Imhof köderte sie, brachte ihnen den Schmus. Ich erinnere mich, wie wir jeweils am Tisch saßen und ich das Gespräch mit allen suchte. Sie lachten mich aus und wünschten mir nur das Schlechte. Irgendeinmal konnte ich nicht mehr. Ich habe viel zu lange gewartet, mit Rücksicht auf die Jüngste.«

»Evamarie?«

»Ja, Evamarie. An ihrem achtzehnten Geburtstag verließ ich meine Familie. Unter uns gesagt, ich kannte da meinen zweiten Mann bereits ein Jahr. Er half mir, mich von meiner Vergangenheit zu lösen.«

»Evamarie glaubt noch heute, dass du ihren Vater wegen Maxim verlassen hast.«

»Sie haben alle weggesehen. Nun schauen sie hin, weil es etwas zu holen gibt. Ich muss das aber zuerst verdauen und alles andere, was gerade im Haus Winterstern passiert.«

Heiligabend

im Haus Winterstern

Draußen schien die Welt unterzugehen. Der Schneesturm tobte nach wie vor. Im Salon herrschte Stille. Selbst die Kinder hielten für einmal den Mund, lagen wie tote Fliegen auf den Sofas. Ich befand mich wieder im Keller. Omas Leichnam ruhte in Embryonalstellung auf der Liege, welche man mit einem weißen Laken hergerichtet hatte. Ihre Extremitäten waren ineinandergekrallt. Tim hatte die Totenstarre nicht lösen können. Da musste Oma beim Auffinden schon eine Weile tot gewesen sein. Jemand hatte Tannenzweige nach unten gebracht und sie um die Tote drapiert. Mit Ausnahme einiger Kerzen, die den flackernden Schein an die nackten Wände warfen, war der Raum unbeleuchtet. Aus einer Box erklang Musik, etwas Mystisches, was die Szenerie erst recht bedrückend erscheinen ließ. Ich horchte und erschrak. Die »Symphonie fantastique«. Konnte es Zufall sein?

Froh, mich einen Moment zurückziehen zu können, setzte ich mich auf einen Schemel neben die Liege. Ich berührte Omas Hände und Arme. Sie waren eiskalt. Die Haut wirkte blass, Omas Gesicht so friedlich, als schliefe sie. Sie hatte die Augen geschlossen, der Mund war leicht geöffnet. Es dünkte mich, als wollte sie noch etwas sagen.

In meinem tiefsten Innern war ich wütend. Wütend wegen Oma, die sich so abrupt aus dem Leben hatte reißen lassen. Zorn und Ohnmacht wechselten sich ab. Wohin mit meinen Gefühlen? Ich hätte weinen und schreien können, wusste aber, damit würde ich das Rätsel um ihren Tod nicht lösen. Was ich brauchte, waren ein klarer Kopf und die Gabe, ein Gespür für den Täter zu entwickeln.

Versunken in meinen eigenen Schmerz, schreckte mich ein Geräusch auf. Es hörte sich wie ein Atmen an. Entsetzt sah ich auf Omas Nase. Nichts bewegte sich. Es war etwas anderes, Unheimlicheres, und in mir kam der Verdacht auf, Omas Geist würde durch das Kellergewölbe wandeln. Ich ließ meinen Blick in die Düsternis gleiten, dorthin, wo die Schatten alles einnahmen, zur ersten Treppenstufe, kaum sichtbar im diffusen Licht der Kerzen. Der kalte Hauch des Todes hatte mich längst berührt. Konnte es noch schlimmer werden?

Mein Herzschlag setzte für den Bruchteil einer Sekunde aus, um danach umso heftiger gegen meine Rippen zu pochen. Auf der untersten Stufe stand Fidelio, starr, mit offenem Mund, auf dem sich ein Schrei abzeichnete. Der Schrei blieb aus, aber Fidelio streckte verzweifelt seine Arme in meine Richtung und kam näher.

Sein Hemd war von etwas Dunklem befleckt, das aussah wie Blut, hätte ich die Farbe erkennen können. Es rann vom Hals über die Brust, dehnte sich über den oberen Teil der Ärmel aus und endete unterhalb der Taille.

Um Gottes willen! Anstatt ihm entgegenzugehen und ihn zu stützen, zog ich mich von ihm zurück. Es war ein Reflex, den ich zuerst überwinden musste. Ich sah, Fidelio befand sich in großer Not. War *er* das nächste Opfer?

Ich riss mich zusammen, schluckte ein paarmal leer, versuchte, den Klumpen in meinem Hals, der unweigerlich nach oben wuchs, wegzuhusten. »Fidelio?«

Er stöhnte und ächzte, dann sank er auf die Knie.

Ich sprang nun auf ihn zu. In meinem Rücken flackerten die Kerzen. »Fidelio?« In mir lief ein Film ab. Kurz wähnte ich mich in einem Alptraum. Ich würde daraus erwachen. Ich wartete vergebens. Die Finsternis, von schwachem Kerzenschein durchbrochen, Oma in einer skurrilen Stellung auf dem Totenbett, die unheimliche Musik. Ein Horrorfilm. Nacktes Grauen packte mich.

Fidelio machte einen Wandel durch. Seine Augen verzogen sich zu Schlitzen, seine Mundwinkel zeigten nach oben. Fidelio lachte mich an.

Einen Moment lang stand ich wie paralysiert da.

Dann ging ich auf ihn los, verlor meine Beherrschung, schlug ihm ins Gesicht, fauchte ihn an. Ich musste mich zusammenreißen, nicht laut zu fluchen und zu schreien. Es hätte die Totenruhe gestört. Ich war wach genug, um diesen Gedanken zu verinnerlichen.

Fidelio hielt meine Hände fest. »Nicht so heftig«, flüsterte er. »Ich bringe dir bloß den Beweis …«

»Welchen Beweis?« Nur langsam beruhigte ich mich. »Das ist so was von pietätlos, was du hier veranstaltest. Lass uns wenigstens den Trauerraum verlassen. Dein Narrenspiel gehört nicht hierhin. Und dann sagst du mir, weshalb du diese Show abziehst.«

Fidelio trottete neben mir her zum Weinkeller. Ich stieß die Tür auf. Ein modriger Geruch empfing uns.

»Raus mit der Sprache!« Ich hätte es wissen müssen. Aber wer ahnte im Angesicht von Omas Tod, Fidelio könnte mit dieser Posse auftreten?

»Theaterblut«, sagte er.

»Das sehe ich jetzt auch«, gab ich gehässig zurück. »Was willst du damit demonstrieren?«

»Dass sich jemand an meinen Theaterrequisiten bedient hat.«

»Ich frage mich schon lange, weshalb du diese auf die Alp geschleppt hast.«

»Ich habe meinen Koffer immer dabei. Man weiß nie, wozu ich ihn gebrauchen kann. Vor einem Jahr zum Beispiel trug ich ›Advent‹ von Loriot vor. Du erinnerst dich sicher an das blutverschmierte Tuch unter dem Weihnachtsbaum. Das war von mir.«

»Wobei du damit die Phantasie einiger Familienmitglieder angefacht hast. Glaubst du, es gibt Nachahmer?«

»Ich habe Clothildes Kleidungsstück respektive das Blut darauf mit dem Theaterblut verglichen.«

»Indem du was gemacht hast?«

»In Wasser eingeweicht, daran gerochen und geschmeckt.«

»Das ist krank.« Ob Theaterblut einen Geschmack hatte? Ich hatte Fidelio als Pausenclown in Erinnerung, den Eulenspiegel von Winterstern, einen unterhaltsamen Possenreißer. In Fidelios Anwesenheit hatte man immer etwas zu lachen, obwohl er oft etwas entrückt wirkte. Das schrieb ich seiner Parallelwelt zu, in der er zu leben gedachte. Trotzdem hatte ich mich immer gefragt, wie sich sein Beruf als Werber mit seinem Hobby vereinbaren ließe.

»Wir haben keine Möglichkeit, das ›Blut‹ auf dem Kleid zu untersuchen, da weder ein Labor noch jemand Befugter vorhanden ist. Also musste ich mir etwas einfallen lassen. Ich hatte schon beim Anblick der Toten den Verdacht, das könnte kein echtes Blut sein. Es gibt keine Verletzungen, was Tim mehr als einmal bestätigt hat.«

»Zumindest nicht äußere. Du glaubst also allen Ernstes, jemand hat das Theaterblut auf den Leichnam geleert?«

»Ich bin mir sogar sicher. Nur muss das gleich nach ihrem Ableben geschehen sein.«

»Um was zu vertuschen?«

»Einen Mord durch Ersticken zum Beispiel.«

»Oder Gift.«

14. Dezember

Evamarie und die Nacht vor dem dritten Advent

Evamarie plagte ein ungutes Gefühl. Mehrmals hatte sie versucht, Fidelio auf seinem Smartphone anzurufen. Ohne Erfolg. Zigmal hatte sie auf den Anrufbeantworter gesprochen. Bislang hatte er sich nicht gemeldet. Sie tigerte in ihrem Zimmer hin und her, ging von der Tür zu den Fenstern oder durchquerte den Raum diagonal. Sie zählte die Schritte, setzte sich auf den Ohrensessel neben dem Bett, erhob sich und wählte wieder Fidelios Nummer. Er musste doch sehen, dass sie ihn anrief. Er, der nie länger als fünf Minuten nicht auf sein Handy starrte. Eine Festnetzstation hatten sie sich nie angeschafft. Viel zu teuer, fand Fidelio. Evamarie hatte Sehnsucht nach ihm. Früher waren sie immer gemeinsam auf die Riffelalp gereist. Manchmal hatten sie Skier gemietet und waren über die unberührten Schneehänge gefahren. Plötzlich war es Fidelio zu viel geworden. Er hatte sich über die vollen Pisten genervt und nicht verstehen können, weshalb man immer noch mehr Sessellifte mit noch mehr Sitzplätzen baute. All die unbeholfenen Skifahrer würden den Talentierten den Platz auf der Piste streitig machen. Noch mehr regten ihn die Snowboarder auf, die an den unübersichtlichsten Stellen eine Verschnaufpause einlegten. Ski fahren gehörte jetzt der Vergangenheit an.

Für Fidelio gab es nichts Schöneres, als Textpassagen für einen Bühnenauftritt einzustudieren. Dann vergaß er alles, die Zeit, den Hunger, das Schlafen und Evamarie. Seine Welt waren das Schauspiel, die Interpretationen, manchmal auch der Gesang. Er blühte auf, wenn er seine Texte vortrug, ein anderer sein konnte oder in eine andere Rolle schlüpfen. Die Bretter, die die Welt bedeuteten, waren sein zweites Zuhause.

Warum, fragte sie sich, hatte er etwas gegen ihren neuen Job? Im Grunde war es doch das Gleiche. Theater auf der Bühne oder vor der Kamera. Den andern etwas vorgaukeln, was man im Grunde nicht war.

Evamarie kannte weder Leidenschaft noch Euphorie. Für sie ging es ums Überleben. Klar war es eine Ausrede, als sie nach der Schließung von Schillermöller ihren zukünftigen Verdienst auf Social Media gewittert hatte. Sie kannte Frauen in ihrem Bekanntenkreis, die arbeiteten seit Monaten auf diesen Kanälen. Je mehr Leute ihnen folgten, umso mehr verdienten sie. Sie machten nicht davor halt, sich vor laufender Kamera zu entblößen und die lapidarsten Dinge aus ihrem Alltag auszuplaudern. Dies zählte heute zur Unterhaltung. Es hatte mit »Big Brother« angefangen und ging nun mit Tiktok, Instagram, Snapchat und wie sie alle hießen, weiter. Solange die Leute solche Angebote anschauten, war man wirklich blöd, nicht mitzumachen und sich ein Stück von dem Kuchen abzuschneiden. Influencerin war mit Arbeit verbunden, suggerierte sie sich ein. Zugegeben, sie war narzisstisch veranlagt. Sie zeigte gern, was sie hatte. Die anderen, vor allem die grauen Mäuse, sollten nur sehen, wie viel Zeit sie für ihren Körper aufwendete, was für eine schöne Frau sie war. Evamarie hatte ihre Kamera immer dabei. Sie filmte sich beim Zähneputzen, beim Abschminken, beim Essen, beim Tanzen, sogar dann, wenn sie einkaufen ging. Ihr gesamter Alltag war mit wenigen Ausnahmen online.

Sie war sich bewusst, mit dieser Aktion provozierte sie Neider. Aber das war Kalkül. Evamarie hatte nichts zu verbergen. Alle sollten sehen, wie gut es ihr ging. Auch wenn die Realität anders aussah.

Sie stellte sich ans Fenster, riss die Flügel auf und positionierte ihr Smartphone so, dass man das Matterhorn gut sah. Eine gewaltige Kulisse, man würde sie deswegen beneiden. Wer mochte nicht im Dezember nach Zermatt fahren und die Vorsaison genießen. Wer etwas auf sich hielt, buchte Urlaub in einem der zig tollen Hotels oder in den Pensionen, ließ sich von A bis Z verwöhnen, besuchte Bars und Tanzclubs und müllte die Daheimgebliebenen mit Selfies zu. Das war der neue Livestyle, an dem sich Evamarie mit aller Inbrunst beteiligte. Seht her, was ich bin und was ich kann. Sie lächelte vor sich hin.

Ein Piepton meldete eine Nachricht auf Whatsapp an.

Fidelio! Endlich. Evamarie öffnete die Nachricht. »Ich muss nachdenken«, schrieb er. Nichts anderes. Sie war enttäuscht. Sie hätte von ihm mehr Drama erwartet, zumindest einen Satz, wie sehr er sie vermisse und dass er ohne sie nicht leben könne. »Ich muss nachdenken.« Worüber? Ob er sie nach vielen Jahren gemeinsamer Wege verlassen wollte? Als sie ihn kennenlernte, hatte sie als Aushilfe an einer Bar in Bern gearbeitet. Vor zehn Jahren war sie fünfunddreißig gewesen, attraktiv, eine natürliche Schönheit. Das war der Vorteil der Jugend. Man konnte unbekümmert in den Tag hineinleben, ohne sich groß Sorgen wegen des Aussehens zu machen. Fidelio war sechsundzwanzig gewesen, das Bijou eines Mannes. Allein die Tatsache, dass er neun Jahre jünger war als sie, war ein Grund, sich ihn zu angeln. Schon damals hatte Evamarie mit einem Anwesen auf der Riffelalp prahlen können. Sie hatte eine steinreiche Familie. Dass sie keinen Zugriff auf deren Vermögen hatte, hatte sie nicht kommunizieren müssen. Dass sie im Grunde eine einfache Konfektionsverkäuferin war, hatte sie Fidelio anfänglich nicht gesagt. Die Modebranche hatte ihr jedoch viele Türen geöffnet. Sie profitierte von Vergünstigungen, wusste schon Monate im Voraus, was in der kommenden Saison aktuell sein würde, durfte an Modeschauen teilnehmen und traf sich, zusammen mit der Juniorchefin von Schillermöller, mit den Anbietern exklusiver Modelabels.

Evamarie hatte wenig verdient, umso mehr ausgegeben. Für schicke Klamotten, Kosmetik, Schuhe und Taschen. Es war ihr Lebensinhalt. Und Fidelio. Sie glaubte, ihn zu lieben, aber sie wusste, es war nur oberflächlich. Sich selbst liebte sie am meisten. Sie war der Mittelpunkt in ihrem Leben.

Mutter hatte sie einmal darauf angesprochen. Mutter, die sie, hätte sie nur ein klitzekleines Verständnis für ihre Tochter gehabt, finanziell unterstützt hätte. Maxim war der Großzügige gewesen, bis Mutter ihm auf die Schliche kam. Von da an hatte sie alles blockiert. Nur wenn Urlaub angesagt war, und selbstverständlich über die Weihnachtstage, hatte sie ihre Töchter und Söhne mit Anhang eingeladen.

Seit Maxims Tod waren die Geschenke zu Weihnachten billiger geworden, an den Geburtstagen gab es nichts als eine Schachtel Pralinen. Bei einem Familienrat nur im Beisein der Geschwister hatte man besprochen, wie man dieser Unverschämtheit entgegenwirken wollte. Gleiches mit Gleichem vergelten stand schnell einmal fest. Martina nahm den Vorschlag beim Wort. Da sie selbst keine Schokolade aß, packte sie ihre Pralinen wieder in Geschenkpapier und ließ sie Mutter zukommen. Manchmal hatte die gleiche Schokolade mehrmals zwischen Kindern und Mutter kursiert. So kam es vor, dass das Ablaufdatum weit über die Mindesthaltbarkeit hinauslief.

Evamarie positionierte sich vor dem Fenster. Schokolade war auch schon Thema bei ihren täglichen Posts gewesen. Matterhorn und Toblerone. Ein ausgeleierter Zopf, neu und sexy interpretiert. Warum nicht?

Es klopfte. Evamarie schloss das Fenster, zog sich auf dem Weg zur Tür einen überlangen Wollpullover über und öffnete.

Draußen stand Julie. »Was willst du?« Evamarie mochte ihre Schwägerin wie eine Löwin das Zebra. Sie hätte ihr am liebsten die Kehle durchtrennt. Aber sie fühlte auch Schadenfreude ihr gegenüber. Julie war drei Jahre jünger als sie, sah aber doppelt so alt aus. Sie hatte den Zeitpunkt verpasst, etwas gegen ihre unförmige Figur zu tun. Und überhaupt: Was fand ihr Bruder Oliver an diesem Weibsbild? Zeitlebens hatte Julie ihn ausgesaugt wie ein Blutegel. Oliver hatte sich dumm und dämlich abgerackert, um sie und ihre beiden missratenen Söhne zu ernähren. Immer hatten sie gefordert. Und als es mit Olivers Schreinerei bachab ging, hatte Julie ihn aus ihrem Leben katapultiert. Evamarie war nicht so dumm, wie alle glaubten.

»Darf ich reinkommen?«

»Eigentlich nicht.«

Julie drängte trotzdem an ihr vorbei ins Zimmer. Sie sah sich neugierig um. »Störe ich etwa beim Influencern?«

Evamarie ließ ihren Blick durch die Fensterscheiben zum Matterhorn schweifen. Das Licht hatte sich verändert. Die Dämmerung setzte ein. Nun würde es zu spät für klare Aufnahmen sein, in denen sie sich selbst inszenieren konnte. Und niemals in Julies Anwesenheit. »Du störst immer.«

Julie schwang sich aufs Bett, blieb fast ein wenig lasziv liegen. Sie winkelte die Beine an, stützte einen Arm auf, und mit dem andern fuhr sie sich in die Haare, welche sich wie Putzfäden um ihren Kopf herumlegten.

»Sag mal, hast du sie nicht mehr alle?«

»Ich denke, ich kann das Gleiche wie du.«

»Was meinst du?« Evamarie hatte echt kein Bedürfnis, sich auf ihre Schwägerin einzulassen. Sie nervte so was von.

»Du zeigst mir, wie du es machst. Ich möchte auch Geld verdienen, schnelles Geld.«

»Okay, ich habe eine Idee.«

»Ach.« Jetzt war Julie baff.

Evamarie ging zur Kommode, wo ein Thermoskrug mit Tee stand. Sie öffnete den Deckel, nahm ein Glas und schenkte ein. »Nun bleib so liegen, nimm das Glas und erzähl deinen Followern einmal, wozu das Getränk gut ist.«

Julie war schwer von Begriff.

Evamarie nahm ihr Smartphone und filmte. »Los, sag schon.«

Julie griff nach dem Glas. »Ich trinke jetzt.«

»Na, dann trink.« Evamarie filmte. »Und sag etwas.«

»Wer diesen Tee trinkt, der wird von innen schön.«

»Noch einmal.«

»Wer diesen Tee trinkt, wird von innen schön.«

»Kapierst du es endlich?« Evamarie musste sich gegen einen Lachkrampf wehren, als sie Julies Visage sah. »Du kannst noch so viel Tee trinken, bei dir nützt es nichts. Und so, wie du aussiehst, glaubt dir keiner. Geht das in dein Spatzenhirn?«

Heiligabend

im Haus Winterstern

Es war Zeit, in Omas Schlafzimmer einen Augenschein zu nehmen. Fidelio begleitete mich. Ob ich ihm trauen durfte, stand in den Sternen. Ich hörte auf mein Inneres. Mein Bauchgefühl hatte mich selten getäuscht. Je länger ich darüber nachdachte, im Alleingang zu recherchieren, umso unrealistischer kam mir alles vor. Ich brauchte Hilfe. Fidelio hatte sie mir angeboten. Ich musste sie annehmen, obwohl mir Evamaries Verlobter oft wie ein Luftikus vorkam.

Die andern hatten sich in den Salon zurückgezogen, wo sie gemeinsam dinierten. Pierre hatte bereits am Mittag alles für das Heiligabend-Menü vorbereitet. Anstelle des festlichen Essens gab es nun das Trauermahl. Die Geschenke unter dem Weihnachtsbaum blieben bislang unberührt.

Weder Fidelio noch ich hatten Hunger, zu sehr waren wir von Omas Tod befangen. Ich öffnete die Tür, sie knarrte ein wenig, was mir die Tage zuvor nicht aufgefallen war.

»Clothilde meldet sich«, sagte Fidelio.

»Über eine girrende Tür?« Ich war zwar empfänglich für solcherlei Mysteriöses, wollte aber nicht näher darauf eingehen. Ich betrat den Raum und betätigte den Lichtschalter. Die Jugendstillampe unterhalb der Deckenrosette tauchte das Zimmer in einen Goldton.

Die Yogamatte unterhalb des Fensters fiel mir zuerst auf. Diese hatte am Morgen nicht dort gelegen. Oma musste irgendwann während des Tages ihre Übungen nachgeholt haben. Das Bett war gemacht. Oma hatte sich also nicht hingelegt. Dagegen stand eine Schranktür offen. Das rote Kleid, welches sie zum Frühstück getragen hatte, hing an einem Bügel. Ihre Pumps, eine Tasche und eine Haarbürste lagen auf dem Boden zwischen Badezimmer und

Toilette. Es sah aus, als hätte Oma ihren Wohnbereich fluchtartig verlassen.

Während Fidelio in alle Kommoden und Schränke sah, suchte ich den kleinen Tisch, die beiden Sessel und den Bereich vor dem Balkonzugang akribisch ab. In einem Papierkorb fand ich zerknülltes Geschenkpapier und die gepolsterte Schutzschicht einer Pralinenschachtel. Der Karton dazu lag auf einem der Nachttische. Ich vergewisserte mich, wie viele Pralinen sich in der Schachtel befanden. Die Hälfte davon war aufgegessen. Oma musste sie in einer auf Süßigkeiten orientierten Anwandlung verschlungen haben. Dass sie Schokolade gemocht hatte, war kein Geheimnis. Wenn sie davon gegessen hatte, war es exzessiv gewesen. Sie hatte gut und gern zweihundert Gramm Schokolade verdrücken können, ohne mit der Wimper zu zucken. »Wenn ich einmal damit beginne«, war ihre Standardausrede gewesen, »kann ich mich nicht mehr bremsen.« Oft war sie streng mit sich selbst gewesen und hatte ganz auf Süßes verzichtet. Bis zur nächsten Schokoladenorgie.

Ich nahm die Pralinenschachtel an mich, sah zum Papierkorb und wieder zum Karton.

»Ist etwas?«, fragte Fidelio. Er hob die Vorhänge an, um nichts auszulassen. Feiner Staub stieg auf.

»Die Pralinen hier«, ich wies auf die Schachtel, »hat Oma am 6. Dezember von Sankt Nikolaus bekommen. Sie muss während des heutigen Tages davon gegessen haben. Heute Morgen habe ich die Pralinen nicht gesehen, und wenn, dann hätte Oma mir welche angeboten.«

»Was schließt du daraus?«

Ich wollte meinen Verdacht nicht aussprechen. Es war der falsche Moment. Ich befürchtete, Fidelio könnte mich auslachen.

»Komm schon, dich umtreibt doch etwas.«

»Ich denke, die Pralinen könnten vergiftet sein.«

»Hat Tim etwas von einer Vergiftung erwähnt?« Fidelio zog die Vorhänge zu. Eine geringschätzige Bemerkung blieb aus.

»Nein, hat er nicht.« Ich schloss die Augen, ließ die Bilder an mir vorüberziehen. »Als man Oma fand, lag sie in einer denkwürdigen Position im Schnee, als hätte sie extreme Schmerzen gehabt. Bauchschmerzen zum Beispiel.«

»Okay, diese könnten auch vom übermäßigen Konsum an Schokolade gekommen sein. Aber man hat kein Erbrochenes gefunden. Oder ist mir etwas entgangen?«

»Wir wissen nicht, wie lange sie so im Schnee gelegen hatte. Angenommen, sie ging nach draußen, weil ihr schlecht war. Sie dachte, frische Luft werde ihr guttun. Sie beugte sich vornüber, wurde ob der Schmerzen ohnmächtig und blieb liegen. Vielleicht hatte sie erbrochen, und wir haben es nicht bemerkt. Es hat geschneit und alles zugedeckt.«

»Willst du nachsehen gehen? Oder möchtest du, dass ich es mache?«

»Ich glaube, wir müssen das checken.«

»Gut, ich übernehme das.« Fidelio sah nachdenklich aus. »Wichtiger aber ist, herauszufinden, woher die Pralinen stammen. Du hast gesagt, Sankt Nikolaus hat sie mitgebracht.«

»Ich erinnere mich an das Geschenkpapier, ja, das rote mit den goldenen Sternen.«

»Wer könnte sie ihm mitgegeben haben?«

»Der Gemeindepräsident. Oma war überzeugt, er steckte unter dem Nikolausgewand. Leider hatten es der Samichlaus und der Schmutzli sehr eilig, nachdem der Esel auf den Parkettboden gepinkelt hatte.«

Fidelio lachte. »Die Frage erübrigt sich, aber wie hat Clothilde reagiert?«

»Sie nahm es gelassener als ich.«

»Echt?«

»Wäre so etwas am Heiligabend geschehen, hätte sie vielleicht getobt. In den letzten zwei Wochen hat sich alles zugespitzt. Begonnen hat es aber mit Julies Ankunft. Jonas und Jannik sorgten für Wirbel, dann die Zwillinge … du hast ja selbst erlebt, wie alle drauf waren. Ich glaube, dieses Mal wurde Oma alles zu viel. Sie hat sich zwar nie darüber beklagt, oder ich habe es überhört.«

»Könnte das einen Zusammenhang mit ihrem Tod haben?«

»Willst du meine Meinung dazu, Fidelio?«

»Wir sollten offen miteinander reden.«

»Nach dem, was ich mitbekommen habe, muss sich alles ums Geld drehen. Nicht nur Barbara ist erpicht darauf, möglichst zeitnah zu erfahren, was Oma in ihrem Testament geschrieben hat. Ich befürchte, es war doch Mord.«

13. Dezember

Clothilde und Freitag, der Dreizehnte

Laura erschien in einem pinkfarbenen Pyjama am Tisch, womit sie die Blicke aller auf sich zog. »Heute Morgen ist mir eine Katze über den Weg gelaufen.«

»Im Haus?«, fragte Julie.

»Ja, vor meiner Zimmertür.«

Auch das noch. Clothilde verdrehte die Augen. Ihre Enkelin war noch nie fassbar gewesen. Ihre zum Teil verqueren Ansichten hatte Clothilde jedoch nie ernst genommen. Laura war ein zartes Wesen, schlug fast ein wenig aus der Familie, kam Anna am ähnlichsten, aber sie war nicht so aufmerksam.

Julie griff sich instinktiv an die Stirn, dann zum Brotkorb, woraus sie eine Semmel angelte. »Nicht gut. Vor meinem Fenster saß ein schwarzer Vogel und hat mit dem Schnabel auf die Scheibe gepickt. Laura, hast du verschlafen?«

Jonas krauste die Stirn, setzte den dunklen Blick auf. »Das Haus Winterstern ist verflucht, oder es bahnt sich etwas Unheilvolles an.«

Jannik und Evamarie kicherten vor sich hin. Sie machten sich lustig über Laura, die als Letzte in die Wohnküche gekommen war.

»Lacht mich nur aus«, schimpfte Laura, zog ihren Stuhl vom Tisch weg und schwang sich auf den Sitz.

»Du musst geträumt haben«, sagte Clothilde, die einen derartigen Auftritt ihrer Enkelin missbilligte. Etwas mehr Respekt hätte sie schon erwartet. Man erschien nicht mit dem Nachtanzug am schön gedeckten Brunchtisch. Sie musste darüber hinwegsehen. Laura war in Ordnung. »In meinem Haus gibt es keine Katzen.«

»Sie mag geträumt haben«, nahm Julie Laura in Schutz, »aber an mein Fenster hat tatsächlich ein schwarzer Vogel geklopft.«

»Ach, das ist doch schon mal ein guter Ansatz für eine Geschichte.« Clothilde, seit ihrer Kindheit von Gruseligem angetan, erinnerte sich an ihre Eltern, die erzkatholisch und entsprechend abergläubisch gelebt hatten. »Julie hat recht. Wenn ich richtigliege, ist heute ein schwarzer Tag. Es gibt durchwegs Zeichen, wenn man an sie glaubt. Meine Eltern wohnten als Untermieter in einem einfachen Haus auf dem Land. Vater ging auswärts arbeiten, Mutter besorgte den Haushalt ihrer Vermieter. Es waren betagte Leute. Aber Mutter wusste, bei denen war nicht alles Gold, was glänzte. Sie führten einen erbitterten Streit mit einem Nachbarn, dem das Grundstück neben ihrem gehörte. Es war nie klar, wo die Grenze verlief. Regelmäßig wurde der Markstein versetzt. Und immer nur um ein paar Meter. Der Nachbar rückte ihn weiter ins Gelände von Vaters Vermieter, dieser wiederum setzte ihn in der Nacht darauf zurück. So ging das über Jahre. Es war wie ein Säbelrasseln zwischen den Parteien, ein kalter Krieg. Eines Tages starb der Nachbar. Der Grenzstein blieb in der Folge an seinem Platz, meinte man. Denn immer, wenn der Dreizehnte auf den Freitag fiel, beobachtete meine Mutter nachts im Garten eine unheimliche Gestalt, wie sie den Markstein versetzte. Am andern Morgen befand er sich dann wieder am ursprünglichen Platz.«

»Wenn die Geschichte nicht wahr ist«, Evamarie lachte, »dann ist sie wirklich gut erfunden. Wer hat denn nun den Markstein versetzt?«

»Mutter hatte wohl geträumt.« Clothilde lächelte wegen der erstaunten Blicke ihrer Verwandten.

»Oder der Teufel«, raunte Jonas.

»Versündige dich nicht«, sagte Julie todernst. »Solche Dinge geschehen. Wenn ein schwarzer Vogel mit seinem Schnabel an die Fensterscheibe klopft, ist das ein untrügliches Zeichen dafür, in naher Zukunft wird der Tod im Haus Winterstern einkehren.«

Clothilde traute ihren Ohren nicht. Ausgerechnet Julie, der sie weder Phantasie noch Grips zutraute, kam auf diese absurde Idee. Trotzdem pflichtete sie ihrer Schwiegertochter bei. Die endlos langen Tage im Haus Winterstern erfuhren damit eine kurzweilige Note. Clothilde musste schmunzeln.

Jonas schob den Stuhl nach hinten und verschränkte die Arme hinter dem Kopf. »Irrglaube in Ehren, aber ist es heute ein Thema?« Er linste zu Evamarie hinüber, die in aller Ruhe ein Brötchen mit Honig beschmierte. »Hey, Tantchen, erzähl doch mal von deinem neuen Job.«

Clothilde fragte sich, woher er das wusste. Sie sah zu ihrer jüngsten Tochter und bemerkte, wie diese errötete.

Als Evamarie nichts darauf erwiderte, fuhr Jonas unbekümmert fort: »Eine Minute Abschminken, eine Minute Auftragen einer Salbe, zwei Minuten Make-up, zwei Minuten linkes Auge, zwei Minuten rechtes Auge und währenddessen ein Gelabere über Schönheitsprodukte.«

Am Tisch wurde es augenblicklich still. Alle starrten zuerst Jonas, dann Evamarie an.

»Für wie bescheuert hältst du deine Followerinnen? Du machst ihnen etwas vor, als wüssten sie nicht selbst, wie sie ihr Gesicht zu pflegen hätten?«

Endlich kam Leben in die erstarrte Evamarie. »Du hast keine Ahnung, also halte gefälligst deinen Mund.«

»Das ist eine totale Verblödung.« Jonas kam es offenbar nicht in den Sinn, den verbalen Angriff gegen Evamarie zu beenden. »Schlimmer allerdings, als dein Gesicht zu präsentieren, ist, wenn du den Arsch zeigst und ihn mit einem Fake-Mittel gegen Cellulite vor aller Welt abrubbelst. Sorry, aber dein Hintern ist nicht der Rede wert. Du solltest mal den von Aloisia, der Top-Influencerin, sehen.«

»Der ist nicht echt«, sagte Evamarie. »Sie spritzt ihn mit Hyaluron auf.«

»Macht sie das wirklich?«, fragte Jannik, der bis anhin zugehört hatte und nun aus seiner Lethargie erwacht war. »Kann man sie auf Insta oder Tiktok sehen?«

»Auf Tiktok macht sie es auf die Schnelle, auf Instagram nimmt sie sich Zeit«, antwortete Evamarie.

»Was? Aufspritzen?«, fragte Jonas.

»Nein, abrubbeln«, antwortete Evamarie.

»Sprichst du von dir?«, fragte Jannik.

»Nein, von Aloisia. Aber bei Evamarie kommst du voll auf deine Kosten.« Jonas zwinkerte seinem Bruder zu.

»Krass.« Jannik nahm Evamarie ins Visier. »Muss ich mir ansehen. Unter welchem Nutzernamen agierst du?«

»Mit dir spreche ich nicht, du Arbeitsloser.« Evamarie rümpfte die Nase. »Und an alle anderen: Ich verdiene damit mein Geld.«

»Ist das so?«, fragte Julie. »Du verdienst mit der Dummheit deiner Klientel Geld?«

Clothilde gefiel gar nicht, wo die Diskussion hinführte. »Jetzt mal halblang, Kinder. Das bringt doch nichts.« Sie hatte genug von dem Geschwafel, hätte sich intelligentere Gespräche gewünscht. Aber diese gab es in ihrer Familie nicht. Am liebsten hätte sie sich einen Gehörschutz in die Ohren gestöpselt und die Augen verbunden. Sie entschied, auf ihr Zimmer zu gehen, weg von diesen Streitereien, von den gegenseitigen Angriffen. Anna fehlte ihr. Aber sie hatte ihr heute freigegeben. Anna sollte auch einmal durchatmen können.

Sie spürte die Blicke ihrer Sippschaft auf sich, als sie ihnen den Rücken zuwandte und Richtung Windfang ging. Es war früher Nachmittag. Durch die Scheiben fiel mattes Licht. Clothilde stieg über die Wendeltreppe nach oben, blieb auf halbem Weg stehen und bestaunte den riesigen Weihnachtsbaum, den ihre Angestellten geschmückt hatten. Diesmal hatten sie sich besonders viel Mühe gegeben und sogar den Siebenzackenstern vom Dachboden geholt. Er überstrahlte mit seinem fluoreszierenden Schimmer die obersten Äste. Trotzdem glaubte Clothilde, etwas Wichtiges fehlte. Elvira musste einen Karton vergessen haben. Clothilde vermisste die Engelshaare, das silberfarbene gelockte Lametta, das dem Baum eine besondere Note verlieh. Sie ging weiter bis zum zweiten Stockwerk und von dort über eine schmale Treppe zum Estrich.

Es war Jahre her, seit sie den Dachboden zum letzten Mal ausgekundschaftet hatte. Hier oben war alles eng, verstaubt, und es war bitterkalt. Der Wind brauste durch die Ritzen. Es tönte fürchterlich, wie ein Orchester des Todes. Unheimlich knisterte es im Gebälk. Clothilde schloss die Tür hinter sich, suchte nach einem

Lichtschalter, fand ihn und kippte ihn nach unten. Als man vor Jahren das Haus Winterstern einer Sanierung unterzogen hatte, waren der Dachboden und der Keller in Vergessenheit geraten. Unter dem Dachstuhl war alles wie vor hundertdreißig Jahren. Die Zeit war stehen geblieben. Zwei Funzeln spendeten gerade so weit Licht, dass Clothilde den Weg zu den aufgeschichteten Kartons fand. Sie hätte eine Taschenlampe mitnehmen sollen. Wieder zurückzugehen, dafür fehlte ihr die Geduld. Sie erwehrte sich einiger starr gefrorener Spinnennetze und fragte sich gleichzeitig, warum Elvira diese nicht beseitigt hatte. Nun, Clothilde kannte ihre Haushälterin. Länger als nötig hielt sie sich nicht gern in düsteren Abstellräumen auf. Zudem fürchtete sie sich vor Gespenstern. Wahrscheinlich war sie im Schnellzugtempo unterwegs, hatte das Nötigste aus den verborgenen Winkeln hervorgeholt und war froh gewesen, die Tür hinter sich wieder schließen zu können.

Clothilde musste beim Gedanken an Elviras Angst schmunzeln. Sie war schon immer ein Sensibelchen gewesen. Sie hatte behauptet, kurz nach Maxims Tod dessen Geist gesehen zu haben. Clothilde selbst hätte damit umgehen können. Sie hatte allabendlich an ihren verstorbenen Mann appelliert, sich ihr zu zeigen. Ihre Einbildung hatte nicht ausgereicht, Maxim heraufzubeschwören. Sie hatte sämtliche ihr geläufigen Heiligen angefleht, man möge gnädig mit ihr sein und Maxim ihr erscheinen lassen, nachdem er so plötzlich aus ihrem Leben geschieden war. Sie hatte alle Kirchen und Kapellen in Zermatt und Umgebung aufgesucht, Kerzen angezündet, gebetet und den Opferstock mit Kleingeld gefüllt. Es hatte alles nichts genützt.

Heute war Freitag, der Dreizehnte.

Laura und Julie glaubten, an diesem Tag würde alles schiefgehen, was nur schiefgehen konnte. Die schwarze Katze. Laura hatte nicht gesagt, aus welcher Richtung sie ihren Weg gekreuzt hatte. Der Totenvogel am Fenster, war Julie überzeugt, bringe Unglück. Julie, die schon früher sehr abergläubisch gewesen war. Ihr Mann Oliver behauptete, sie leide unter Paraskavedekatriaphobie.

Clothilde schüttelte den Kopf und spürte einen kalten Hauch

an ihren Wangen. Einbildung ist auch eine Bildung, redete sie sich ein. So unbekümmert wie vorher war sie nun aber nicht mehr. Was, wenn Maxim ihren Wunsch jetzt erfüllte?

Ein Geräusch schreckte sie auf. Der Wind hatte etwas nachgelassen. Nur ein leises Pfeifen durch die undichten Stellen war zu vernehmen. Und dieses Geräusch. Kein Poltern, kein Kratzen, kein Schleifen. Clothilde vermochte nicht, sich daran zu erinnern, diesen Ton je gehört zu haben. Sie ignorierte ihn. Ihre Sinne waren dennoch hellwach. Es mussten die Nerven sein. Es wurde ihr langsam, aber sicher alles zu viel. »Maxim? Bist du das?«

Keine Antwort.

»Maxim, gib dich zu erkennen. Nur ein einziges Mal.«

Irgendwo schlug eine Tür zu.

Clothilde wandte sich brüsk um, hätte fast den Kopf an einem niederhängenden Balken gestoßen. »Wer ist da?«

Etwas raschelte.

»Wer immer du bist, sei kein Feigling. Komm raus. Zeig, wer du bist.« Sie blinzelte Richtung Tür, die vom Dachboden weg auf die Treppe führte. Dort stand jemand, wie ein Wesen aus einer fremden Welt. Ob es ihrer Phantasie entsprungen war? Clothilde ging beherzt darauf zu. Was konnte sie verlieren? Sie fürchtete sich nicht.

Die Gestalt stand jetzt genau vor der ersten Deckenlampe. Das Gesicht lag im Schatten.

Noch drei Schritte. »Wer getraut sich, mit einer alten Frau Schabernack zu treiben?«

Zwei Schritte. Es wurde ihr etwas mulmig zumute. Hätte der Fremde gesprochen, es wäre Clothilde leichter gefallen, auf ihn zuzugehen. Das Schweigen des Gegenübers lähmte sie.

Einen Schritt.

Das Wesen hob die Arme, griff mit den Händen auf die Brust und riss den Umhang auf, welchen Clothilde erst jetzt zu erkennen vermochte.

»Jannik?«

Ihr Enkel fletschte lachend die Zähne.

»Du Scheusal! Was fällt dir ein? Warum tust du das?«

»Ich bin mit Jonas eine Wette eingegangen. Er behauptete, man könne dich nicht zu Tode erschrecken.«

Clothilde packte ihn am Arm. »Vielleicht verrätst du mir, weshalb ihr euch so unflätig aufführt. Habt ihr mein Weihnachtsgeschenk schon vergessen?«

Jannik wandte sich zähneknirschend ab.

»Raus mit der Sprache.«

»Ich wollte kein Snowboard«, kam es endlich zurück.

»Deine Mutter sagte, wie sehr ihr euch so eines wünscht.«

»Das war letztes Jahr. Was sollen wir mit Skiern oder Snowboards? Für die paar Tage auf der Riffelalp? Mam will uns sonst keine Tageskarte kaufen. Es sei zu teuer. Und mir wäre ein neues Smartphone lieber.«

Clothilde schwieg. Seit Jahren versuchte sie, an Julies Söhne heranzukommen. Es gelang ihr weder mit spannenden Geschichten noch mit Erzählungen über die Vergangenheit von Haus Winterstern. Es interessierte sie nicht. Jonas und Jannik waren empathielose Geschöpfe, die einer Masse hirnloser Gestalten hinterherliefen und das taten, was gerade angesagt war. Sie wollten etwas darstellen, ohne etwas zu können, wollten den Lohn für keine Arbeit. Clothilde seufzte. Wohin führte das alles?

»Du bist arbeitslos?«, fragte sie.

»Ich nehme an, Mam hat es bereits erzählt.«

»Ich hätte dir einen Job.«

»Ja, ja, diese Jobs kenne ich. Stall ausmisten, Kloschüsseln reinigen, Schnee schippen. Mensch, Oma, wir sind hier in den Ferien.«

Heiligabend

im Haus Winterstern

Ich verließ Omas Zimmer mit der Pralinenschachtel. Fidelio meinte, jemand müsse die Schokolade auf Gift testen. Er schlug Stephanie vor. »Mit ihrem Gewicht wird sie es aushalten.«

»Indem sie eine Praline isst?« Ich ging über die Treppe bis zur ersten Etage. Im Salon war Leben eingekehrt. Offenbar hatte man das Nachtessen beendet. Von der Galerie aus sah ich Alpha und Beta herumrennen. Auch Wolfgang tauchte auf. Ich hätte ihn am liebsten gleich zur Rede gestellt. Das Gefühl, er könnte etwas mit dem Tod seiner Schwester zu tun haben, kam nicht von ungefähr. Er war am Vorabend hier eingetroffen, nachdem er Omas Einladung zuerst nicht hatte Folge leisten wollen. Weil er sich ein Alibi verschaffen wollte? Was wusste ich denn über Wolfgang? Über diesen griesgrämigen Alten, der behauptete, eine Familie zu gründen sei bei ihm nie ein Thema gewesen, schon seiner Freiheit wegen nicht. Dennoch hatte er mir immer einen einsamen Eindruck hinterlassen. Wolfgang hatte eine Alkoholfahne, und mir stieß es übel auf. Was ich an Oma immer geschätzt hatte, war ihre gepflegte, wenn auch gewöhnungsbedürftige Erscheinung. Wolfgang dagegen betonte sein hohes Alter mit einer Vernachlässigung und einer harten Sprache, die ich nicht verstand.

»Es gibt keine Alternative«, sagte Fidelio und riss mich aus meinen Gedanken. »Clothilde hat mindestens zweihundert Gramm davon gegessen. Entweder wurde es ihr allein vom Verzehr der Kalorienbombe schlecht, oder in den einzelnen Stücken befindet sich tatsächlich eine Substanz, die das zentrale Nervensystem lähmt. Um an effizientes Gift zu kommen, muss man ein Rezept haben.«

»Ein Rezept, ja bravo. Wer könnte denn so ein Rezept ausstellen oder am ehesten an ein tödliches Pülverchen oder Wässerchen gelangen?«

»Tim«, räumte Fidelio ein.
»Tim? Verstehe ich nicht. Tim ist Arzt. Welches Motiv sollte er denn haben?«
»Überleg doch mal. Niemand kennt ihn wirklich. Vor einem Jahr war er noch nicht dabei. Vielleicht hat Barbara ihn angeheuert. Deine Cousine Laura ist das perfekte Alibi. Ein bisschen knutschen, sich im Zimmer verkriechen, damit jedermann sieht, wie verliebt sie sind. Aber hast du jemals in ihr Zimmer gesehen? Niemand weiß, was hinter der Tür abgeht. Möglicherweise hat Barbara ihn instruiert, wie man jemanden aus dem Weg räumen kann. Du hast doch selbst gesagt, wie närrisch Barbara auf das Testament ist.«
»Glaubst du, sie hat eine kriminelle Ader?« Ich hatte Mühe damit. In Tim einen Auftragsmörder zu sehen ging mir nicht in den Kopf. Alles in mir sträubte sich dagegen. Mir wurde unwohl. Ich hätte mich niemals so weit aus dem Fenster lehnen und mich als Privatermittlerin zur Verfügung stellen sollen. Davon abgesehen zog der Fall mich jedoch mit einer Wucht an, der ich mich nicht erwehren konnte. War ich es einerseits meiner Oma schuldig, reizte mich andererseits die Frage, ob ich dieser Aufgabe gewachsen wäre.
»Komm, wir sollten weitermachen«, schlug Fidelio vor. »Ich schaue mich mal auf dem Platz um, auf dem Clothilde gelegen hatte. Vielleicht finde ich etwas, das uns weiterhilft.«
Ich erreichte das Erdgeschoss. Im Salon herrschte reges Treiben. Und Chaos. Jemand musste den Kindern das Okay gegeben haben, die Geschenke auszupacken. Buntes Papier, aufgerissene Schachteln, Plastik und Tausende von Puzzleteilen lagen verstreut auf dem Boden. Oma hatte die Tradition auch an diesem Weihnachten nicht gebrochen. »Geduldsspiele«, war sie der Meinung gewesen, »sind gut fürs Gehirn. Und Hirn, liebe Anna, kann man sich antrainieren. In meiner Familie besteht ordentlich Bedarf.« Natürlich hatte sie mich ausgeschlossen. Wenn es nach Oma ging, war ich stets die Gescheiteste von allen. Hatte ich mich je einmal gefragt, warum das so war?
Ich traf auf meine Mam. Fast lethargisch saß sie an einem der

runden Tische, vor sich eine Tasse Kaffee. Sie pickte mit spitzen Fingern von den Zimtsternen. Müsste ich sie in den engeren Kreis der Verdächtigen nehmen? Ich musste einfach alle Möglichkeiten in Betracht ziehen. Zwar lebten Mam und Dad getrennt. Sie waren jedoch noch immer verheiratet. Wenn Dad erbte, würde er Mam bei einer Scheidung … Nein, entsann ich mich eines Besseren. Das Erbe würde vollumfänglich bei Dad bleiben und Mam keinen Anspruch darauf haben. Wohl aber ich, sollte Dad sterben.

»Was grübelst du?« Mam sah mich mit zusammengekniffenen und geröteten Augen an.

Ich bemerkte, sie hatte zu viel getrunken, und das wahrscheinlich nicht bloß wegen Omas Tod. Da spielten noch andere Gründe eine Rolle. Ihre zerrüttete Ehe, die Tatsache, dass sie über die Feiertage auf glückliche Gattin hatte machen müssen. Ich wies auf das langstielige Glas neben der Kaffeetasse. »Hat der Wein geschmeckt?« Wieder musste ich an Oma denken. »Bist du auf der Stufe Essig angekommen?« Ich nahm das Glas mit der Neige, schnüffelte daran, schwenkte es. »Also ein edler Tropfen ist es nicht.«

Mam lachte mich an. Ihre Bewegungen waren fahrig. »Ich kenne die Tricks meiner Schwiegermutter … selig«, ergänzte sie. »Ich weiß Bescheid über ihren Weinkeller.« Mam fixierte mich auf einmal mit starrem Blick. »Liegt sie noch immer unten, oder habt ihr sie weggebracht?«

»Sie wird dort bleiben, bis die Bestatter sie abholen.« Oder der Gerichtsmediziner. Oder ein Arzt. Aber das dachte ich nur. Ich stieß Luft aus. Fast hätte ich Omas Leichnam vergessen. Das, was auf dem Schragen lag, war ihre Hülle. Die Seele war entschwebt, oder sie hielt sich noch ein wenig in diesen Mauern auf, bevor sie sich endgültig auf den Weg zu ihrem geliebten Maxim machte. Sterben war und blieb ein Mysterium für mich. Gab es vielleicht so etwas wie eine Zwischenwelt?

»Wann taut sie endlich auf, damit wir sie so hinlegen können, wie es sich geziemt?«, fragte Mam.

»Sie ist nicht gefroren«, korrigierte ich sie sanft, aber bestimmt. »Solange sich die Totenstarre nicht löst, müssen wir sie in dieser eher ungünstigen Position lassen.«

»Wie lange geht das denn noch?«

»Bis zu achtundvierzig Stunden.«

»Du meine Güte.« Mam schlug die Hände vors Gesicht. »Dieses Weihnachten werden wir wohl nie vergessen. Heiligabend im Haus Winterstern. Fast könnte es eine Metapher sein. Das neugeborene Christkind liegt in einer Futterkrippe und im Keller tot meine Schwiegermutter. Na ja«, sie stieß einen tiefen Seufzer aus, »dein Vater wird jetzt erben und damit aus dem Schneider sein. Er braucht mich nicht mehr und kann sich seiner Tusse aus dem Büro widmen.«

»Ich dachte …«

»Jaja, er hat mich verlassen. Das hat er dir sicher erzählt, das kommt ihm so etwas von gelegen.«

»Hat er nicht. Verschone mich mit euren Problemen. Zudem, wovon redest du?«

»Glaubst du, ich hätte nicht gemerkt, wie dein Dad mich betrügt? Ich bin mitgekommen, weil er es sich so wünschte, weil er bei seiner Mutter auf heile Welt machen wollte. Aber ehrlich, diese Heuchelei fordert ihren Tribut. Er schläft jetzt im Hotel, kommt aber zwischendurch nach Hause, wenn es ums Wäschewaschen geht. Nie hat es mich mehr Nerven gekostet als in diesem Jahr, wenn ich mit deinem Vater das Zimmer teilen musste.« Sie stöhnte auf. »Mit Clothildes Tod bekomme ich den Freipass. Endlich wird mich Frank gehen lassen.«

Ich schrieb es dem Alkohol zu. Mam musste zu viel getrunken haben, sonst hätte sie nicht so wirres Zeugs von sich gegeben.

Ich wandte ihr den Rücken zu. Ich wollte nicht erfahren, was mit Mam und Dad los war. Ich hatte es geahnt, aber Realität und Vermutung standen auf zwei verschiedenen Blättern.

Ich nahm meinen Schreibblock zur Hand und notierte. Mam respektive Nicole hatte ein Motiv. Auch Dad, Frank, hatte eines, wenn auch ein gänzlich anderes.

12. Dezember

Arthur und das Testament

Es fehlte ihr an Antrieb. Die letzten Tage waren beschwerlich gewesen. Clothilde vermochte kaum, sich aufzuraffen und den Tag mit dem Sonnengruß zu beginnen. Die Krise hatte einmal kommen müssen. Sie streckte die Beine über den Bettrand, stützte die Arme auf der Kante ab und versuchte aufzustehen. Gottlob kam Anna ins Zimmer und half ihr dabei.

»Oma, kann ich etwas für dich tun?« Offenbar spürte Anna ihr Unwohlsein.

»Welches Datum haben wir heute?« Sie ließ sich von ihrer Enkelin auf die Beine ziehen und schnupperte. »Neues Parfüm?«

»Dein Duschmittel im Badezimmer. Elvira muss es hingestellt haben.« Anna lächelte. »Heute ist Donnerstag und der Zwölfte. Bald ist Heiligabend. Du solltest dich etwas schonen.«

»Ich bin froh, wenn ich mich ab und zu zurückziehen kann. Diese Buben … Jonas und Jannik, sie zerren am letzten Nerv. Ich verstehe nicht, warum Oliver nicht durchgreift. Ich habe ihnen ein Snowboard gekauft, weil sie es sich so gewünscht hatten. Ein Vorweihnachtsgeschenk. Nun ist das auch wieder nicht richtig. Jonas hat sich halbherzig bei mir bedankt. Jannik dagegen macht mir Vorwürfe wegen des Bretts.«

»Was für welche?«, fragte Anna.

»Er sagte, er brauche so etwas nicht. Ich hätte ihm den Tag in Zermatt vermiest. Worauf er genau hinauswollte, hat er nicht gesagt. Ich kann machen, was ich will …«

»Oje.« Anna fuhr sich mit der Hand zum Mund. »Ich glaube, mein Cousin hat sich zum ersten Mal verliebt.«

»Ist das ein Grund, sich gegenüber mir so bärbeißig zu benehmen? Ich wollte nett sein. Was kommt zurück? Ein Tritt in den Allerwertesten.«

»Du darfst das nicht so eng sehen.«

Anna hatte einen guten Charakter, den besten von allen, die bereits im Haus Winterstern eingetroffen waren. Wahrscheinlich würde es so bleiben. Alle, die nachkamen, hatten schlechtere. Sie hofierten Clothilde, weil sie etwas von ihr wollten. Hinter der Fassade sah es anders aus. Clothilde war nicht dumm. Sie spürte schon lange, dass man sie loswerden wollte. Traurig genug, dass selbst ihre fünf Kinder wie Hyänen auf die Beute lauerten. Andererseits waren es ihre Töchter und Söhne, und sie würden angemessen erben. Ja, ja, ums Erben ging es. Deshalb kamen sie allesamt in jedem Jahr auf die Riffelalp. Wie Zombies fielen sie über das Herrschaftshaus her, machten sich breit, als gehörte es schon ihnen, benahmen sich voll daneben und hatten weder Anstand noch Feingefühl.

Clothilde bat Anna, sie möge ihr bei der Morgentoilette und beim Anziehen helfen. »Danach, liebe Anna, möchte ich, dass du Arthur zu mir bestellst. Ich habe etwas mit ihm zu besprechen.«

Frisch geduscht, frisiert und geschminkt und im edlen Deux-Pièces von Dior erwartete Clothilde wenig später ihren langjährigen Butler Arthur. Anna hatte sich in der Zwischenzeit diskret verabschiedet. Sie wolle in der Küche helfen, hatte sie gesagt. *Good girl!*

Clothilde betrachtete sich im Spiegel. Das Alter hatte seine Spuren hinterlassen. Da konnte Anna ihr noch so flattieren und ihr vorschwärmen, wie gut sie doch für ihr Alter aussah. Clothilde sah es realistisch. »Einmal wird auch das Stündchen für mich schlagen, und ich werde die Radieschen von unten ansehen.« Sie lächelte ihrem Ebenbild zu. Die schönste Zeit ihres Lebens war Vergangenheit. Sie hatte sie ausgekostet bis zum Schluss. Jedes Jahr, jeden Monat, jeden Tag. Keine Stunde mit Maxim hatte sie je bereut. Das, was ihr Gesicht verriet, waren der Kummer während der ersten Ehe, die Geburten ihrer Kinder, die Sorgen um sie. All das hatte ihr zugesetzt. Jedes Leid hatte an ihrer Hülle gekratzt und tiefe Furchen sowohl auf der Haut wie auch in der Seele hinterlassen. Maxim hatte ihr Herz erfüllt, nicht aber ihre Runzeln glätten können.

Es klopfte. Die Tür ging auf. Arthur betrat das Zimmer. Vornübergebeugt, ergeben, ein echter Gefolgsmann. Seine zu lang geratenen Haare hatte er mit einem Gel nach hinten gekämmt. Bei jeder Bewegung fielen sie in seine Stirn, und er musste sie zurückstreichen, damit er aus den Augen sah.

»Sie gute Seele.« Clothilde bat ihn, sich ihr gegenüber auf den Fauteuil zu setzen. »Was wäre ich ohne Sie, mein Lieber.« Sie stieß lange und hörbar Luft aus.

»Was wären Sie ohne Anna«, korrigierte Arthur leicht beschämt. »Sie ist die Perle in diesem Haus. Ich habe dieses Mädchen schon gemocht, als es noch ein Teenager und quirlig war und für die sonnigen Momente in diesem Haus gesorgt hat.«

Anna, ihre Enkelin. Eine junge Frau, welche Clothildes wahre Werte schätzte, die sie weder nach dem Äußern noch nach ihrem Kontostand beurteilte, sondern sie nahm, wie sie war.

»Deshalb, mein lieber Arthur, möchte ich heute mein Testament ändern. Sie sollen Zeuge sein, es verwalten und vollstrecken, wenn es mit mir zu Ende geht. Sie sind der einzige Mensch, dem ich seit Jahren vertraue.«

»Aber, aber, Madame von Anthamatten. Wie reden Sie denn? Sie stehen in der Blüte Ihres Lebens.«

»Sie Schmeichler. Aber auch Scheinheilige müssen sterben.« Sie lächelte ein wenig. »Ich habe ausgeblüht und bin müde.« Sie hob die Hand, als Arthur zum Widersprechen ansetzte. »Man will es mir nicht ansehen, ich weiß. Aber ich spüre es. Ich ertrage den Lärm nicht mehr. Manchmal habe ich Sehnsucht nach dem, was kommt.«

»Wenn Sie es wünschen, werde ich selbstverständlich dafür sorgen, dass es ruhiger wird im Haus.«

»Den Höhepunkt haben wir noch nicht erreicht. Meine Familie wird in den nächsten Tagen über uns herfallen wie die Wespen über eine Fleischplatte. Ich darf nicht daran denken. Aber eben, Tradition ist alles.«

»Auch diese Tage gehen vorbei. Nach Neujahr wird Stille herrschen, und Sie wären dann vielleicht froh, nur ein klitzekleines Stück Unruhe behalten zu dürfen.«

»Die Wintertage nur mit Ihnen sind die schönsten. Mit Ihnen, Pierre und Elvira.«

»Na also, sehen Sie, das sind doch positive Aussichten.«

»Das ist Süßholzraspeln.« Clothilde fühlte sich geehrt. Arthur ging auf die achtzig zu und war ihr stets ein liebevoller, hilfsbereiter Butler gewesen. Er hatte etwas Besseres verdient, als im Haus Winterstern zu verkümmern. »Arthur«, wiederholte sie, »ich möchte das Testament ändern.« Sie sah, wie er leer schluckte. »Es ist Zeit, einige Dinge zu korrigieren und anzupassen. Ich möchte dies tun, solange ich geistig vital und zurechnungsfähig bin. Bringen Sie mir das edle Papier. Sie wissen, welches. Sie bleiben so lange hier sitzen, bis alles niedergeschrieben ist.«

»Wie letztes Mal?« Arthur verneigte sich.

»Wie letztes Mal. Das alte Testament können Sie vernichten.« Clothilde sah ihrem Butler zu, wie er sich erhob, zur Tür ging, diese öffnete und die Galerie betrat. Nicht mehr so aufrecht wie früher. Auch ihm setzte das Alter von Tag zu Tag mehr zu. Er kehrte sich noch einmal zu ihr um. »Sie sagten ›das alte Testament‹, nicht ›das Alte Testament‹ … nicht die Bibel, oder?«

Clothilde lehnte sich zurück. Sie mochte Arthurs Wortwitz. »Was ich heute kann besorgen, verschiebe nicht auf morgen.« Clothilde lächelte vor sich hin. Maxims Worte. Er hatte stets alles erledigt, was anstand. Er war der Macher gewesen, einer, der nicht lange redete, sondern handelte. Nicht aus dem Bauch heraus, sondern überlegt. Was für ein Glück hatte Clothilde gehabt, ihm zu begegnen. Es war naheliegend gewesen, dass man sie im Dorf wegen Maxims Reichtum angriff. Scharlatan hatte man sie genannt, sie habe es nur auf den Nervus Rerum abgesehen. Zugegeben, sie hatte die damit verbundenen Annehmlichkeiten genossen. Zuerst zaghaft, dann zunehmend begeisterter. Sie hatte sich die teuersten Labels geleistet, jede Woche mindestens einmal die Kosmetikerin, die Masseurin und den Fitnesstrainer aufgesucht. Zwischen fünfundfünfzig und siebzig hatte sie gelebt, geliebt und den Zaster ausgegeben, ganz zu Maxims Freude, der nicht gewusst hatte, wohin mit all dem Geld.

Dann der Tag, als ihr bewusst wurde, was ihr Mann ihr hinterlassen hatte. Dass sie einmal das Herrschaftshaus Winterstern erben würde, hatte ihr Maxim lange vor seinem Tod in Aussicht gestellt. Am Ende hatte sie vier Oldtimer, Aktien zweier Bergbahnen, ein Stück Wald, ein Hotel und acht Mietshäuser bekommen und war an einer Privatbank beteiligt gewesen. Als sie dies erfahren hatte, war ihr über eine Woche schwindlig gewesen. Zuerst der Schock, dann die Akzeptanz, zuletzt die Euphorie. Mit Ausnahme dreier Mietshäuser hatte sie alles abgestoßen und verkauft. Heute war Clothilde Anthamatten von Winterstern reich und ungebunden und lebte allein von den Zinsen ihrer drei Mietshäuser gut.

Vor sechs Jahren hatte sie endlich damit begonnen, großzügiger zu denken. Sie würde ihren Reichtum nicht ins Grab mitnehmen können. Dass man ihr das Geld hinterher in den Sarg werfen würde, glaubte sie nicht. Ihre Kinder und Kindeskinder samt Anhang erwarteten von ihr einen großen Brocken. Sie hatte sich längst Gedanken darüber gemacht, wie sie alles aufteilen wollte. Jedes von ihren Kindern sollte das bekommen, was ihm ihrer Meinung nach zustand. Ganz nach dem Karma-Prinzip.

Arthur kehrte mit Schreibpapier und Tinte zurück. Clothilde legte Wert darauf, alles in ordentlicher Handschrift aufzuschreiben. Sie besaß sogar ein eigenes Siegel, welches sie auf das Couvert setzen wollte, falls dies zum Papier passte. Arthur hatte an Wachs und Stempel gedacht. Auf ihn war Verlass.

Sie hatte vorab keine Notizen gemacht. Das, was sie niederschreiben wollte, hatte sich in ihrem Kopf manifestiert. Morgens nach dem Erwachen waren die Gedanken über ihre letztwillige Verfügung allgegenwärtig. Sie wog ab zwischen Vergangenheit und Gegenwart, ohne die Zukunft außer Betracht zu lassen. Jeder sollte seinen Anteil bekommen, jeder und jede, der sich in diesem Jahr in der Adventszeit im Haus Winterstern einfand.

»Vielleicht sollte ich mir vorab einen Schnaps genehmigen.« Clothilde bat Arthur, er möge Whisky aus der Bar holen und zwei Gläser damit füllen.

»Das könnte Ihre klaren Gedanken beeinträchtigen«, befürchtete Arthur. »Wollen Sie nicht zuerst schreiben und dann darauf anstoßen?«

»Das eine tun und das andere nicht lassen. Lieber Arthur, wie lange kennen wir uns? Alkohol hat für mich den gleichen Effekt wie früher ein Joint. Ich sehe klarer.«

Heilgabend

im Haus Winterstern

Ich zog Mantel und Stiefel an, setzte eine Mütze auf, griff nach der Taschenlampe im Flur und öffnete die Tür zum Vorplatz. Fast faustgroße Schneeflocken fielen aus dem Himmel. Es verstärkte die Stille um das Anwesen herum. Licht flutete aus den zwei Laternen und verebbte in der Dunkelheit. Die Lämpchen an den Tannen und an den Fassaden glommen schwach in der Nacht.

Ich betrat die zwei Stufen. Arthur hatte vor nicht langer Zeit den Platz wiederholt freigeschaufelt. Doch von dem war kaum mehr etwas zu sehen. Selbst Fidelios Spuren waren verwischt. Die fünf körpergroßen flauschigen Hauben waren die letzte Erinnerung an die Schneemänner des frühen Nachmittags.

Ich stakste durch den Schnee. Weit vorne erkannte ich Fidelio im diffusen Schein seiner eigenen Taschenlampe. Offenbar suchte er noch immer nach brauchbaren Spuren, was wegen der Niederschlagsmenge ein schwieriges Unterfangen war. Hätte Arthur Oma nicht entdeckt, wäre sie verschollen und im Schneegrab liegen geblieben.

Der perfekte Mord, ging mir durch den Kopf. Vielleicht hatte der Mörder damit gerechnet, man würde Oma unter der Menge von Schnee nicht auf Anhieb finden.

»Fidelio? Hast du etwas entdeckt?« Diese Frage war überflüssig.

»Im tiefen Schnee zu wandeln ist, wie im Nebel zu fliegen. Man verliert die Orientierung.« Fidelio erhob sich, leuchtete mit seiner Lampe in mein Gesicht. Geblendet wich ich zurück. »Es ist, als suchte man die Nadel im Heuhaufen. Nein, schlimmer. Einen Heuhaufen könnte man anzünden. Was zurückbliebe, wäre die Nadel.« Er deutete ein Lächeln an. »Auf die Schneeschmelze können wir nicht warten.« Fidelio verließ den Bereich des zertretenen Schnees. »Kehren wir zurück ins Haus. Es bringt nichts, hier weiterzubuddeln. Ich spüre meine klammen Greifer nicht mehr.« Er klemmte die Taschenlampe unter den Arm und hauchte in seine Hände. »Oh, Clothilde, womit habe ich das verdient? Warum musstest du uns auf diese Weise verlassen?«

Großes Entsetzen meinerseits, bis mir bewusst wurde, die Theatralik hatte Fidelio im Blut.

Blut. Das Stichwort. Noch hatten wir nicht herausgefunden, wer von meinen Verwandten Filmblut aus Fidelios Koffer gestohlen und damit Omas Leichnam geschändet hatte. Es war an der Zeit, die ganze Familie an den Tisch im Salon zu zitieren.

Kaum zurück, nahm mich Tante Barbara in Beschlag. Ich sah ihr an, ihr lag etwas auf der Zunge. Dass ihr etwas auf dem Herzen liegen könnte, hatte ich in den letzten Stunden aus meinen Gedanken verwischt. Barbara schien mir genauso berechnend wie der Rest der Familie. Ihre Krokodilstränen waren Kalkül.

Ich ging an ihr vorbei wie an einem Laternenpfahl. Mich bloß nicht auf sie einlassen, es hätte mir nur Ärger beschert.

Sie holte mich ein. »Jetzt tue doch nicht so, als wäre ich Luft.«

Ich blieb abrupt stehen. »Sag mir etwas Neues, dann höre ich dir zu. So wie du gesagt hast, geht es dir um das Testament. Du hast deine Mutter und ich habe meine Oma verloren. Ich brauche Zeit zum Trauern … nebst der Aufgabe, das Rätsel um ihren Tod zu lösen.«

»Dann solltest du endlich Hilfe annehmen. Hilfe von mir.« Sie wedelte mit einem Briefumschlag vor meinem Gesicht umher. »Hier, das habe ich gefunden.«

Meine Neugier war geweckt. »Was ist das?«

»Mutters Testament.«

Also doch. Sie war hinter Omas Vermächtnis her gewesen und hatte es gefunden. »Du hattest Kenntnis davon, wo Oma es deponiert hatte?«

»Per Zufall kam ich drauf.«

»Per Zufall? Ich kann mir nicht vorstellen, dass man ein Testament ›per Zufall‹ findet, und so wie ich Oma kannte, hat sie es bestimmt nicht offensichtlich hingelegt.« Ich betrachtete Barbara. Dieses durchtriebene Weibsbild. »Hast du es gelesen?«

»Und ob.« Barbara ließ mich nicht mehr aus den Augen.

So standen wir uns eine gefühlte Ewigkeit gegenüber, wie zwei Kampfkühe, die sich demnächst in die Hörner geraten.

»Du weißt, dazu hast du keine Befugnis.«

»Ich bin Clothildes Tochter. Wenn Martina schon nicht in der Lage ist …« Barbara zögerte. »Ich fühle mich verpflichtet, Licht ins Dunkel zu bringen. Wenn wir erfahren, wer in welcher Menge was bekommt, finden wir auch heraus, wer Mutter getötet hat.«

»Aha, aber dazu müsste jeder wissen, was im Testament steht.« Barbara ignorierte meine Bedenken.

»Ich gehe davon aus, jeder macht sich verdächtig.« Gegen meinen Willen zog ich Barbara zum Sofa neben dem Kachelofen. »Gut, lass uns darüber reden.« Wenn es stimmte, was Oma mir verraten hatte, machte ich mir Feinde. Oder ich hatte sie bereits. »Weiß sonst noch jemand von diesem Testament?«, fragte ich.

»Arthur natürlich. Er hat das Vermächtnis als Zeuge unterzeichnet.« Barbara sah in alle Himmelsrichtungen, um sich offensichtlich zu vergewissern, von niemandem beobachtet zu werden.

»Braucht es das?«

»Was?«

»Die Unterschrift eines Zeugen?«

»Doppelt abgesichert. Mutters Letzter Wille ist handgeschrieben. Ich kann dir versichern, es ist ihre Schrift.«

»Wenn du es so eilig hast, dann lass uns das Testament im Kollektiv ansehen.«

»Das können wir noch immer.« Barbara sprach in Rätseln. Sie packte mich am Arm, zwang mich wieder, ihr direkt ins Gesicht zu sehen. »Anna, hast du meine Mutter umgebracht?«

11. Dezember

Laura hat die Höhenkrankheit

»Wie schön, kannst du deinen Winterurlaub über die Weihnachtstage einziehen. Ich rechne es dir hoch an. Ach, Liebling, wer hätte gedacht, ich könnte mich noch einmal so verlieben wie in dich.«

Laura hatte sich halbwegs in ihr Schicksal gefügt und wäre beinahe ihrem nun Ex-Freund vor den Traualtar gefolgt, obwohl die Liebe erloschen war. Nur weil sie Mühe bekundete, allein zu sein. Dann war Tim wie ein Komet in ihr Leben geschossen und hatte die verfahrene, der Bequemlichkeit wegen lieblose Beziehung zu ihrem Ex-Freund in Frage gestellt. Die Begegnung Ende November im Kunstmuseum Luzern war Zufall gewesen. Eine Skulptur, gleiches Interesse, doppelte Faszination. Dr. Tim Kramer, Chirurg in der Notaufnahme des Universitätsspitals Zürich, hatte alles über die Künstlerin Davina Andrea Deplazes gewusst. Es schien, als hätte er den Werdegang der jungen Frau akribisch verfolgt. Er hatte wunderbar erzählen können. Laura war buchstäblich an seinen Lippen geklebt. Tim Kramer, welcher den durchschnittlichen Intelligenzquotienten von Omas Familie in die Höhe schnellen ließ, wollte sie nie mehr loslassen. Zudem war er Arzt. Laura würde ihren persönlichen Chirurgen haben. Man wusste nie, wofür es gut war.

Nach der Ausstellung hatten sie im »Le Piaf« gegessen und getrunken und über alles Mögliche diskutiert. Es war Liebe auf den ersten Blick gewesen: Laura und Tim gehörten zusammen. Als Oma zum alljährlichen Rendezvous auf der Riffelalp geladen hatte, war klar, Laura würde allen ihren neuen Freund vorstellen.

Sie warteten in Brig auf den Anschlusszug nach Zermatt. Die Reise via Realp-Oberwald und danach durch das Oberwallis hatten sie wie ein Wintermärchen erlebt. Früher als in anderen Jahren war Schnee gefallen und hatte die Landschaft eingezuckert.

Später saßen sie fast allein in einem Eisenbahnabteil, tranken Kaffee aus Pappbechern und hatten Augen nur füreinander.

»Erzähl mal von deiner Familie«, bot Tim sie auf. »Ich platze ausgerechnet über die Festtage in eine mir völlig fremde Gesellschaft. Sind alle so charmant wie du?«

Wie sie diesen Mann liebte. Er sah nicht nur gut aus, er hatte einen feinen Charakter. Fast zu schade für eine Familie wie ihre. Laura seufzte. »Wo soll ich beginnen?«

»Ich kenne nicht einmal deine Eltern. Werden sie auch dort sein?« Tim schlug das eine Bein über das andere, wartete neugierig auf ihre Ausführungen.

»Sie werden, soviel ich weiß, erst am 18. Dezember anreisen. Du wirst sie mögen.« Ob ihre Eltern Tim gleich ins Herz schließen würden, war nicht sicher. Sie hatten an jedem Freund etwas auszusetzen gehabt. Vor allem Mam hatte ihr die Beziehungen madig gemacht. Mitunter ein Grund, weshalb diese nie länger als zwei Jahre gehalten hatten, mit Ausnahme der letzten. Einmal hatte einer zu große Ohren, ein anderer eine viel zu spitze Nase gehabt, der eine war zu klein, der andere zu dünn oder zu dick gewesen. Einmal hatte der Beruf nicht gepasst oder seine Herkunft. Es hatte immer etwas zu meckern gegeben. Laura hütete sich davor, Tim zur Schau zu stellen. Sie hatte in den letzten Jahren dazugelernt. »Sie sind etwas eigen, aber man darf dies nicht allzu ernst nehmen. Barbara und Ralph sind eigentlich in Ordnung.« Laura kicherte. »Meine Tante Martina ist die Älteste von Omas Kindern. Sie ist mit Thomas Henderson verheiratet, und sie haben eine Tochter, Stephanie. Ihr Partner heißt Alexander Anderhub. Ihre Kinder Vanessa und Niklas sind mir fremd.«

»Du sagtest, du hast einen Bruder.«

Das Enfant terrible in der Familie. Es lohnte sich kaum, über ihn Worte zu verlieren. Er war spielsüchtig. Laura hatte erst kürzlich davon erfahren, als er sie um Almosen anbettelte. Daraufhin hatte sie ihn zum Nachtessen eingeladen, und er hatte ihr das Herz ausgeschüttet. Schwester in Ehren, aber Laura hatte nicht genug Geld, um ihren Bruder finanziell zu unterstützen. Er hätte vorher aufpassen sollen. »Tobias und seine Frau Annika haben eineiige

Zwillinge.« Laura lachte. »Man kann sie kaum voneinander unterscheiden. »Von Beta bin ich Patentante. Die Mädchen sind jetzt elf Jahre alt und haben herausgefunden, wie sie mich mit ihrem gleichen Aussehen veräppeln können. Ich falle jedes Mal darauf rein.«

»Hast du ein Foto von ihnen?« Tim wollte offenbar nett sein.

»Nein. Es reicht, wenn du sie vor Ort kennenlernst.« Mit Alphas und Betas Aussehen konnte man nun wirklich nicht prahlen. Schreck in doppelter Ausführung war eine Zumutung.

Die Landschaft zog an ihnen vorbei. Beidseitig steile Felswände, hoch gelegene Dörfer und Häuser, die wie Spielzeuge an den Hängen klebten.

»Frank und Nicole sind meine Paten. Anna, ihre Tochter, ist auch eine Cousine von mir. Oma hat gesagt, sie sei bereits am 1. Dezember auf die Riffelalp gefahren. Ich denke, sie ist die Klügste von allen. Aber ihre Eltern haben ihr vieles verunmöglicht. Sie ist Floristin, hätte aber das Kaliber für mehr. Ja, dann sind da noch Omas Sohn Oliver und dessen Frau Julie. Mit Julie wurde ich nie warm und erst recht nicht mit ihren Söhnen Jonas und Jannik. Ich bin froh, beschränkt sich die Begegnung mit ihnen auf die Tage im Dezember. Tante Evamarie ist gewöhnungsbedürftig. Sie ist fünfundvierzig und hat ein Problem mit dem Älterwerden. Wenn du etwas über sie erfahren willst, musst du auf Instagram.«

»Kenne ich nicht.«

»Habe ich mir gedacht.« Laura stieß Luft aus. Hatte sie jemanden vergessen? »Fidelio Maria Ferraro ist ihr Dauerfreund. Er arbeitet in der Werbebranche und spielt auf der Bühne.«

»Interessanter Name.« Tim steckte den leeren Pappbecher in den Abfallbehälter unterhalb des Fenstersimses. »Klingt wie ein Pseudonym.«

»Ist es aber nicht. Soviel mir bekannt ist, hat er italienische Wurzeln.«

Nach knapp eineinhalb Stunden erreichten sie Zermatt.

Auf dem Bahnhofplatz tummelte sich Krethi und Plethi. Laura war es von Anfang an nicht wohl. An Tims Seite suchte sie sich einen Weg durch das Gedränge: Pferdekutschen und Leute, die mit ihrem Gepäck herumstolperten und Ausschau nach den Elektrowagen hielten, die sie zu den Hotels fuhren.

»Ist dir nicht gut? Du zitterst ja.« Tim zog sie zur Station der Gornergratbahn.

»Ich habe ein komisches Gefühl.«

»Weshalb?« Tim erwehrte sich eines Sportlers, der seine Skier buckelte und sich im Kreis drehte. Fast hätte dieser mit den Skispitzen Lauras Kopf touchiert.

»Je höher ich steige, desto schwindeliger wird mir.«

»Das liegt am Luftdruck. Auf der Höhe des Gornergrats zum Beispiel ist er viel tiefer als unten im Tal, zudem ist die Luft dünner.«

»Noch vor einem Jahr hat es mir weniger ausgemacht. Ich befürchte, etwas bahnt sich in den nächsten Tagen an, was mir schon heute auf den Magen schlägt. Es ist …«

Tim blieb stehen und schaute sie verwundert an. »Was?«

»Es ist wie eine Vorahnung.«

Sie bestiegen die Gornergratbahn, suchten sich einen Sitzplatz, fanden keinen und stellten sich in der Folge neben die Tür. Tim an ihrem Körper zu spüren beruhigte Laura. Natürlich hatte sie Lampenfieber, wenn sie daran dachte, ihren Verwandten zu begegnen. Mit Oma pflegte sie keine so feste Bindung, wie Anna es tat. Laura hätte Weihnachten gern im kleinen Kreis gefeiert. Zusammen mit Tim. Fast hätte sie die Einladung nicht angenommen, wären ihre Gedanken nicht zu ihren Tanten, Onkeln und Cousins geschweift, die ihr im Falle eines Fehlens einiges voraushaben würden. In jedem Dezember war unterschwellig über Omas Erbe diskutiert worden. Laura wollte auf dem Laufenden bleiben. Ein bisschen Nettigkeit gegenüber Oma konnte dabei nicht schaden, zumal Mam sie gebeten hatte, der Großmutter in Liebe zu begegnen. Ausgerechnet Mam hatte ihr dies nahegelegt. Mam, die für Laura ein Buch mit sieben Siegeln war.

Nach zwei Haltestellen stiegen sie aus. Der Weg zum Chaletdorf Riffelalp lag unter einer weißen Decke, doch er war gut begehbar.

»Wollen wir einen Ski-Doo bestellen?« Laura kannte die Strecke. Fünfhundert Meter lang war sie, mit Gepäck gefühlte tausend.

»Frische Luft tut uns gut. Oder setzt dir die Höhe erneut zu?«

Laura verdrängte es. »Wenn du das Gepäck schleppst, kannst du mich umstimmen. Hätten wir im Hotel Riffelalp gebucht, würde man uns selbstverständlich abholen. Na ja, Haus Winterstern fällt in eine andere Kategorie.«

Der Weg gestaltete sich als anstrengend, zumindest für Laura. Er stieg mäßig an. Die Bäume waren vom Niederschlag des Nebels überzogen. Wie Kristalle klebte der Raureif an den Ästen. Der Himmel darüber schimmerte, wenn die Sonne sich den Weg durch die Wolken suchte. Laura schwindelte erneut. Je mehr sie sich Haus Winterstern näherten, umso unbehaglicher wurde ihr.

Heiligabend

im Haus Winterstern

Der Schock saß tief. Glaubte Barbara tatsächlich, ich hätte Oma etwas angetan? Ich fand keine Worte für diese Ungeheuerlichkeit. Barbara war so dreist, mich aus dem Nichts heraus anzugreifen. Ich deutete auf den Umschlag, den sie noch immer, fast krampfhaft, in den Händen hielt. »Was veranlasst dich zu diesem Verdacht? Etwa das Schreiben da?«

»Erraten. Okay, wir fünf Geschwister kommen sicher nicht schlecht weg, der Pflichtanteil dürfte nicht klein sein. Mehr Garantie hast du mit dem Anwesen Winterstein plus drei Mietshäusern, mit deren Zinsen sich wie eine Fürstin leben lässt. Falls du die Hütte verkaufst, wärst du für den Rest deines Lebens saniert.« Barbara echauffierte sich zunehmend. »Ausgerechnet *du* verdächtigst *uns*, Mutter aus dem Weg geräumt zu haben. Niemand von uns wird so viel erben wie du. Ich bin mir sogar sicher, Mutter hat dich eingeweiht.«

Ich musste leer schlucken. Jetzt war also eingetroffen, wovor ich mich gefürchtet hatte, dass mir das Wissen um Omas Wunsch zum Verhängnis werden könnte. »Ich versichere dir, ich hatte keine Kenntnis über das Testament.« Und das war nicht gelogen. Oma hätte mir alles Mögliche erzählen können, ich hatte keine Beweise gehabt. Vielleicht wusste Arthur Genaueres. »Du solltest Arthur fragen«, sagte ich.

»Den Butler? Gemäß Testament wird er in Zukunft dein Leibeigener sein.« Barbara lachte verächtlich. »Das würde zu dir passen. Erst machst du dich an meine Mutter ran, dann erbst du nebst Winterstern das lebende Inventar.«

Ich atmete auf, als Martina sich uns näherte. »Was gibt's Interessantes? Man hört euch bis in die Küche zanken.«

»Du kommst gerade richtig, Schwesterchen.« Barbara holte

ein paar Bögen Papier aus dem Briefumschlag. »Ich habe das Testament gefunden.«

»Ach.« Martina sah zuerst Barbara, dann mich verwundert an. »Woher habt ihr das?«

»Es ist gut zu wissen, was darin steht. Wir sollten Annas Alibi überprüfen. Wo war sie gewesen, bevor man unsere Mutter gefunden hat?« Barbara ließ weder Martina noch mich zu Wort kommen. »Unsere kleine Nichte, liebe Martina, erbt Haus Winterstern. Wir fünf Kinder teilen uns den Rest. Wie viel das ist, wissen die Götter. Fünfzig Prozent des Vermögens, pah. Wenn wir wüssten, wie viel das ist. Das Haus an dieser Lage ist Millionen wert.«

Wäre Barbara ein Drache gewesen, sie hätte Feuer auf mich gespien. Sollte ich mich rechtfertigen? Gegen meine Tanten hatte ich nicht die geringste Chance. »Lasst uns einen kühlen Kopf bewahren«, versuchte ich, die Situation zu entschärfen. »Es bringt nichts, wenn wir uns gegenseitig zum Feind machen.«

»Das sagt gerade die Richtige.« Nun hatte ich auch Martina gänzlich gegen mich. »Du beschuldigst uns doch alle, Mutter ins Nirwana geschickt zu haben. Zugegeben, wir hätten allen Grund. Nie hat sie uns unterstützt, nie nur einen roten Rappen für uns springen lassen.«

Ich wollte diese Anschuldigung nicht stehen lassen. »Immerhin habt ihr früher euren Sommerurlaub auch bei ihr verbracht. Jedes Weihnachten habt ihr zudem von ihrer Gastfreundschaft profitiert. Kost und Logis gingen auf Omas Kosten. Ihr habt nicht einmal das Bett selbst gemacht. Elvira hat euch verwöhnt und Pierre das Essen hintennachgetragen.«

»Hör dir das an, Martina«, entsetzte sich Barbara. »Es ist Zeit, Frank und Nicole die Augen zu öffnen. Wissen sie, welch durchtriebene Tochter sie haben?«

Ich hätte laut schreien können. Warum hatte ich den Vorschlag angenommen, Ermittlerin zu spielen? »Ich erinnere euch daran, wie ihr alle damit einverstanden wart, dass ich herausfinde, was mit Oma geschehen ist.«

Zum Glück kam Fidelio. Meine Rettung. »Gibt's ein Problem?« Er brachte einen Teller mit Lebkuchenplätzchen und gefüllten Schokomäusen zum Salontischchen.

»Ich glaube, das Problem ist gelöst«, spielte sich Barbara auf. »Man sagt zwar ›Hunde, die bellen, beißen nicht‹. Ich habe es eher so mit dem Zitat: ›Wer andern eine Grube gräbt, fällt selbst hinein.‹« Sie nahm von dem Teller eine Schokomaus, schälte sie aus dem Silberpapier und steckte sie in den Mund. Sie zeigte mit dem Finger auf mich und sagte kauend: »Anna erbt dieses Haus hier.« Barbara machte eine ausschweifende Geste, wobei das Silberpapier in hohem Bogen auf den Boden fiel. »Das ganze Haus. Wenn das kein Motiv ist, fresse ich einen Besen.«

Fidelio sah mich mit gekrauster Stirn an. »Anna?«

Ich schüttelte den Kopf. Die Tränen standen mir zuvorderst. Ich schniefte, schluckte, versuchte, mich zu beruhigen. »Ist die Telefonverbindung wiederhergestellt?«

»Leider nein. Es schneit munter weiter. Der Schnee vor dem Haus türmt sich. Ich hoffe, der Strom fällt nicht aus. Vorsorglich habe ich ein paar zusätzliche Kerzen aufgestellt.«

»Was ist mit den andern?«

»Sie sitzen noch immer entweder in der Küche oder in der Bibliothek.«

»Und an uns bleibt alles hängen.« Ich sah, wie Barbara und Martina ihre Köpfe zusammensteckten. Sie schwiegen. Für einen Moment dachte ich, sie seien zur Vernunft gekommen.

Fidelio neigte sich zu mir herunter. »Ich weiß jetzt, wer sich Zutritt in mein Zimmer erlaubt und das Theaterblut gestohlen hat.«

10. Dezember

Koch Pierre und sein Hang zum Unmöglichen

Beluga-Kaviar, fein gehackte Eier und Zwiebeln, Sauerrahm auf Blinis – so sah ein Teil des perfekten Apéros aus. Pierre hatte sich heute besonders Mühe gegeben. Für ihn war nur das Beste gut genug. Sein Jubiläum musste gefeiert werden. Heute vor genau zwölf Jahren hatte Madame Anthamatten ihn auf die Riffelalp geholt. Er wollte es ihr verdanken. Sie gab ihm die Chance, nachdem er nach einem Unfall den Job in der Gastronomie und Hotellerie hatte aufgeben müssen und in den ersten Monaten danach hinkend unterwegs war. Er hatte sich gut erholt, hätte wieder weggehen und anderswo arbeiten können, aber seine Arbeitgeberin war immer zuvorkommend zu ihm gewesen. Deshalb hatte er entschieden, im Haus Winterstern zu bleiben. Die Arbeitszeit passte genauso wie der Lohn. Es gab Tage, da hatte er mehr, mal weniger zu tun. Er lernte interessante Leute kennen, wenn Madame Anthamatten Künstler und Schriftsteller oder die High Society aus dem Wallis zu sich einlud.

Und er konnte es jeweils kaum erwarten, Julie, seine heimliche Geliebte, wiederzusehen. Bislang hatte niemand herausgefunden, wie nahe sie sich standen. Einerseits kannte er Madame Anthamattens Aversion gegen ihre Schwiegertochter, andererseits benutzte Julie ihre angebliche Begriffsstutzigkeit als ihr Alibi, wenn sie in einem unbeobachteten Moment auf sein Zimmer in der zweiten Etage schlich.

Ihr Techtelmechtel dauerte jeweils über die Sommerferien und die Weihnachtstage, unter dem Jahr trafen sie sich sporadisch in einem Hotel. Der Höhepunkt war der gemeinsame Urlaub auf den Malediven. Julie buchte dann zwei Wochen »Mithilfe auf dem Bauernhof«, was sie nichts gekostet hätte. Oliver, ihr Mann, glaubte an ihre Hilfsbereitschaft, ignorierte die Lüge und ließ seine Frau machen. In Wahrheit verbrachten Pierre und Julie jeweils vierzehn romantische Tage auf Farukolhufushi. Seit acht Jahren funktionierte das einwandfrei. Niemand war je auf die Idee gekommen, der gehbehinderte Koch und die bekloppte Hausfrau würden sich näher kennen.

In diesem Dezember kam Pierre zugute, dass Julie mit ihren Söhnen Jonas und Jannik allein angereist war. Oliver wähnte sie bei Madame Anthamatten gewiss in guten Händen. Er würde, wie die Jahre zuvor, niemals auf die Idee kommen, Julie könnte ihn betrügen. Julie behauptete zwar, Oliver sei ihr schon länger auf die Schliche gekommen. Er sei aber mit seinem gescheiterten Geschäft dermaßen überfordert, ihm bleibe kaum Zeit zum Nachdenken. Der Kerl tat Pierre manchmal richtig leid.

Umso mehr freute er sich über seine Kreationen in der Küche. Nebst Kaviar hatte er mit Grapefruit gefüllte Datteln, mit Meerrettich und einer Himbeere garnierte Radieschen sowie einen Mango-Avocado-Salat mit Chili zubereitet. Jedes Häppchen wirkte sich aphrodisierend aus. Ob Madame Anthamatten, Arthur und der Rest der Anwesenden darauf reagieren würden, war fraglich. Aber Julie, Pierres heiße Braut, würde eine Sinnesexplosion erleben. Bei ihr ging die Liebe buchstäblich durch den Magen.

Am frühen Abend lud Pierre zum Jubiläumsapéro ein. Er hatte den Rotwein mit Ingwer gewürzt und in Gläser gefüllt, einen Granatapfel aufgeschnitten und die Kerne in den Wein fallen lassen.

Pierre reichte seiner Arbeitgeberin das erste Glas.

»Ein neues Rezept?« Madame Anthamattens Augen glänzten. »Was sind das für Perlen?«

»Granatapfelkerne«, klärte Julie sie auf. »Du wirst dich wieder jung fühlen, wenn du sie kostest.«

»Und sexy«, ergänzte Evamarie, die offensichtlich etwas von Aphrodisiaka verstand. Sie wandte sich an Pierre. »Wir sollten zusammenarbeiten. Sie haben sicher schon einmal auf meinen Blog geschaut.«

Pierre beobachtete Julie. Trotz seiner Bedenken, sie könnte auf ihre Schwägerin eifersüchtig sein, hob sie nur die Schultern. Offenbar blieb Julie bei ihrer Meinung, Evamarie sei kalt wie eine

Hundeschnauze. Wer sich dermaßen in der Öffentlichkeit beweisen müsse, habe ein zwischenmenschliches emotionales Problem.

»Warum ist dein Fidelio nicht hier?«, provozierte Julie.

»Er arbeitet.«

»Wenigstens einer von euch«, frotzelte Madame Anthamatten. »Es ist zum Mäusemelken. Dieses Insta-Dingsbums ist so etwas von bescheuert. Nie hätte ich gedacht, eine von meinen Töchtern würde sich einmal auf dieses tiefe Niveau runterlassen.«

»Das heißt, du kennst dich aus mit Social Media, Mutter?«, giftete Evamarie.

»Ich kenne mich nicht aus. Aber ich will doch wissen, was meine Tochter treibt. Ich habe mir deine Filmchen und Fotos angesehen … mit Elviras Hilfe. Ich habe dich nicht dazu erzogen, deinen nackten Körper aller Welt zu zeigen.«

»Nicht nackt, Mama«, sagte Evamarie.

»Mit Büstenhalter und Slip, das reicht. Das ist so etwas von lächerlich. Hast du dich schon einmal selbst gesehen?«

Pierre war es mulmig zumute, als die Gespräche zwischen Madame Anthamatten und ihrer Tochter eskalierten. Er warf Julie einen verzweifelten Blick zu. »Lasst uns feiern«, sagte er.

Madame Anthamatten beruhigte sich. »Okay, stoßen wir auf Pierre an.« Sie hob das Weinglas und schwenkte es hin und her. Die Granatapfelkerne purzelten im roten Traubensaft herum und schillerten wie kleine Diamanten. »Was immer Sie da hineingetan haben, es schmeckt vorzüglich. Zwölf Jahre Haus Winterstern. Erzählen Sie uns, was Sie vor dieser Zeit alles angestellt haben.«

Wieder warf Pierre Julie einen Blick zu, während deren Gesicht die Farbe wechselte.

»Pierre?« Madame Anthamatten genoss es augenscheinlich, ihn zu verunsichern. »Sie haben es gut getroffen, als ich Sie anstellte. Ich bedanke mich, Sie haben mir mit Ihrer Präsenz über die schlimmste Trauer hinweggeholfen. Als wir einander begegneten, war ich seit einem Monat Witwe. Sie haben mir, zusammen mit Arthur und Elvira, das Leben ein wenig leichter gemacht und mich vor allem von den dunklen Gedanken abgelenkt.«

»Ich hatte verschiedene Jobs rund um den Globus«, sagte

Pierre. Er mochte es nicht, wenn er aufgrund dieses Themas in den Mittelpunkt rückte. »Ich war Haubenkoch in Wien, Sternekoch in Berlin, bevor ich nach Bangkok reiste. Dort hielt ich es allerdings nicht länger als zwei Jahre aus.«

»Warum nicht?« Julie hing ihm an den Lippen, und ein warmes Gefühl durchströmte ihn.

»Ich war dauererkältet wegen der mit Aircondition gekühlten Hotels. Die Stadt war vom Smog verschmutzt, und das Zimmer, in welches ich mich nach Feierabend zurückzog, lag an einer Schnellstraße, die Tag und Nacht befahren war. Die Nächte waren schwül und dreckig, meine Unterkunft war schlecht isoliert. Das war die andere Seite der Medaille. Als Spitzenkoch war ich mir Besseres gewohnt. In Bangkok arbeitete ich für einen Hungerlohn. Ich hatte dort kaum Freunde. Darum schuftete ich fast rund um die Uhr, um erstens dem Schmutz und zweitens der Einsamkeit zu entkommen.«

»Keine kleine Thailänderin?« Julies Frage wirkte provokativ. Was bezweckte sie damit? Sie hatten beschlossen, ihre Beziehung geheim zu halten. Solche Bemerkungen gossen Öl ins Feuer.

Madame Anthamatten stellte das halb leere Weinglas ab und klatschte in die Hände. »Ihr seht also, fleißiges Arbeiten lohnt sich.«

»Wenn es im Moloch endet …« Wieder Julie.

»Kinder, Kinder, wir befinden uns in der Adventszeit. *Adventus* ist lateinisch und heißt ›Ankunft‹. Es ist eine besinnliche Zeit, voller Erwartungen, die Zeit der Vorbereitungen auf Christi Erscheinen. Also bitte etwas mehr Respekt.«

»Wer ist Christi?«, fragte Jonas. »Das Männchen am Kreuz?«

Madame Anthamatten wies ihren Enkel zurecht. »Wenn es dir nicht passt, kannst du auf dein Zimmer.«

»Wie redest du mit meinem Sohn?«, warf Julie ein.

Pierre schätzte ab, wie seine Arbeitgeberin darauf reagierte. Der Tag, so schön und friedlich er begonnen hatte, drohte im Desaster zu enden. Pierre vermochte es nicht nachzuvollziehen, weshalb Julie zwischendurch diese Wutausbrüche hatte. Jonas hätte sich zudem zurücknehmen können. Seine Oma hatte es nicht verdient, sie in ihren christlichen Gefühlen zu verletzen.

Anna verbreitete mit ihrem frohen Wesen wieder eine angenehmere Atmosphäre. Als er das Mädchen kennenlernte, war es knapp dreizehn gewesen. Anna hatte viele Sommer lang auf der Riffelalp verbracht. Während des Winterurlaubs hatte sie ihm in der Küche geholfen, Gemüse gerüstet und beim Kuchenbacken zugeschaut.

Darum verwunderte es ihn nicht, als sie mit einem Geschenk für ihn aufwartete. Ein Schächtelchen, das er sofort öffnete, auch aus dem Grund, von der schlechten Stimmung abzulenken. Zum Vorschein kamen Muskatnüsse, Safran und Cassia-Zimt. Pierre spürte einen Stich unter der Brust. Warum gerade diese Gewürze? Wusste Anna nicht um deren verheerende Wirkung, wenn man zu viel davon zu sich nahm? »Ah, Cassia-Zimt.«

»Ist etwas schlecht daran?«, fragte Anna verwundert.

»Im Gegensatz zu Ceylon-Zimt hat Cassia-Zimt einen deutlich höheren Anteil an Cumarin.«

»Was heißt das im Klartext?«, fragte Evamarie mit großem Interesse.

Pierre strich sich mit der linken Hand nervös über die Stirn. Es war ihm alles andere als wohl. Warum war Anna auf die Idee gekommen, ihm diese drei fragwürdigen Gewürze zu schenken? Was hatte sie vor? »Cumarin hat eine krebserregende Wirkung und wird auch in Rattengift verwendet«, sagte er und musste sich anstrengen, emotionslos zu sprechen. »Bei hoher Konzentration löst es Kopfweh und Übelkeit aus. Es kann die Leber schädigen und zu Gelbsucht führen. Mehr als einhundertzwanzig Gramm Zimtsterne täglich sollte man nicht essen.«

»Und was ist mit Muskatnuss und Safran?«, wollte Jonas wissen.

Anna, dachte Pierre. Was hast du angerichtet? »Muskat kann bei einer Überdosierung Kopf- und Magenschmerzen auslösen bis hin zu Halluzinationen. Es wirkt berauschend und ist gefährlich wie Heroin.« Pierre musste sich räuspern. »Safran löst ab fünf Gramm Übelkeit und Schwindelgefühle aus und kann schlimmstenfalls einen Schwangerschaftsabbruch herbeiführen. Mehr als zehn Gramm sind tödlich.«

Heiligabend

im Haus Winterstern

»Habe ich richtig gehört? Du weißt, wer das Theaterblut gestohlen hat?«

»Ich habe sogar noch mehr herausgefunden.« Fidelio zog mich vom Sofa weg zu einem der Sprossenfenster.

Auf den Scheiben spiegelte sich mein Gesicht. Ganz frisch sah ich nicht mehr aus. Es war bereits elf Uhr und draußen stockdunkel. Noch immer schneite es. Die Schneeflocken prallten auf das Glas, schmolzen langsam und rannen wie Tränen hinunter.

»Ich hatte soeben ein Gespräch mit Tim.« Fidelio lehnte am Fenstersims, nachdem er einen Kerzenständer auf den Boden gestellt hatte.

»Was meint er?«

»Der Reihe nach. Ich war in Niklas' Zimmer. Es war abgeschlossen, aber Elvira hat die Tür geöffnet. Ich fand die fehlende Plastikflasche in Niklas' Badezimmer. Er hat sie in den Schrank unter dem Waschtrog gestellt. Die Hälfte des Bluts fehlt. Er hat wohl gehofft, dort würde niemand danach suchen.«

»Was beweist das? Jemand könnte die Flasche im Schrank deponiert haben.«

»Was weißt du über Niklas?«, fragte Fidelio, anstatt zu antworten.

»Ich habe mich nicht oft mit ihm abgegeben. Er ist Stephanies Sohn und in meinen Augen schwer erziehbar. Aber schau dir Stephanie an. Sie ist phlegmatisch, was schon Oma gesagt hat. Dass er Schabernack macht, ist nichts Neues. Er hat bereits am 21. Dezember für Furore gesorgt, als er mit den Paintballs erschien. Und so, wie ich es in Erinnerung habe, warst du nicht ganz unschuldig an dieser Aktion. Stephanie hatte dich im Verdacht, ihre Kinder dazu angestiftet zu haben.«

»Quatsch!« Fidelio spie das Wort geradezu aus. »Unter uns gesagt, ich mag diese Stephanie nicht. Wenn sie etwas mehr Grips hätte, könnte man darüber diskutieren.«

»Auf jeden Fall hat sie ihre Kinder nicht unter Kontrolle.« Ich streckte meinen Rücken. Langsam taten mir alle Glieder weh. Ich war lange genug auf den Beinen. »Wir holen uns das Bürschchen.«

»Niklas sitzt in der Küche und hat damit begonnen, sein Puzzle zusammenzusetzen.«

Ich musste lachen. »Man sollte öfter mal die Telekommunikation ausfallen lassen.«

Zwei Drittel meiner Verwandten hatten sich am langen Tisch versammelt. Mittlerweile hatten Elvira und Arthur das gebrauchte Geschirr und die Gläser ganz abgeräumt. Ein paar Kaffeetassen und Teller mit Weihnachtsgebäck waren zurückgeblieben.

Fidelio und ich nahmen uns Niklas vor. Er sah verdattert auf, als fühlte er sich auf frischer Tat ertappt. »Was wollt ihr?«

Fidelio hielt ihm die Flasche mit dem Theaterblut unter die Nase. »Die hast du mitlaufen lassen. Kannst du uns verraten, weshalb?«

»Wollt ihr mir etwas unterstellen?«

Obwohl ich mich in Geduld hätte üben sollen, fuhr ich den Sohn meiner Cousine an. »Du erzählst uns jetzt, warum du das Blut über deine Urgroßmutter ausgeschüttet hast.«

»Was soll ich?« Niklas zog den Kopf ein, als erwartete er Schläge von mir.

»Man hat dich gesehen«, bluffte ich und spürte fast gleichzeitig Fidelios brennenden Blick auf mir.

Niklas kratzte sich an der Schläfe. »Aber da war sie schon tot. Ich schwöre es.«

Weder Fidelio noch ich hatten mit diesem Geständnis gerechnet. Wir sahen uns überrascht an.

»Warum hast du das getan?«, fragte Fidelio in einer den Umständen nicht angepassten ruhigen Art.

»Ich wollte im Schnee ausprobieren, wie die rote Flüssigkeit wirkt«, rechtfertigte sich Niklas. »Uroma lag bereits da … ich dachte, sie …«

Weiter kam er nicht, weil Stephanie wie ein wild gewordenes Pferd auf uns zugaloppierte. »Stopp! Was macht ihr mit meinem Kind?« Sie zog ihren Sohn zu sich. »Du sprichst jetzt kein Wort mehr. Anna will dir etwas anhängen, dabei sitzt sie selbst in der Patsche.«

Ich ging nicht darauf ein. »Erinnerst du dich, wie spät es war?«

Niklas wechselte Blicke mit Stephanie, als wöge er ab, sprechen zu können, ohne von ihr Schelte zu bekommen. »Es dunkelte ein.«

Ich kannte Niklas nicht von dieser zahmen Seite. »Also bestimmt nach fünf, eher gegen sechs Uhr.«

»Ja, ungefähr. Frag den Butler. Er kam um dieselbe Zeit nach draußen, hat mich aber nicht gesehen, weil ich mich versteckte.«

9. Dezember

Jannik im siebten Himmel

Das Dorf lag am Nordostfuß des Matterhorns auf einer Höhe von 1610 Metern über Meer, war geteilt durch die Mattervispa, die vom Zmuttbach und der Gornera gespiesen wurde. Der Hauptplatz mit der Kirche Sankt Mauritius, die belebte Bahnhofstraße, die Straße Englischer Viertel in deren Parallelverlauf, die sportlichen Leute, Pferdeschlitten vor dem Grandhotel Zermatterhof – Jannik wurde sich erst jetzt bewusst, in welchem berühmten Winterort in den Bergen er sich befand. Die teuren Boutiquen und Uhrenläden, aus denen mit Pelzen behangene Touristen traten, die urigen Bars und noblen Restaurants, das alles war dennoch eine Nummer zu groß für ihn.

Auf den Nebenstraßen fand er sich kaum zurecht. Er wanderte ziellos im Kreis herum, staunte darüber, ein Straßenschild wiederzuerkennen, eine Häuserzeile, die er zum wiederholten Mal entlangging, die von der Sonne dunkel gebeizten Chalets, den Vorplatz einer Schule, vor dem Bahnhofkiosk den Marroni-Verkäufer, der mit heiserer Stimme seine gebratenen Edelkastanien anpries. Mehr als einmal hätte ihn fast ein Elektromobil überfahren.

Der Besuch bei Oma war ihm aufgezwungen worden. Jannik wäre lieber zu Hause geblieben und hätte sich in seinen Laptop und sein Smartphone vertieft. Das war seine Welt und nichts anderes. Ausgerechnet heuer hatte seine Mam bereits Anfang Dezember zum Haus Winterstern fahren wollen. Jannik hätte gern erfahren, was sie dazu veranlasst hatte. Geldnöte? Wenn sie bei Oma unterkamen, musste sie nicht mit Auslagen rechnen. Jannik hatte die Diskussion zwischen Mam und Dad mitbekommen, als es darum ging, die alltäglichen Kosten im Dezember zu reduzieren.

Jannik betrat die Bäckerei an der Ecke zur Steinmattstraße.

Nebst dem Hunger plagte ihn vor allem die Lust nach Süßem. Wehmütig erinnerte er sich an die verlockend riechenden Konfitüren, die seine Mam selbst zubereitet hatte, als sie noch Zeit dafür fand, die Apfelstrudel mit Vanillesauce und löffelweise Puderzucker, an die süßen Maiskuchen mit den Rosinen und die deftigen Schokoladenpuddings. Daheim in den vier Wänden war es ihm schon immer am wohlsten gewesen.

Der Besitzer der Bäckerei räumte die Schiefertafel vor der Tür weg. Die Pizza war ausverkauft. Links und rechts der Tür gab es je ein Fenster, in dem nebst einigen Kuchen und Broten dunkle Schokoladentrüffeln in farbigem Papier ausgestellt waren. Daneben Töpfe mit Kaffeebohnen und ein Schild mit dem Hinweis, hier könne man auch Kaffee und Tee trinken. Der Laden war klein und überschaubar. Vorn bei den Fenstern standen Bistrotische mit Stühlen, die von den Touristen in Beschlag genommen wurden. Hier saßen während des Vormittags die Einheimischen und politisierten. Oma hatte gesagt, die Bäckerei sei dafür bekannt. Dort würden Pläne geschmiedet und Abstimmungsresultate diskutiert.

Jannik war an der Reihe, vergaß vor Verblüffung jedoch, zu reden.

Klein und zierlich war sie und reichte mit der Nasenspitze knapp über die Glasscheibe, welche die Auslage mit den duftenden Aprikosenschnitten vor den Käufern abschirmte.

»Vous désirez?« Dies aus ihrem hübschen Mund zu hören, machte Jannik sprachlos.

Er starrte auf den schwarzen Pagenschnitt, der ein pausbäckiges Gesicht umrahmte. Die Fransen bedeckten die Brauen und betonten ein grünes, leicht nach oben geschwungenes Augenpaar.

»Haben Sie etwas ausgesucht, Monsieur?« Ihre Bemühungen, seine Sprache zu sprechen, amüsierten ihn.

Jannik entschied sich für drei Stück Apfelwähe, drei Stück Aprikosenkuchen und zwei Tüten Schokoladentrüffeln, während sein Blick wie hypnotisiert an den Lippen des Mädchens hing. Er hatte zu viel eingekauft, den letzten Rest Sackgeld ausgegeben, aber das war ihm im Moment herzlich egal. Er würde die Trüffeln verschenken, und er wusste auch schon, wem.

Er verabschiedete sich und trödelte bis zum frühen Abend in Zermatt umher. Kurz vor Ladenschluss kehrte er zur Bäckerei zurück. Er wartete, bis die Tür von innen verschlossen wurde, und pirschte darauf zum Hintereingang, wo er auf die Schöne wartete.

Sie hatte einen französischen Namen, den er gleich wieder vergaß, und stammte aus einem kleinen Dorf in der Nähe von Vevey. Sie war erfrischend, gut drauf und hatte einen ausgeprägten Sinn für Humor.

Er legte ihr wie selbstverständlich den Arm um die Schultern und schnupperte an ihrem Haar, das nach Pizzateig roch. Den ersten Annäherungsversuch lehnte sie nicht ab, und Jannik stellte seinen Mut weiterhin unter Beweis.

Ihr Lächeln war sein Untergang.

Sie verabredeten sich. Jannik lud sie ein, ihn im Haus Winterstern zu besuchen. »Ich wohne wie der König von Frankreich«, schwärmte er. »Das Herrenhaus gehört meinem Vater. Aber er ist schwer krank, und ich werde bald erben.«

»Deine *maman*? Lebt sie noch?«

»Ach die, sie ist ein Alien. Du müsstest sie mal sehen.«

»Du liebst sie nicht?«

»Ich liebe nur dich.« Jannik drehte das Mädchen zu sich. Wenn er an Mutter dachte, stieß es ihm übel auf. Er sehnte den Tag herbei, an dem sein Vater auf der Riffelalp ankam. »Möchtest du den Heiligabend mit mir verbringen?«

»Das geht nicht. Ich fahre zu meiner Familie nach Vevey.«

Jannik packte sie an den Schultern und zog sie eng an sich. Er suchte ihren Mund, sie ließ es geschehen, als er sie küsste.

Doch so schnell, wie sie die Lippen geöffnet hatte, stieß sie ihn von sich. Ihre Augen, erst noch geschlossen, sahen an seinem Gesicht vorbei.

»Jannik!«

Er drehte sich zu der Stimme um, vergaß die Süße neben sich, war bass erstaunt, als er Anna entdeckte. Sie kam zusammen mit Jonas auf ihn zu. »*What the hell!* Was tut ihr da?«

»Hey, Bro«, begrüßte ihn Jonas. »Hat Oma dir nicht mitgeteilt,

Anna würde heute mit uns nach Zermatt zum Einkaufen fahren? Warum bist du ohne uns weg? Ich habe mit Papa gesprochen. Er kommt erst in zwei Wochen.«

»Bro?«, wunderte sich das Mädchen. »Du hast einen Bruder? Und dein Vater ist gar nicht krank?«

»Oh, ich sehe, mein Bruder wollte sich aufspielen.« Jonas grinste sie an. »Zieh Leine, Kleine.«

Jannik schluckte leer. Er musste wieder einmal einstecken. »Wir können telefonieren«, schlug er vor. »Wie lautet deine Telefonnummer?«

»Steht im Telefonbuch.« Das Mädchen entfernte sich rückwärts.

»Und dein Name?«

»Steht auch drin.« Das Mädchen verschwand zwischen den Menschen. Nicht mal ihr Schatten blieb zurück.

»Was sollte das soeben?« Jannik kickte Jonas ins Knie. »Schon wieder vermasselst du mir alles.«

»Seit wann sind Telefonbücher wieder aktuell?«, fragte Jonas. »Die veräppelt dich.«

»Deine Schuld. Warum musstest du ausgerechnet jetzt hierherkommen? Du willst nicht im selben Zimmer schlafen wie ich, aber mich ausspionieren, das kannst du.«

»Hey, das ist nicht meine Schuld«, flachste Jonas. »Oma war es …«

»Warum Oma?«

»Sie will uns eine Ski- oder Snowboardausrüstung kaufen, hat bereits alles in die Wege geleitet.«

»Das Sporthaus Perren empfängt uns nach Ladenschluss«, ergänzte Anna. Sie stand etwas verloren in der Gegend.

Jannik sah die Straße entlang. »Ich pfeife auf eine Skiausrüstung. Oma hat mir mit ihrer Idee gerade alles vergällt.«

»Was ist denn in dich gefahren?«, wunderte sich Anna.

»Ich werde es ihr heimzahlen.«

Heiligabend

im Haus Winterstern

Vor Männern hatte ich mich noch nie gefürchtet. Wenn sie mir drohten, was durchwegs vorkommen konnte, stellte ich sie mir immer nackt vor. Ohne Kleider verloren sie in der Regel ihr machoides Gehabe. Wenn aber wie jetzt Martinas Mann Thomas, Barbaras Mann Ralph, Stephanies Mann Alexander sowie meine Cousins Tobias, Jonas und Jannik auf einmal auf mich zukamen, lehrten sie mich das Fürchten. Mir war nicht wohl dabei, weil von den sechs Herren immerhin vier testosterongesteuert unterwegs waren.

Sie umkreisten mich mit grimmigen Gesichtern. Tobias gab sich als Anführer zu erkennen. Ich kam mir vor wie auf einer Kultstätte, wo man mich nicht auf einen Altar legte, so doch auf den Küchentisch setzte. Dem nicht genug. Den krönenden Abschluss machte Pierre. Er hatte ein schmutziges Küchentuch seitlich in den Hosenbund gesteckt.

»So, liebe Anna.« Offensichtlich machte es Tobias Spaß, mich süßsäuerlich anzusprechen. »Uns ist etwas zu Ohren gekommen, was uns gar nicht freut. Wie ist das schon wieder? Die beste Ablenkung von einem selbst ist es, wenn man sich als Detektivin ausgibt. Du ermittelst doch im Fall unserer Oma, oder?«

»Was soll der Blödsinn?« Ich suchte den Blickkontakt zu Fidelio, dachte, er habe etwas mit diesem Aufstand zu tun. Aber Fidelio war verschwunden und überließ mich meinem Schicksal.

»Blödsinn ist es, wenn du Niklas verdächtigst, seiner Urgroßmutter etwas angetan zu haben. Man merkt, du selbst hast keine Kinder, sonst wüsstest du, dass sie manchmal Streiche aushecken. Dass Niklas seine Eseleien mit dem Theaterblut zur selben Zeit austüftelt, wie Oma stirbt, ist Zufall. Kein Zufall aber ist Tims Aussage, Oma sei vergiftet worden. Wir haben dem Doktor unrecht getan, als wir seine Leichenbeschauung anzweifelten. Tim hat herausgefunden, Oma wurde vergiftet.«

»Und dazu müsst ihr mich einkreisen?«

»Damit du uns nicht entkommst.«

»Ich will Tim sprechen.«

»Es gibt einen Zeugen.« Tobias plusterte sich vor mir auf wie ein Gockel.

»Einen Zeugen?« Ich sah mir die Herren einzeln an. Natürlich war mein Dad nicht dabei. Entweder hatte man ihn außer Gefecht gesetzt, damit er mich nicht verteidigen konnte, oder er war zu feige, mir zu helfen. »Warum braucht ihr einen Zeugen?«

Tobias stellte sich breitbeinig vor mich hin und stützte die Hände in die Seiten.

»Du erinnerst mich an diesen Cowboy«, sagte ich. »Wie hieß er schon wieder? Will Kane, ach ja, und seine Frau Amy … richtig, der Film mit Gary Cooper und Grace Kelly in den Hauptrollen …«

»›Spiel mir das Lied vom Tod‹?« Tobias lachte in die Runde.

»›High Noon‹, du Idiot.« Unbemerkt hatte sich Wolfgang in den Kreis geschlichen. »Clothilde und ich schauten uns den Western zigmal an, als wir Kinder waren.«

»Wolfgang, was läuft hier ab? Weißt du es?« Ich sandte ihm einen hilflosen Blick zu.

Omas Bruder lachte mich aus. Erst jetzt fiel mir auf, dass sein linker oberer Eckzahn fehlte. »Das ist Pierres Sache. Mit seiner Vermutung hat er die Bluthunde aufgeschreckt. Sag's ihr, Pierre. Lass die Katze aus dem Sack.«

Ich wand mich aus Thomas' Handgriffen. »Lass mich los. Du tust mir weh.«

»Erinnerst du dich an meine Jubiläumsfeier?«, fragte Pierre wie aus dem Nichts heraus. »An dein Geschenk?«

»Ja …«, antwortete ich zögernd. »Ich habe Ihnen etwas für die Küche gekauft. Wenn ich mich nicht irre, waren es Zimt, Safran und Muskat.«

»Erinnerst du dich auch, was ich über die Gewürze gesagt habe?«

»Dass sie bei übermäßigem Konsum giftig sind.«

Pierre nickte heftig. »Unser Arzt hat den Leichnam im Keller noch einmal akribisch untersucht. Anhand der verkrampften Haltung durch Arme und Beine, der Embryonalstellung, muss er davon ausgehen, dass Madame Anthamatten vergiftet wurde. Ihr Körper hat instinktiv auf heftige Schmerzen reagiert.«

»Ja, liebe Anna«, Tobias hob stolz seinen Kopf, als duldete er keine Widerrede. »Die gleichen Gewürze, aber in doppelter Menge haben wir in deinem Zimmer gefunden. Da wir noch immer keine Möglichkeit sehen, die Polizei zu rufen, müssen wir dich jetzt festnehmen.«

»Ihr macht Witze.« Ich sah meine Cousins an. »War etwas im Wein, dass ihr so durch den Wind seid?«

»Alles, was du sagst«, fuhr Tobias fort, »kann gegen dich verwendet werden. Ich rate dir, den Mund zu halten.«

»Nein, nein, nein, das lasse ich mir nicht gefallen. Ihr habt einen an der Waffel. Ihr spinnt doch. Warum hätte ich Oma umbringen sollen? Ihr wisst doch alle, wie sehr ich an ihr hänge ... hing«, korrigierte ich mich. Ich konnte die Tränen nicht mehr zurückhalten. »Ihr könnt mich doch nicht einsperren. Bis das Telefon wieder funktioniert, kann es dauern. Aber ich verspreche euch, ich werde mich subito mit der Polizei in Verbindung setzen. Wenn es sich bei Oma um Mord handelt, wird die Staatsanwaltschaft ermitteln und einen Gerichtsmediziner kommen lassen, oder man bringt Oma in die Rechtsmedizin nach Sion.«

»Tut es dir etwa leid?«, fragte jemand aus dem Hintergrund. Ich tippte auf Barbaras Stimme. »Dass du uns verdächtigt hast?«

Thomas brachte eine Vorhangkordel. Es war die aus Omas Zimmer. Ralph band mir damit die Hände auf den Rücken. Zu viert brachte man mich aus der Küche. Ich hatte keine körperliche Kraft, um mich zur Wehr zu setzen. Aber in meinem Kopf konzentrierten sich die Energien.

8. Dezember

Anna und der Mann am Ticketschalter

Der zweite Adventssonntag begann mit einem heftigen Wintersturm. Luftseilbahnen und Sessellifte hatten den Betrieb eingestellt. Am frühen Morgen pflügte man den Schnee mit der Fräse »Xrote 3933« am Triebfahrzeug von den Schienen. Jonas und Jannik hatten sich trotz Mutters Verbot vom Haus Winterstern entfernt. Sie befanden sich bei der Bahnstation Riffelalp und schauten der Schneeräumungsequipe bei der Arbeit zu.

»Mam behandelt uns wie Babys«, beschwerte sich Jannik.

»Ich glaube, Mam wäre nicht so, wenn Oma sie nicht dermaßen unter Druck setzen würde. Seit wir hier sind, wird Mam von ihr kritisiert. Mich juckt es, Oma zu kränken, egal, mit welcher Konsequenz ich zu rechnen hätte.«

»Es geht mir genauso. Ich könnte ihr manchmal den Hals umdrehen. Sie hat so eine Art, die mich provoziert … alte Rappenspalterin. Dad hat uns dennoch geraten, mit ihr einen freundlichen Umgang zu pflegen. Du weißt, was auf dem Spiel steht.«

»Ihre Hinterlassenschaft, klar. Jeder in der Familie lechzt danach«, sagte Jonas.

»Dad versprach mir, sobald er erben würde …« Jannik bekam glasige Augen, »das sei nicht wenig, würde er auch uns Söhnen einen großen Anteil ausbezahlen, als Erbvorbezug. Hey, Jonas, die Kohle können wir gerade jetzt gut brauchen.«

Jonas vermochte es sich gut vorzustellen, was er mit dem Geld kaufen würde. In einem Jahr würde er den Führerausweis machen, dann eine Reise rund um die Welt. Geld, dachte er, war seit Kindheit ein allumfassendes Thema in ihrer Familie gewesen. Sie hatten zu wenig, konnten sich kaum etwas leisten. Vater driftete seit Wochen auf den Abgrund zu, weil ihm die Insolvenz drohte. Zum Glück hatten Jonas und Jannik nicht den Schreinerberuf erlernt. Okay, sie hatten bis anhin gar nichts gelernt. Vielleicht hätten sie sich an der eigenen Nase nehmen müssen. Andererseits war der Arbeitsmarkt ausgetrocknet. Dort, wo es offene Stellen gab, interessierten die Berufe keinen von beiden. Weder wollten sie in die IT-Branche noch in den Pflegebereich.

Es schneite wieder heftiger. Wenn es so weiterging, würde es eine sehr weiße Weihnacht geben. Letztes Jahr hatte das Tauwetter in der zweitletzten Dezemberwoche eingesetzt, und am 24. hatte es geregnet. Die Hänge waren braun gewesen, der Untergrund hatte gefehlt. Fiel aber viel Schnee, würde er länger liegen bleiben.

»Wollen wir auf den Gornergrat fahren?«, fragte Jannik.

»Dein Ernst?« Jonas hatte keine Ahnung, womit. Sein Lohn reichte knapp bis Ende Monat, wenn er damit haushälterisch umging. Er müsste sicher nächste Woche das Guthaben auf dem Handy aufladen. »Keine Moneten.«

»Und wenn ich dich einlade?« Jannik lachte verschmitzt.

»Woher nehmen und nicht klauen? Du bluffst, oder?«

»Ich habe ein wenig gespart … für das hier.« Jannik zeigte auf die Lok, die aus Zermatt einfuhr. »Du kannst mich einmal einladen, wenn es dir besser geht.«

Jonas verdiente zwar sein eigenes Geld. Aber Mam beharrte darauf, er müsse daheim für Kost und Logis etwas bezahlen. Welche Kost? Mam kochte selten, und wenn, dann nur Fertiggerichte. Bofrost & Co. waren seit acht Jahren bei der Familie Imhof Dauerlieferant. In der letzten Woche im Monat gab es Essen aus dem Kühlschrank, das, was drin war, wenn denn etwas drin war.

Nun, sie hatten noch nie verhungern müssen. Aber mit der Familie auswärts in einem Restaurant schön essen war eine Illusion. Vor allem Jannik sehnte sich danach, mehr als Jonas. Überhaupt hatte Jannik Sehnsucht nach jemandem, mit dem er Tisch und Bett teilen würde. Mit seinen sechzehn Jahren hatte er Ambitionen. Seit einem halben Jahr suchte er eine geeignete Lehrstelle. Automechaniker hatte er ins Auge gefasst. Er hatte das Autogen in sich, nicht zu verwechseln mit autogen. Zig Bewerbungen hatte er geschrieben und bislang nur Absagen erhalten. Niemand wollte einen Burschen einstellen, der die Schule verschlafen hatte. Eigentlich hatten sie sie beide verschlafen. Jonas war alles andere als besser. Die Stelle bei Lidl hatte er durch Zufall bekommen. Lagerarbeiter. Immerhin. Wenigstens konnte er mit dem Umpacken und Tragen schwerer Kartons ein teures Fitness-Abonnement umgehen. Er besaß Muskeln wie ein Bodybuilder.

Die Fahrt auf den Gornergrat gehörte bei schönem Wetter zu den eindrücklichsten Bahnfahrten im Wallis und führte hinter der Jungfraubahn auf den zweithöchsten Bahnhof der Schweiz.

Zu Jonas' Verwunderung begegneten sie im Zugabteil Anna. Er schwang sich mit Hochgenuss ihr gegenüber auf den freien Platz. Jannik blieb stehen und versperrte ihr den Fluchtweg.

»Na, so eine Überraschung.« Jonas bekam den Mund nicht mehr zu. Was suchte seine Cousine zu so früher Stunde in dieser Bahn? Hatte sie vergangene Nacht in Zermatt verbracht?

Anna war nicht allein. Neben ihr saß ein junger Typ. Sie kam nicht darum herum, ihn vorzustellen, was sie mit rosaroten Bäckchen tat. »Das ist Lennard. Er arbeitet am Billettschalter in Täsch. Dort haben wir uns kennengelernt.«

Strohblond, feine Gesichtszüge, blaue Augen. Nicht Schweizer Durchschnitt. Anna wies auf Jonas und Jannik. »Und das sind meine Cousins. Wie Tom und Jerry, leider ohne Tom und ohne Jerry.«

Alle lachten. Der Bann schien gelöst, bevor die Gornergratbahn sich in Bewegung setzte. Jonas traute seiner Cousine trotzdem nicht. Anna hatte sich bei Oma eingeschlichen, glaubte, gewisse Privilegien bei ihr zu genießen. Oma behandelte Anna wie eine Königin. Wer wusste, was alles sie ihr ermöglichte, wogegen der Rest der Familie sich bemühen musste und trotz der Bittstellung auf leerem Posten stand.

Was hatte Anna, das die andern nicht hatten?

»Hat Oma dir freigegeben?« Jannik tat so, als baumelte er an der Halterung neben den Sitzen. Bei jeder Kurve schwang er zur Seite. Als Anna nichts erwiderte, sprach er sie auf den Typ neben ihr an.

Jonas kickte seinem Bruder ins Bein und schenkte Lennard gleichzeitig ein Lächeln. »Bist du scharf auf die Kleine?«

»Jonas!« Anna sandte ihm einen Blick zu, der hätte töten können. »Wir waren gestern miteinander im Kino. Etwas dagegen?«

»Kino nennt man das jetzt?« Jannik holte einen Kaugummi aus der Hosentasche, steckte ihn in den Mund und kaute auf ihm herum. »Wenn Oma wüsste, wie verdorben du bist. Lässt dich von ihr aushalten und verduftest, wenn sie nicht hinschaut. Uns verbietet sie, sich vom Haus zu entfernen, und dich lässt sie sogar abends ziehen.«

»Ätzend, wie ihr euch aufführt.« Anna schmiegte sich an Lennard. »Setzen wir uns woanders hin.« Sie erhob sich.

Jannik versperrte ihr schmatzend den Weg zum Mittelgang. »Jetzt mal halblang, Cousine.« Er dehnte das letzte Wort. »Was wird hier eigentlich gespielt? Warum hofierst du unsere Oma auf so penetrante Art?«

Jonas zog Jannik an seine Seite. »Nicht doch, Bro, lass sie! Wir werden es herausfinden.« Klar hatte sich Jonas schon oft die Frage gestellt, warum Oma ausgerechnet Anna früher als alle andern auf die Riffelalp geladen hatte. Anna war berufstätig, im Gegensatz zu Jannik, der Oma im Dezember auch hätte bespaßen können. Backgammon und Monopoly waren ihm auch nicht unbekannt. Er würde schon noch herausfinden, was dahintersteckte.

»Verliebt?« Jonas zwinkerte Anna zu, die sich wieder gesetzt hatte.

»Was geht es dich an?«

»Jonas ist Omas verlängertes Ohr«, kicherte Jannik und kaute auf seinem Gummi munter weiter. »Sie hat uns beauftragt, dich zu beobachten. Sie traut dir nämlich nicht.«

Jonas fand seinen Bruder übertrieben dreist. Dass er lügen konnte, ohne rot zu werden, war neu. Er genoss es offenbar, Anna zu verunsichern. »Ja«, ergänzte Jonas, »sie sagte, du hättest dich verändert seit letztem Jahr. Liegt es etwa an diesem Heini neben dir?«

Anna schoss wieder vom Sitz hoch. Wie lustig war das denn. Die Cousine verlor die Nerven.

»Lasst uns in Ruhe!«

Nun mischte sich Lennard ein. »Was hat Anna euch zuleide getan?«

»Bist du etwa ihr Polizist?« Jannik hielt sich den Bauch vor Lachen.

Der Streit eskalierte. Bereits beschwerten sich andere Passagiere. Jemand erhob sich von einem der hinteren Sitze, kam auf wackeligen Beinen auf sie zu, weil gerade in diesem Moment die Bahn eine Kurve zog.

»Jetzt ist aber Schluss.« Der Fremde musterte zuerst Jonas, dann Lennard. »Ah, das ist ja Herr Briner junior. Kann ich Ihnen helfen?«

»Nicht der Rede wert.« Lennard winkte ab, worauf der Fremde an seinen Platz zurücktorkelte.

»Briner junior?«, wunderte sich Jonas und wandte sich an Lennard.

»Das geht dich nichts an.«

Heiligabend

im Haus Winterstern

Seit gefühlt einer Stunde saß ich im Weinkeller fest. Tobias hatte mich gefesselt. Er hatte um meinen Körper Ketten gelegt und diese am Weinfass mit einem Schnappschloss befestigt.

Die Tür ging auf, und Arthur steckte den Kopf herein. »Ach, Miss Anna, Sie wissen nicht, wie leid Sie mir tun. Kann ich Ihnen etwas bringen?«

»Es wird sich alles aufklären.« Ich sah ihm an, wie sehr er sich Sorgen um mich machte. »Es ist alles ein großes Missverständnis. Zudem ist es meine Schuld, dass ich hier sitze. Legen Sie sich zur Ruhe. Morgen sieht alles anders aus.«

»Es ist bald Mitternacht.« Er brachte mir eine Wolldecke. »Damit Sie nicht frieren, Miss Anna.«

»Danke. Wenn ich Sie nicht hätte.«

Arthur blieb vor mir stehen. »Ist es bequem für Sie?«

»Bequemer wäre es, wenn Sie mich losbinden könnten.«

»Dazu müsste ich im Besitz des Schlüssels sein. Aber ich kann Ihnen Gesellschaft leisten.«

Ausgerechnet Arthur, dieser alte gebrechliche Mann, der seine Glanzzeiten längst hinter sich hatte. Ihn hatte ich nie verdächtigt. Hatte ich einen Fehler gemacht? Was, wenn er mich umbringen wollte? Meine Schreie würde man oben nicht hören. Arthur war der einzige Zeuge, der vor allen andern Omas Testament gekannt hatte.

Was, wenn er gar nicht der treue Diener war?

Ich drückte mich mit dem Rücken näher an das Fass heran. Die Kette klirrte. Ein schauerliches Geräusch. Zudem war es kalt hier unten. Oma hatte zwar behauptet, ihr Weinkeller sei über das ganze Jahr auf zwölf Grad gekühlt. Gefühlt waren es Minustemperaturen. Ich wollte Arthurs Wolldecke dankbar annehmen, überlegte mir aber, dass er mich damit würde ersticken können, wenn er mir zu nahe kam.

Himmelherrgott, Weihnachtsabend. Es musste doch eine Möglichkeit geben, Arthur zu überlisten und aus dem Keller zu fliehen. Es durfte nicht sein, dass ich die Nacht zwischen dem 24. und 25. Dezember in diesem Keller erfror. Wie Oma, schoss ein Gedankenblitz durch meinen Kopf.

Arthur hatte doch erzählt, er habe Oma tot im Schnee gefunden. Was, wenn er der Letzte war, der sie lebend gesehen hatte? Falscher Ansatz. Er hatte sie gesehen, als sie schon tot war.

»Sie halluzinieren«, sagte Arthur und legte die Decke über meinen Körper.

Ich sah mich eher phantasieren. Dass Arthur keine bösen Absichten hegte, merkte ich an seinem liebevollen Umgang mit mir. Wie hatte ich auch so herzlos über ihn denken können.

»Ich befinde mich in einer Zwickmühle«, sagte er. »Madame Anthamatten hat mir etwas anvertraut. Doch ich weiß nicht, ob ich einer Willens…« Er räusperte sich.

Das Testament!

Arthur war also die Vertrauensperson, die Oma nicht beim Namen hatte nennen wollen. Sollte ich ihm sagen, dass Barbara das Testament gefunden hatte? Würde es seine Gültigkeit verlieren?

»Worum geht es?« Ich setzte meine Unschuldsmiene auf.

»Um ein schriftliches Vermächtnis.«

»Das Testament? Können Sie es nicht mehr finden?«

»Wie meinen Sie das, Miss Anna?«

»Ach … das war nur so dahingesagt.« Was, wenn Arthur danach suchte? Barbara musste das Couvert wieder an den Ort bringen, wo sie es entwendet hatte. Ich musste mit ihr sprechen.

7. Dezember

Clothilde lädt zum Rundgang ein

Clothilde überlegte jeden Tag, wie sie den Dezember, die Adventszeit überhaupt, spannend und interessant gestalten könnte. Ausgiebige Wanderungen lagen bei ihr nicht mehr drin. Einzig den Weg zum Chaletdorf vermochte sie zu gehen, aber nicht allein. Mit Arthur hatte sie stets einen gesprächigen Begleiter. Arthur, der längst das Pensionsalter erreicht hatte und trotzdem noch immer die anstehenden Arbeiten im Haus Winterstern erledigte. Er besaß nicht mehr die Energie von früher, sein Gedächtnis hatte ein wenig nachgelassen. Im Sommer fand man ihn im Garten, der auf dieser Höhe keinen anspruchsvollen Unterhalt verlangte, im Winter schaufelte und fräste er Schnee auf den Plätzen vor dem Haus weg und ging Elvira oder Pierre zur Hand. Sein Hobby waren die zwei Pferde, mit denen er sommers wie winters entweder mit der Kutsche oder mit dem Schlitten unterwegs war.

Am liebsten verbrachte Clothilde die Zeit im Haus Winterstern. Hier war sie zu Hause, hier fühlte sie sich wohl. Sie erinnerte sich an den Tag, als Maxim ihr sein Anwesen vorgestellt hatte. Clothilde hatte Zermatt kaum gekannt, schon gar nicht die Riffelalp oder den Gornergrat. Sie war als Kind einmal hier oben gewesen, die Erinnerungen daran waren wie ausradiert gewesen. Maxim hatte sie überraschen wollen und ihr einen zauberhaften Urlaub in den Bergen versprochen, weit weg von der Stadt Bern, wo sie gelebt hatte. Als Clothilde das Matterhorn gesehen hatte, verstand sie, was man daran finden konnte. Dass das Matterhorn einmal ihr persönlicher Lieblingsberg werden würde, hatte sie sich in ihren kühnsten Träumen nicht vorstellen können.

Sie hatten nachts die Riffelalp erreicht und waren zu Fuß bis zum Haus Winterstern gewandert. Maxim hatte sie an der Hand genommen und über den Pfad geführt. Für Clothilde wie im Märchen. Wegen der Dunkelheit hatte sie kaum etwas von dem Gebäude gesehen. Bloß vor dem Eingang hatte eine Laterne gebrannt und in etwa erahnen lassen, was sich drinnen präsentierte. Clothilde hatte ob des Interieurs keine Worte gefunden. Die Größe und der in die Jahre gekommene Luxus hatten sie fast erschlagen. Vor dem brennenden Cheminée hatte Maxim ihr seine Liebe gestanden, sie später über die Türschwelle ins Schlafzimmer getragen, wo Clothilde die erotischste Nacht ihres Lebens verbracht hatte. Mit fünfundfünfzig Jahren. Sie, die noch heute der Überzeugung war, mit fünfzig werde man allmählich unsichtbar. Maxim hatte sie aus ihrem Dornröschenschlaf geweckt und ihr das Tor zum Himmel geöffnet.

Am Morgen war sie zum Fenster geschritten, hatte die Vorhänge zur Seite geschoben und war ob des Anblicks so überwältigt gewesen, dass sie weinen musste. Clothilde, welche die Stadt Bern über alles geliebt hatte, hatte den Punkt erreicht, der ihr ganzes vorhergehendes Leben auf den Kopf stellte. Ihr gegenüber der imposante Berggipfel, hinter ihr Maxim Anthamatten von Winterstern mit Liebesgeflüster im Mund. Nie zuvor war sie mit so viel Glück erfüllt gewesen.

Bis vor fünf Jahren hatte ihr das Haus allein gehört. Sie hatte die Zimmer und Säle, die Gänge und Galerien, die verborgenen Ecken, Treppen und Säulen bis in den letzten Winkel kennengelernt. »Ein Haus muss man zuerst entdecken und dann lieben lernen, bevor man es ganz bewohnen kann«, hatte Maxim ihr erklärt. »Wenn die Seele des Hauses mit deiner Seele verschmilzt, erlebst du das, was du ›Heim‹ nennst. Es ist wie eine Symbiose.« Mit ihren ersten Schritten in diesem Haus hatte Clothilde ihre persönliche Note eingebracht. Jeden Tag ein wenig mehr.

Heute befand sie sich in der glücklichen Lage, eine Art Reiseleiterin im Anwesen zu sein. Einmal im Monat Dezember lud sie ihre bereits angereisten Familienmitglieder ein, ihr durch die Gänge zu folgen und den Geschichten zu lauschen, welche Winterstern erzählte.

Nach dem Frühstück versammelten sich Anna, Julie, Jonas,

Jannik und Evamarie bei der Wendeltreppe im Erdgeschoss. Weder Julie und ihre Söhne noch Evamarie hatten je einmal Zeit gefunden, das ganze Haus zu besichtigen. Clothilde glaubte, es ihnen schuldig zu sein.

»Im Jahr 1897 wurde das Haus von Moritz Anthamatten, einem Grundstücksbesitzer aus Zermatt, erbaut«, begann sie feierlich, »und vierzig Jahre später von seinem Sohn Emil übernommen. Emil wiederum gab es an seinen Sohn Bernhard weiter, Bernhard an meinen Mann. Leider hatte Maxim keine Nachkommen.«

»Was uns zugutekommen wird«, sagte Jonas ohne Scham.

Clothilde überging seine freche Bemerkung. Von ihm war sie nichts anderes gewohnt. Jonas war ein Kindskopf. Sie hätte aber zumindest von Julie einen Tadel erwartet. Als dieser ausblieb, fuhr sie fort: »Winterstern gehört seit vier Generationen der Familie Anthamatten. Wenn ich einmal nicht mehr sein werde, so trägt das Haus den Namen weiter.«

Niemand erwiderte etwas. Selbst Jonas hielt den Mund.

»Der damalige Klinkerboden im Parterre, im ersten sowie im zweiten Stock wurde erst in den achtziger Jahren durch einen Parkettboden ersetzt«, fuhr Clothilde mit ihren Ausführungen fort. »Die Säulen bei den Durchgängen zum Salon und zum ehemaligen Raucherzimmer sowie zur Bibliothek sind wieder in die originale Form zurückgeführt worden. Nachdem die Marmorsäulen Ende der siebziger Jahre mit Gips versehen wurden, meißelte man diesen ums Millennium herum wieder weg. Auch die Rosetten und die Stuckverzierungen im Wohnbereich erfuhren zur fast gleichen Zeit eine Renaissance.«

»Die siebziger Jahre«, sagte Julie, »sind zwar nicht meine Zeit, aber ich weiß von meinen Eltern, wie damals viele von den historischen Bauten modernisiert wurden respektive verschandelt.«

»Die Architektur ist einem steten Wandel ausgesetzt.« Clothilde musste ihrer Schwiegertochter recht geben. »Oft wird Altbewährtes verschlimmbessert.« Sie führte ihr Geleit in die Wohnküche. »Früher diente der Raum als Treffpunkt für die ganze Familie. Hier wurde gekocht, gegessen, diskutiert, sogar geschlafen. Maxims Großmutter ist in der Küche gestorben.« Clothilde sah in verdatterte Gesichter. »Das war früher ganz normal. Maxim wurde in diesem Haus geboren.«

»Auch in der Küche?«, fragte Jannik.

»Im Schlafzimmer, dort, wo sich mein Privatgemach befindet.« Clothilde schritt auf die Sprossenfenster zu, die eine weitere Eigenheit im Haus Winterstern waren. »Früher waren die Fenster doppelt verglast. Im Winter wurden zusätzlich vor den Scheiben Außenfenster angebracht, um die Wärme in den Innenräumen zu halten. Heute wäre eine solche Konstruktion nicht mehr möglich. In den neunziger Jahren wurden die Fenster erneuert und isoliert.« Clothilde schob sich von einem der Fenstersimse ab und ging um die Theke, welche die Küche von der Wohnküche teilte, herum. »Der riesige Kochherd wurde vor fünfundzwanzig Jahren modernisiert, ohne den Charme des Alten zu beseitigen.« Clothilde wies auf das großzügige Kochfeld, wo früher auf einem Holzherd gekocht wurde. »Dabei wurde viel Wert auf Authentizität gelegt. Noch immer existiert das Bain-Marie, der einzige Teil, den man wiederverwendet hat, und sollte einmal die Elektrizität ausfallen, kann man mit Holz und Briketts zwei speziell angefertigte Herdplatten erwärmen. Oh, ich sehe gerade, Pierre hat ein paar Zimtsterne gebacken. Bitte bedient euch.« Sie wies auf die ovale Platte mit dem Weihnachtsgebäck.

Die Sterne waren schnell weg, bevor Clothilde ihr Gefolge bat, mit ihr zum Ostflügel zu gehen. Alle gingen artig neben ihr her, zuerst durch die Küche, dann in den Salon, wo nebst den runden Tischen in Fensternähe ein pompöses Sofa und zwei Ohrensessel standen. Sie gelangten in einen Korridor, den man auch direkt vom Entrée aus erreichte.

»Hier hinten befinden sich die Wäscherei und der Trockenraum«, sagte Clothilde.

»An bester Lage?«, provozierte Jonas. Von Neuem.

»Ist doch perfekt, kann Elvira beim Bügeln die Morgensonne genießen.« Evamarie grinste vor sich hin.

»Der Duft frischer Wäsche, die Sonne in der Lingerie, Elvira schätzt es.« Clothilde zeigte den Wäscheabwurf, der über einen Schacht vom zweiten über den ersten Stock direkt in einem Behälter landete. Später stieg sie über den geschwungenen Aufstieg nach oben. »Die Treppe ist mein Lieblingsplatz in diesem Haus. Seht nur das feine Geländer mit dem Messinglauf.«

»Meiner auch«, fuhr Anna ihr euphorisch ins Wort. »Sie erinnert mich an O'Haras Südstaatenvilla im Film ›Vom Winde verweht‹.«

»Hat was«, bekräftigte Clothilde die Ansicht ihrer Enkelin. »Es ist auch der Grund, weshalb ich mich vor siebenundzwanzig Jahren nicht nur in Maxim, sondern auch ins Haus Winterstern verliebt habe. Es haucht die Eleganz früherer Zeiten aus.«

»Na ja«, frotzelte Jonas, »so ein alter Kasten muss unterhalten werden. Wäre es nicht besser, diesen abzureißen und etwas Moderneres zu errichten? Und elegant? Ökologisch?«

Clothilde ignorierte ihn. Es war nicht zum ersten Mal, dass sich deswegen eine Diskussion anbahnen wollte. Wehret den Anfängen, dachte sie. »Auf zwei Stockwerke verteilt befinden sich die Schlaf- und Gästezimmer. Diese wurden ein wenig verkleinert, dafür verfügt jedes Zimmer über ein eigenes Bad oder eine eigene Dusche.« Clothilde ging über die Galerie, die weiter vorne in einen Korridor mündete. Sie öffnete linksseitig eine Tür. »Von dieser Seite aus hat man einen wunderbaren Blick zum Matterhorn.«

»Wenn der Gipfel nicht gerade in einer Nebelfahne steckt«, sagte Evamarie, »was ja genug oft der Fall ist.«

»Lasst die Räume auf euch wirken. Die Decken stehen hoch. Solche großzügig konzipierten Räume findet man heute selten.« Clothilde wies auf die Bilder an den Wänden. »Maxim mochte Stillleben. Sie bringen zusätzlich Ruhe in die Gemächer.«

»Wem es gefällt.«

Clothilde entging nicht, wie Jonas seinem Bruder in den Arm zwickte.

»Aus den Räumen hier«, fand Jonas, »vor allem aus dem Erdgeschoss, könnte man einen Tanzpalast machen.«

»Oder ein Luxusetablissement«, ergänzte Jannik. »Mit diesem Angebot an Zimmern …«

»Jonas! Jannik!«, fuhr Julie wider Erwarten ihre Söhne an. »Schluss jetzt!«

»Wir sprechen nur aus, was zu Hause diskutiert wird.«

»Aber doch nicht so«, sagte Julie mit hochrotem Kopf.

»Hast nicht du gesagt, man könnte aus Winterstern ein Renditehaus machen, anstatt nur eine Person mit ihrem dreiköpfigen Personal darin wohnen zu lassen?«

Julie wandte sich entsetzt an Clothilde. »Du darfst ihnen kein Wort glauben.«

Clothilde musterte ihre Schwiegertochter kritisch, sagte aber nichts. Wie hätten ihre zwei Enkel allein auf diese Idee kommen sollen. Dass nicht nur in Olivers Familie über ihren Besitz diskutiert wurde, war nichts Neues. Sie schluckte den Ärger herunter. »Die Etage darüber ist ähnlich ausgerichtet«, lenkte sie ab. »Der Estrich bildet den Abschluss. Dorthin werden wir nicht steigen, weil es zu kalt und zu schmutzig ist. Aufrecht gehen kann man nur unter dem Giebel.«

Clothilde fühlte sich erschöpft. Warum nur hatte ihre Familie kein Händchen für Ästhetik? Keine Kunst, dachte sie, Georg war auch ein Banause gewesen, was dies betraf. Zudem war ihre eigene Freude an Haus Winterstern offenbar nicht übertragbar, außer auf Anna. Heute hatte sie sich kaum zu ihren Eindrücken geäußert. Vielleicht dachte sie sich ihre Sache, oder sie schämte sich für ihre Cousins und Tanten.

Heiligabend

im Haus Winterstern

Als mein Dad in den Keller kam, um mich zu befreien, musste ich die Gefangenschaft als Unsinn betrachten. Meine männliche Verwandtschaft hatte zu viel getrunken. Im Suff hatten sie sich stark gefühlt.

Dad öffnete mit einem Schlüssel das Schnappschloss und löste die Enden der Kette. »Tut mir leid, Anna. Oben gerät alles aus den Fugen. Ich verstehe nicht, was in die gefahren ist.«

Ich rieb mir die Handgelenke. »Geld, Dad. Es geht ums Geld. Hast du das Testament gelesen?«

»Ja, habe ich.« Dad seufzte. »Wir sollten das Testament meiner Mutter akzeptieren. Tun wir es nicht, wird sich die Erbvollstreckung in die Länge ziehen.«

Ich erhob mich und gab Arthur die Decke zurück. »Ich trauere um Oma. Solange ich … wir«, korrigierte ich, »nicht erfahren haben, woran sie gestorben ist, sollten wir ihr Vermächtnis nicht mit Füßen treten. Es ist deprimierend genug, dass es überhaupt zum Thema wird, bevor Oma beerdigt wurde, und beweist, dass unter uns ein Mörder weilt. Vielleicht sind es sogar mehrere Täter. Ich gehe jetzt nach oben und hoffe auf deine Unterstützung.« Ich hatte Mühe, meinen Dad zu den Verdächtigen zu zählen. Aber falls er die Scheidung in die Tat umsetzen wollte, brauchte er die Mittel dazu.

Mam hatte es geschafft, die ganze Verwandtschaft an den Küchentisch zu ordern. Als ich mich dorthin setzte, wo in der Regel Oma gesessen hatte, sahen mich alle an, als wäre ich ein grünes Männchen. Gut, vielleicht sah ich wirklich grün aus, nach dem, was mir widerfahren war.

Ich ließ mir von Arthur Tee in einer Tasse servieren und wartete, bis der Butler die Küche verlassen hatte. Was ich mit meiner

Familie zu besprechen hatte, ging das Personal nichts an. Ich sah mir jeden meiner Verwandten genau an und überlegte gleichzeitig, wen ich vom Verdacht, Oma umgebracht zu haben, ausschließen konnte.

Ganz ehrlich?

Niemanden. Dem senilen Wolfgang attestierte ich genauso viel kriminelle Energie wie den Jüngsten: Alpha und Beta.

Hätte ich mich auf gewisse Körpermerkmale versteift, hätte ich zuerst meine Cousine Stephanie von der Liste gestrichen. Ihrer Konstitution zufolge war sie nicht in der Lage, jemanden niederzuschlagen. Andererseits war nicht erwiesen, dass Oma an einem Hieb auf den Kopf gestorben war. Gift musste die tödliche Waffe gewesen sein. Aber ich konnte mich täuschen.

Mein Cousin Tobias? Er machte sich wegen seines Pflasters verdächtig. Dieses trug er jedoch seit seiner Ankunft. Ihm aber mutete ich eine aggressive Haltung zu. Seine Frau Annika hatte mir zwischen Tür und Angel gesagt, sie vermute, Tobias stecke in argen Schwierigkeiten. Später hatte ich sie darauf angesprochen. Sie gab zu, Tobias sei spielsüchtig. Ich dürfe es aber niemandem sagen.

War jetzt die Zeit gekommen, damit herauszurücken? Oder machte ich mir dadurch noch mehr Feinde?

Nein! Mit Ausnahme von meinem Dad, Fidelio und Tim hatte ich alle gegen mich.

Andere Frage: Wer profitierte am meisten von Omas Tod?

Ich!

Wenn es nach dem Testament ging, welches Barbara mir unter die Nase gerieben hatte. Sie war denn auch die Einzige gewesen, die Omas Vermächtnis vor deren Tod eingesehen hatte. Ich sah Barbara an. Aus ihren Gesichtszügen ließ sich nichts lesen. Biedere Hausfrau, Praxisassistentin beim Allgemeinmediziner. Ich wusste von Oma, dass sie siebzig Prozent arbeitete, um die Familienkasse aufzustocken. Barbara, die hinter ihrer sensiblen Fassade den wahren Teufel verbarg. Ihr Mann war ein Mitläufer. Den Beweis hatte er mir geliefert, als er sich den Jungs angeschlossen und mich in den Keller gesperrt hatte.

Nach einem halbstündigen Gesichtsstudium, in dessen Verlauf sich alle ausnahmsweise still verhalten hatten, blieb ich letztlich bei Tim hängen. Bei ihm hatte ich das Gefühl, er rücke nicht mit der ganzen Wahrheit heraus. Da er aber in unserer Familie ein Neuling war, durfte ich dennoch hoffen, er wäre neutral. Ich sprach ihn auf die mutmaßlich vergifteten Pralinen an.

»Ich kann entwarnen«, sagte Tim. »Mein Schatz Laura und ich haben jedes Stück akribisch untersucht. Weder an der Schachtel noch an den Pralinen gibt es Einstichstellen, die darauf hinweisen würden, mit Gift kontaminiert worden zu sein. Julie aber hat mich darauf aufmerksam gemacht, im Haus gebe es einen Medizinkasten. Das Problem ist nur, man kann ihn nicht öffnen.«

Diesen Medizinkasten kannte ich gut. Omas Erste-Hilfe-Station. Das letzte Mal hatte sie ihn am 23. Dezember geöffnet, um für Alpha und Beta einen Schlaftrunk zuzubereiten. Was genau sie in die heiße Ovomaltine gemischt hatte, entzog sich meiner Kenntnis.

»Hat jemand von euch einen Schlüssel dazu?« Ich sah in die Runde.

»Wenn nicht du, wer dann?«, fragte Martina gehässig.

»Tut mir leid, ich habe keinen Schlüssel.« Ein Blitzgedanke schoss in mein Gehirn. Ich suchte mit Annika Blickkontakt. »Oma brachte am 23. am Abend deinen Mädchen heiße Ovomaltine. Erinnerst du dich?«

Annika zögerte, sah zuerst Tobias, dann ihre Töchter an. »Ja … ich erinnere mich. Zum ersten Mal in meinem Leben fand ich Clothildes Geste nett. Alpha und Beta haben daraufhin geschlafen wie Murmeltiere. Ehm …« Wieder wartete sie einen Moment ab, bevor sie weitersprach. »… Ich hatte mir keine Gedanken gemacht, war nur unendlich froh, als die Mädchen schließlich zur Ruhe kamen. Du meinst …?«

»Oma hat sie mit einer Substanz aus dem Giftschrank flachgelegt«, folgerte Tobias.

Sollte ich zugeben, dass ich davon wusste? Ich wandte mich erneut an Annika. »Stehen die leeren Tassen noch irgendwo?«

»Nein, Elvira hat sie am Morgen aus dem Zimmer geholt und

in den Geschirrspüler gestellt. Du kennst sie ja. Elvira ist so emsig, sie reißt dir das Geschirr buchstäblich aus den Händen.«

»Vielleicht hat Oma das Gleiche geschluckt«, befürchtete Thomas, Martinas Mann.

»Oder es wurde ihr verabreicht«, erwiderte ich. »Von jemandem, der einen Schlüssel für den Kasten hat und sich an Oma rächen wollte.« Dafür kamen meines Erachtens Annika und Tobias in Frage. Und Barbara und Ralph, Alphas und Betas Großeltern.

Mit meiner Strategie kam ich nicht weiter. Meine Bemühungen waren umsonst. Und wenn ich mit meinen einstweilen infantilen Überlegungen weitermachte, wirkte es nur noch lachhaft. Was sollte ich tun? Wem durfte ich trauen?

6. Dezember

Sankt Nikolaus kommt mit Begleitung

Wie Silvester und Weihnachten gehörte auch der Sankt-Nikolaus-Tag zum jährlich wiederkehrenden Brauchtum im Haus Winterstern. Während des ganzen Tages wurden die Vorbereitungen für den Abend getroffen. Pierre backte Lebkuchenplätzchen und »Grittibänzen«, die Hälfte mit und die andern ohne Rosinen. Er kochte Süßmost auf, bereitete Glühwein zu und stellte beides in Thermoskrügen warm, richtete Orangensalat mit Zimt an und zwei Platten mit verschiedenem Käse, dazu Feigen-Chutney. Elvira half ihm dabei und räumte hinterher die Küche auf.

Clothilde und Anna deckten zwei der runden Tische im Salon. Neun Personen waren für das Essen angemeldet, inklusive des Hauspersonals.

»Ich hoffe«, sagte Clothilde, »es gibt nicht noch eine Überraschung.«

Anna polierte das Silberbesteck, bevor sie es neben die Teller legte. »Dass deine ganze Verwandtschaft auftaucht? Oder was meinst du damit?«

»Um Gottes willen, nein. Ich wollte den Sankt-Nikolaus-Abend ruhig angehen. Nun sind Julie und die Jungs bereits hier. Du erinnerst dich sicher an letztes Weihnachten. Mit denen ging es drunter und drüber. Jonas und Jannik kennen gar nichts. Es gibt nichts Schlimmeres als Pubertierende. Julie kann ihre Söhne nicht im Zaum halten. Im Gegenteil, sie findet es lustig und weicht ihnen aus, wenn sie frech sind.«

»Sie sind älter geworden«, besänftigte Anna. »Und sicher vernünftiger.«

»Träume weiter, meine Liebe. Ich mache mir keine Illusionen. Ich habe am frühen Morgen den Gemeindepräsidenten, mit dem ich befreundet bin, angerufen und ihn gebeten, nebst dem ›Samichlaus‹ einen ›Schmutzli‹ zu schicken. Wenn Julie es nicht schafft, die Bengel zu zähmen, wird es Knecht Ruprecht tun. Ich gehe davon aus, er bringt auch gleich zwei Jutesäcke und zwei Fitzen mit. Wenn ich als Kind ungehorsam war, bekam ich mit der Rute einen Zwick auf den Hintern. Es müsste auch heute nicht verboten sein.«

»Das hat sich gottlob geändert.«

Clothilde musste lächeln. Ihre Enkelin war äußerst diplomatisch. »Ein Klaps zur richtigen Zeit hat noch niemandem geschadet.« Sie kniff beschämt den Mund zusammen. »Ich meinte, bei den Kindern.«

»Ach, Oma, ich werde dafür sorgen, dass du von ihren Eseleien nichts mitbekommst. Man muss die Jungs nur gut unterhalten. Ich werde sie den Berg hinaufjagen oder mit ihnen zum Kletterpark gehen.«

»Der ist im Winter geschlossen. Zudem soll es in den nächsten Tagen schneien.« Clothilde holte die Weingläser aus dem Schrank, rieb sie mit einem weichen Tuch aus und stellte sie neben die Teller. Wohlgefällig beobachtete sie ihre Enkelin, wie liebevoll sie mit dem Geschirr und dem Besteck umging. »Sie wünschen sich ein Snowboard, hat mir Julie durch die Blume gesagt. Vielleicht fährst du mit Jonas und Jannik nach Zermatt und suchst etwas Passendes für sie aus. Eigentlich haben sie es nicht verdient, aber ich kann nicht so streng mit ihnen sein. Bei dieser Mutter haben es die Buben nicht leicht.«

Anna faltete schmunzelnd die Servietten und dekorierte die Tischmitte mit Mandarinen, Nüssen und Datteln. »Du magst Julie nicht.«

»Merkt man das? Ich habe schon mein Kreuz mit Evamarie. Ausgerechnet zwei Tage vor deren Ankunft taucht Julie auf. Und ich dachte, du und ich hätten zumindest eine geruhsame erste Adventswoche.«

»Ich verspreche dir, ich halte dir die Leute, die dich nerven, vom Hals.«

Clothilde nickte. Sie durfte sich den Abend nicht vermiesen lassen. Sie kontrollierte, ob alles an seinem Platz lag, rückte die

Stühle in die richtige Position und vergewisserte sich, ob Pierre die Kartoffeln gekocht hatte. Eine dumme Angewohnheit von ihr. Aber etwas stimmte mit Pierre nicht. Er war oft in Gedanken weit weg.

Pünktlich um fünf Uhr bimmelte Clothilde mit einer Messingglocke zu Tisch. Aus dem CD-Player erklang dezente Klaviermusik. Klavierkonzerte von Frédéric Chopin, die sie zur Adventsmusik erkoren hatte. Sie hörte, wie Anna zu Jonas und Jannik sagte, sie sollten sich gefälligst zusammenreißen und ihre vermaledeiten Handys wegräumen.

Wider Erwarten verlief das frühe Nachtessen friedlich. Anna hatte sich zwischen die beiden Jungs gesetzt, und Arthur erzählte Anekdoten aus seinem Leben, welche diese erstaunlicherweise zu interessieren schienen. Pierre, der sich am gleichen Tisch befand, schwärmte von seinem Beruf als Koch, worauf vor allem Jannik ihm an den Lippen hing. Man aß »Gschwellti« und Käse und trank köstlichen Rotwein vom Kalterer See. Im Cheminée züngelte das Feuer, und überall brannten Kerzen, deren flackernde Scheine eine anheimelnde Atmosphäre verbreiteten.

Draußen hatte es längst eingenachtet, als jemand an die Tür polterte. Clothilde tat erstaunt, als wüsste sie nicht, wer vorbeikam. Sie bat Anna, zu öffnen und den Gast hereinzulassen. Anna erhob sich, ging zur Tür und zog sie einen Spalt weit auf. »Oh, wen haben wir denn da?«

»Sankt Nikolaus?«, fragte Julie und warf Clothilde einen verbissenen Blick zu. »Du hast den Chlaus kommen lassen? Typisch Schwiegermutter. Aber das ist echt kindisch.«

»Wie jedes Jahr.«

»Ich erinnere mich nicht.«

»Du warst am 6. Dezember nie da. Und deinetwegen ändere ich meine Pläne nicht.«

»Warum so harsch?« Julies Kopf glich einer Tomate.

Clothilde winkte ab, derweil sie zur Tür sah. Sankt Nikolaus betrat zusammen mit Knecht Ruprecht den Windfang, zwei eindrücklich große Männer aus Zermatt, denen der Ruf vorauseilte, nicht zimperlich mit ungehorsamen Kindern umzugehen. Clothilde lachte sich ins Fäustchen. Der Gemeindepräsident hatte Wort gehalten. Was er nicht mitgeteilt hatte, war die Begleitung eines Esels. Dieser trampelte mit seiner schweren Last auf dem Rücken in den Salon, unter dem lauten Gelächter von Jonas und Jannik.

»Nein, nein, nein, das geht nicht«, enervierte sich Anna, die Clothildes Schnappatmung mitbekommen haben musste. Sie fuchtelte gegen das Tier. »Der Esel darf hier nicht rein. Er soll vor der Tür warten.« Anna rief nach Arthur. »Könnten Sie den Esel nach draußen begleiten und ihn füttern? Was frisst er denn?« Sie sah sich hilfesuchend um.

»Heu«, sagte Pierre, der mit verschränkten Armen beim Durchgang zur Küche stand. »Drüben bei den Pferden hat es sicher welches. Aber vielleicht sollte man nicht damit beginnen, ihn zu füttern. Von allein hört er nicht auf zu fressen.«

Sankt Nikolaus schien die Aufregung zu ignorieren. Er trat unweit der beiden runden Tische in Pose, reichte Knecht Ruprecht den goldenen Bischofsstab und schlug ein dickes Buch auf.

»Sind wir kleine Kinder?«, frotzelte Julie, dass es vermutlich nur Clothilde hörte.

»Wenn ich an die letzten Tage denke …«

»Lass meine Mutter in Ruhe!«, zischte Evamarie.

Clothilde wunderte sich, wie ihre Jüngste Stellung bezog. Kurz sah sie zu ihr hinüber und registrierte ihr vor Wut rot angelaufenes Gesicht. Das konnte ja heiter werden.

»Hoffentlich hat Knecht Ruprecht genügend Kartoffelsäcke bei sich«, schob Evamarie nach. »Julie würde ausgezeichnet hineinpassen.«

Clothilde wäre am liebsten vor Scham in den Boden versunken. Sie mochte in der Erziehung vieles falsch gemacht haben. Aber diese Blamage hatte sie nicht verdient. Zum ersten Mal bereute sie es, die ganze Verwandtschaft eingeladen zu haben. Es wurde von Jahr zu Jahr schlimmer.

Sankt Nikolaus tauschte Blicke mit Knecht Ruprecht. Offensichtlich war er auf die Situation nicht vorbereitet. Er wandte sich an Jonas und Jannik. »Die Engel flüsterten es von den Wolken. Wir haben zwei spezielle Schwerenöter unter uns.«

»Drei«, sagte Jannik. »Tante Evamarie kannst du auch dazuzählen.«

»Hohoho … zähme deine Zunge.« Sankt Nikolaus wiegte den Kopf. Sein weißer gelockter Vollbart bewegte sich verdächtig zur Seite, als er sich nach seinem Begleiter umsah. Wer genau hinsah, konnte das Gummiband sehen, an dem der Bart befestigt war. »Ich glaube, der Schmutzli soll schon mal die Säcke leeren, damit es Platz gibt.«

Clothilde starrte ihn an und hoffte, Perücke und Bart mochten der Schwingung trotzen. Irgendwie kam ihr der Mann bekannt vor. Ob es der Gemeindepräsident persönlich war? Der Stimme zu urteilen nach, gut möglich.

»Ich habe vernommen«, Sankt Nikolaus wandte sich an Jonas, »dass du dich wenig darum kümmerst, deinen Eltern hilfreich unter die Arme zu greifen.«

»Wie meint er das?«, fragte Julie leise.

»Jetzt hör einfach mal zu«, tadelte Clothilde sie.

»Ein wenig mehr im Haushalt helfen könnte nicht schaden oder das Zimmer aufräumen. Da fällt dir kein Zacken aus der Krone.«

»Warum duzt er ihn?«, wollte Julie wissen. »Er ist volljährig.

»Er ist noch nicht volljährig.«

»Aber ein großer Junge.«

»Dann sollte er sich auch so benehmen«, entgegnete Clothilde.

»Ja, ja, Jonas. Ich lasse mal eine Fitze hier.« Sankt Nikolaus ging über zu Jannik. »Das Gleiche gilt für dich, Jannik. Richtige Männer können kochen und den Haushalt machen. Auch dir täte es gut, etwas mehr in die Richtung zu tun. Ich habe gehört, du leidest unter einer Handymanie.«

»Tun das nicht alle in meinem Alter?«, entgegnete Jannik.

Sankt Nikolaus schien das Interesse an beiden verloren zu haben. Seufzend schloss er das Buch.

War das schon alles? Clothilde hatte je eine halbe Seite Tadel in Auftrag gegeben. Anscheinend war der Gemeindepräsident in Eile.

Knecht Ruprecht öffnete den mitgebrachten Jutesack und

kippte den Inhalt auf den Boden. Nüsse, Mandarinen, Schokolade sowie ein Paar Geschenke purzelten heraus. Sankt Nikolaus verteilte die in Weihnachtspapier eingepackten Gaben an Anna, Arthur, Elvira, Pierre, Julie, Jonas, Jannik und Evamarie. Natürlich war auch ein besonders schön dekoriertes Schächtelchen für Clothilde dabei. Wie jedes Jahr. Bis heute hatte sie nicht herausgefunden, wer dafür verantwortlich war. Aber wie an jedem 6. Dezember hielt sie wohl eine Schachtel mit den besten Pralinen der Welt in der Hand.

Knecht Ruprecht legte zwei Fitzen auf den Tisch und schwenkte bedrohlich die Kartoffelsäcke. Jonas und Jannik verkrochen sich hinter dem Gläserschrank, und Pierre lud zum Tiramisu im Salon ein.

Clothilde sah trotz des schnellen Ablaufs zufrieden in die Runde. Was Geschenke alles bewirken konnten. Ihre Kinder, und nicht nur die kleinen, waren gierig darauf. Wenn sie dennoch enttäuscht die Mundwinkel nach unten zogen und wie eine »Zwanzig-nach-acht-Uhr-Grimasse« schnitten, spürte Clothilde Genugtuung.

Ein leises Plätschern drang an ihr Ohr. Noch während sie sich fragte, woher dieses Geräusch stammte, entdeckte sie die Pfütze zwischen den Hinterläufen des Esels.

Heiligabend

im Haus Winterstern

Jemand klopfte. Es erinnerte mich an Sankt Nikolaus, der uns am 6. Dezember mit Knecht Ruprecht und dem inkontinenten Esel beehrt hatte. Wer mochte heute zu so später Stunde hierhergekommen sein? Ausgerechnet zum Haus Winterstern, das an diesem Heiligabend vom Rest der Welt abgeschnitten war?

Draußen hatte der Sturm zwar etwas nachgelassen. Der Schnee türmte sich meterhoch um das Anwesen herum. Seit man Oma gefunden hatte, fielen noch immer ununterbrochen Schneeflocken.

Ich erhob mich, weil ich dem Eingang am nächsten saß und im Gegensatz zu den andern noch hellwach war. Mit gemischten Gefühlen und unter strenger Beobachtung meiner Verwandten ging ich zur Tür. Im Moment war ich auf alles gefasst, auch darauf, das Christkind anzutreffen. Ich drehte den Schlüssel um, öffnete und sah zuerst nur Dunkelheit. Der Schnee hatte die Laternen beim Eingang unter sich begraben. Schwach leuchtete das Licht durch die Hauben, die zwei gebackenen Hefekuchen glichen.

Die Gestalt zeichnete sich nebulös in der Dunkelheit ab, wie ein Taucher in einem Algenbecken. Und ich fragte mich gerade, ob ich unter Halluzinationen litt.

»Du?« Erst jetzt erkannte ich ihn, in dem Augenblick, als er sich zu mir umdrehte. »Lennard! Wie kommst du denn hierher? Tritt ein.« Ich hielt die Tür weit auf. Eine gefühlte Ewigkeit war es her, seit wir auf den Gornergrat gefahren und einen Tag früher uns in Zermatt im Kultkino Vernissage einen Film angesehen hatten. Etwas über Menschen am Matterhorn. Den Film hatte ich bereits wieder vergessen, Lennards witzige Art nicht. Es hatte sich herausgestellt, dass dieser blonde Mann vom Ticketschalter in Täsch über besondere Qualitäten verfügte. Hellsehen war es nicht. Doch in diesem Moment dachte ich wirklich, er konnte auch dies.

Nach dem Kinoabend hatte ich bei Lennard übernachtet. Er war der Sohn eines Hoteliers, sah seine Zukunft jedoch nicht in der Gastronomie. Sein Bruder würde in Vaters Fußstapfen treten, er sei nicht unfroh, habe er doch andere Fähigkeiten. Diese hatte er mir schnell erklärt. Er malte Bilder. Ein begnadeter Maler war er, mit magischen Händen und einem Gedächtnis wie ein Fotoapparat. Er hatte ein Portrait von mir gemalt, hinsichtlich bloßer Erinnerung an die Begegnung in Täsch, und es in seinem Zimmer aufgehängt. Klar hatte ich Oma von Lennard erzählt. Sie hatte ihn gekannt. Er sei im letzten Sommer bei einer Kulturveranstaltung im Haus Winterstern gewesen.

»Wie hast du es geschafft, trotz des vielen Schnees auf die Riffelalp zu gelangen?«

Lennard zog seine Daunenjacke aus und legte sie auf den Schirmständer neben der Tür, streifte Mütze und Handschuhe ab und warf sie daneben. »Ich wollte dich anrufen, merkte aber bald, das Telefonnetz ist unterbrochen. Ganz Zermatt ist ohne Verbindung. Zu Hause fiel mir die Decke auf den Kopf. Im Hotel wurde gefeiert. Das Übliche halt. Apéro und Klavier. Ein Sechs-Gänge-Menü und Wein und Champagner. Die andere Seite eines bescheidenen Christfests, das Gegenteil von Zurückhaltung. Es geht immer nur ums Konsumieren. Nichts für mich. Ich schnallte mir die Schneeschuhe an die Füße, packte Proviant und eine Stirnlampe ein und machte mich auf den Weg auf die Riffelalp.«

»Trotz erheblicher Lawinengefahr?«

»Ich wollte dir einfach schöne Heiligabendgrüße überbringen.«

»Dich schickt der Himmel.« Ich musste schluchzen. »Meine Oma ist gestorben.«

»Clothilde?« Lennards Aufschrei tönte ehrlich.

»Ich glaube, sie wurde umgebracht.« Ich zog Lennard in den Salon, bevor er etwas erwidern konnte.

Etwa zwölf Augenpaare glotzten uns an. Die anderen hatten die Augen geschlossen. Die ältesten und jüngsten Familienmitglieder schliefen vornübergebeugt am langen Tisch. »Das ist Lennard.«

»Den kennen wir«, sagte Jonas. »Wir trafen dich in der Bahn zum Gornergrat. Warum ist er hier?«

»Vielleicht hilft mir Lennard auf der Suche nach dem wahren Täter.« Ich bot ihm meinen Stuhl an. »Setz dich doch. Möchtest du Tee oder Kaffee oder etwas Kalorienreicheres? Es gibt noch Apfelkuchen.«

»Ich will euch nicht stören.« Lennard sah sich um, mit gehetztem Blick. »Das wusste ich nicht.«

»Du störst nicht.« Mich durchlief ein Zittern. Nicht weil mir kalt war. »Schön, bist du da.« Ich musste mich räuspern. Lennards Anwesenheit nahm mir etwas von dem Druck, den ich in der Gegenwart meiner Verwandten spürte.

»Wenn dein Kerl es auf die Riffelalp schafft, wird es uns bestimmt gelingen, von hier wegzukommen«, sagte Onkel Oliver. Sein Powernapping war vorbei. Er hob seinen Kopf wie eine Rakete. »Sicher hat er schon vorgespurt.«

»Ich rate davon ab«, sagte Lennard. »Möglicherweise hatte ich viel Glück, unversehrt zum Haus Winterstern gelangt zu sein. Vorne im Hoteldorf buddeln sie seit was weiß ich wie vielen Stunden den Vorplatz frei. Sie mussten den Schnee wegen Einsturzgefahr von den Dächern holen, und die Piste zwischen hier und dort liegt mittlerweile unter dem Ausläufer der Riffelboden-Laui. Seit Jahren ging nie mehr eine Lawine nieder. In diesem Dezember ist es bereits die zweite. Oben muss die Situation noch prekärer sein. Ich glaube sogar, man hat mittlerweile auch die Ratracs von den Pisten geholt. Wer jetzt auf dem Gornergrat ist, wird noch eine Weile bleiben müssen, außer es gibt einen Wärmeeinbruch. Aber dann hätten wir ein anderes Problem.«

»Mister ganz schlau«, frotzelte Jonas. »Seit wann treibst du dich in der Gegend herum? Vielleicht ist *er* der Mörder, der Rentnerinnen-Mörder.«

»Sei nicht albern«, tadelte Julie. »Wir sollten den Burschen einmal anhören, was er zu seiner Verteidigung zu sagen hat.«

Elvira betrat die Küche. Offenbar hatte sie ihren Schlaf nicht gefunden. Sie sah mich an, dann schaute sie zu Lennard. »Ach, Sie kenne ich doch.«

5. Dezember

Evamarie muss sich rechtfertigen

Natürlich gab ihr Stolz es nicht zu, sich über die Anlaufschwierigkeiten am Morgen zu beklagen. Clothilde schaffte es längst nicht mehr, ihr Bett wie ein Wiesel zu verlassen. Ihre Sünden kamen im Alter zum Vorschein. Nun musste sie für ihren oft ungesunden Lebenswandel büßen. Zu viel Wein und Champagner, zu wenig Früchte, kein Gemüse, dafür Unmengen von Süßigkeiten. Ihr Cholesterinspiegel schoss wahrscheinlich durch die Decke. Nach jedem Essen ihre Zigarillo und der legendäre Schlummertrunk: ein Bier. Hätte sich ein anderer so schlecht ernährt, wäre er längst gestorben. Clothilde war überzeugt, vieles, wenn nicht das meiste, konnte man durch die Gedanken steuern. Ihre positive Lebenseinstellung mit einer Prise Zynismus half ihr dabei, einen einigermaßen gesunden Eindruck zu erwecken.

Sie konnte aber auch eine tickende Zeitbombe sein.

Sie machte Yoga. Eine halbe Stunde lang begrüßte sie die Sonne: »Surya Namaskar«. Es war die einzige Übung, die sie beherrschte, obwohl Anna es anders glaubte. Mehr musste nicht sein. Man konnte auch übertreiben. Mit dem Sonnengruß hatte sie richtiges Atmen gelernt, und sie beherrschte noch heute den Spagat, mit dem sie bereits in jungen Jahren geblufft hatte. Ihr Bruder Wolfgang hätte sie am liebsten in den Zirkus geschickt.

Clothilde saß auf der Matratzenkante und ließ den vergangenen Tag Revue passieren. Ausgerechnet Evamarie, ihr schrecklich ungeliebtes Kind, hatte gestern angerufen, sie werde früher als geplant anreisen. Allein. Die Ferien ihres Dauerverlobten Fidelio würden erst kurz vor Weihnachten beginnen. So gesehen keine schlechte Ausgangslage. Clothilde würde genügend Zeit finden, ihre Jüngste ins Gebet zu nehmen. Sie hatte auf Umwegen erfahren, wie es um die Arbeitsmoral ihrer Tochter stand. Wenn

Clothilde ihr jetzt nicht half, stünde Evamarie bald auf verlorenem Posten. Andererseits hatte Evamarie von ihren fünf Kindern den Mund am weitesten aufgerissen, als Clothilde an deren achtzehntem Geburtstag die Trennung von ihrem ersten Mann verkündete. Fast fünfunddreißig Jahre hatte sie an der Seite von Georg Imhof ein erbärmliches Dasein gefristet. Daran wollte sie heute allerdings keine Gedanken mehr verschwenden. Nur manchmal, wenn sie sich allein fühlte, zwang sie sich, an die schlimme Zeit mit Georg zu denken. Es war wie Selbstkasteiung, ein Schmerz, der sich in ihre Seele bohrte. Am Ende ihrer Ehe hatte sie Georg abgrundtief gehasst, was sich einstweilen auch auf ihre Kinder auswirkte. In Evamarie sah sie sein pures Abbild – faul, mit verqueren Ansichten, schrägen Ideen und gewalttätig, wenn etwas nicht nach ihrem Kopf ging. Ja, dachte Clothilde, Georg hatte sie geschlagen. Das hatte er gut gekonnt und immer dann, wenn niemand hinsah. Den Kindern hatte er sich von seiner Schokoladenseite gezeigt. Da er aber selten zu Hause gewesen war, fiel es ihm nicht schwer, mit ihnen herumzualbern und den sanften Vater zu mimen. Während Clothilde ihre Sprösslinge erzogen hatte, war Georg gegen jede Einschränkung gewesen. Er hatte den Nachwuchs dazu angestachelt, sich unflätig zu benehmen, wenn sie es genau nahm.

Trotz der Hölle war Clothilde bei ihm geblieben. Später hatte sie behauptet, der Kinder wegen. Die Wahrheit aber lag in ihrer fehlenden Ausbildung. Clothilde hatte sich von ihrem ersten Mann abhängig gemacht. Finanziell und moralisch. Er hatte ihr gedroht, wenn sie ihn verlasse, werde er ihr die Kinder wegnehmen und sie als unzurechnungsfähig hinstellen. Sie hatte es ihm geglaubt und den Tag geplant, an dem sie ihre Sachen packen und das Weite suchen würde. Ihr war zugutegekommen, dass die Volljährigkeit im Jahr 1996 von zwanzig auf achtzehn Jahre heruntergeschraubt worden war. Sie hatte ein ganzes Jahr dazugewonnen.

Es klopfte. In freudiger Erwartung, Anna würde sie zum Frühstück abholen, riss Clothilde die Tür auf.

»Hallo, Mutter.«

»Du? Ich dachte, du kommst erst morgen.« Clothilde war nicht auf sie vorbereitet. »Ist Fidelio auch da?«

Evamarie schob sich ins Zimmer. »Nein, sagte ich doch, er wird erst kurz vor Weihnachten kommen. Er kann nicht einfach seiner Arbeit fernbleiben. Mutter, wir müssen reden.«

»Das ist aber ganz was Neues.« Clothilde betrachtete ihre Tochter. Sie hatte sich seit dem letzten Jahr verändert, war schlanker, irgendwie drahtiger geworden, und ihre Wangen sahen aus, als hätte sie in jede einen Golfball gestopft. Möglicherweise Botox. »Hattest du so früh einen Zug?«

»Fidelio eilte es. Er hat bereits um zehn einen Termin in Lausanne.«

»Du hättest doch mit ihm anreisen können.« Clothilde stöhnte auf. Ab heute würde es endgültig vorbei sein mit der Ruhe. Wenn Evamarie und Julie aufeinandertrafen, war der Teufel los.

»Mutter … ich, ähm … weiß nicht, was Fidelio über mich erzählt hat.«

»Fidelio?« Clothilde schüttelte den Kopf. »Seit letzter Weihnacht habe ich nicht mit ihm gesprochen. Was ist mit Fidelio? Will er dich etwa heiraten?« So erpicht darauf war Clothilde nicht. Sie mochte Fidelio. Er war kein Ungerader. Ob er der Richtige für Evamarie war, stand auf wackeligen Füßen.

»Okay, dann muss ich etwas missverstanden haben.« Evamarie schritt zum Fenster, ohne auf Clothildes Bemerkung einzugehen. »Der Himmel hat sich verdunkelt. Ich glaube, es gibt endlich Schnee.«

»Wovon lenkst du ab? Ich kenne dich doch.«

Evamarie drehte sich zu ihr um. »Bevor du es über den Latrinenweg erfährst, ich habe einen neuen Job.«

»Schillermöller ist in Konkurs gegangen. Ich habe davon gelesen. Ich fragte mich bereits, wann du es mir mitteilen würdest.«

»Willst du eine ehrliche Antwort hören?« Evamarie stand noch immer beim Fenster.

Clothilde winkte ab. Sie hatte keine Ahnung, worauf ihre Tochter hinauswollte. Sie schien in Richtung Matterhorn zu blicken, um mit ihr nicht in Augenkontakt treten zu müssen. »Ich höre.«

»Weil du immer so komisch reagierst. Wie zum Beispiel jetzt. Du hast mir bereits früher keine Chance gegeben, mit dir ein vernünftiges Gespräch zu führen, weder haben dich mein Leben noch mein Beruf interessiert.« Evamarie kehrte sich um. »Und komme mir jetzt nicht mit Vater.«

»Doch, das werde ich. Du hast den gleichen verbohrten Charakter wie Georg.« Clothilde sah ihrer Tochter an, wie sehr sie sich zusammenreißen musste, um nicht laut zu werden. Etwas bedrückte sie, oder sie wollte etwas von ihr. Clothilde vermutete Zweiteres und schloss Ersteres nicht aus.

»Komm, Mutter, reden wir nicht über Vater. Seit rund siebenundzwanzig Jahren seid ihr geschieden. Es war nicht leicht für mich, das kann ich dir sagen. Andererseits war es *dein* Leben, und ich war erwachsen. Es hätte mir etwas ausgemacht, wenn Vater bloß ein ›Alle-zwei-Wochenenden-Papa‹ gewesen wäre. Wir haben uns mit deinem neuen Mann arrangiert und uns nur am Anfang eurer Beziehung quergestellt. Das kannst du uns tatsächlich vorwerfen. Aber später sind wir gern hierhergekommen.«

»Ja, ja«, sagte Clothilde im Ton der Überzeugung, »als ihr herausgefunden habt, wer Maxim war. Als es etwas zu holen galt, wart ihr stets zuvorderst. Maxim war zu großzügig mit euch.«

»Ja, Mutter.« Evamarie schritt zur Zimmermitte. »Schön hast du es hier.«

Bei Clothilde blinkten die Warnlampen. Wenn Evamarie sich so einschleimte, führte sie etwas im Schilde.

Prompt kam sie darauf zu sprechen. »Ich ziehe mein eigenes Modelabel auf.«

Clothilde spürte, wie ihr die Kinnlade nach unten sackte. »Dein eigenes … was?«

»Meine eigene Marke.« Evamarie verschränkte die Arme. »Ich habe Erfahrung darin.«

»Der qualifizierte Schillermöller hat die Läden geschlossen, und du glaubst tatsächlich, du könntest etwas Eigenes aufziehen?«

»Nicht so, wie du meinst. Ich mache alles über das Internet. Als Modecoach … und Influencerin …«

Clothilde hörte nur »Coach«. »Heute nennt sich jeder Dritte

Coach. Aber komm endlich auf den Punkt. Du willst doch etwas von mir. Umsonst vergeudest du kaum deine Zeit bei deiner alten Mutter.«

»Ich brauche Startkapital.« Evamarie starrte auf den Boden, als würde sie im Teppichmuster die Lösung für ihr Problem finden.

Mutig von ihr, dachte Clothilde, sie so direkt anzugehen. Oder frech und skrupellos. Sie sah ebenfalls auf den Boden, auf den ziemlich zertretenen Teppich.

»Nicht viel. Ich rechne etwa mit hunderttausend Franken …«

»Was?« Clothilde schluckte leer. Die Ansprüche ihrer Tochter entbehrten jedweder seriösen Grundlage. »Und wozu?«

»Als Startkapital.«

»Ich werde niemanden bevorzugen, damit du es weißt. In letzter Zeit hast du zudem ein Verhalten an den Tag gelegt, das ich nicht akzeptieren kann, unabhängig von deiner Bettelei.« Clothilde fand in ihrem Gedächtnis Bilder aus einer besseren Zeit. Evamarie war eine Nachzüglerin gewesen, sieben Jahre jünger als ihr jüngster Sohn Oliver, die Hoffnung, einer zerrütteten Ehe Leben einzuhauchen, ein Samenklau, wie Georg behauptet hatte. Evamarie, die dem Charakter ihres Vaters sehr ähnlich kam. Bösartig und fordernd. Wie die Strafe erzürnter Götter, weil Clothilde damals heimlich die Pille abgesetzt hatte. Samenklau, ja, das hatte Georg ihr tatsächlich vorwerfen können. Aus dem Samen war Unkraut gewachsen.

»Mutter, bitte … jetzt könntest du einmal in deinem Leben eine gute Tat vollbringen. Niemand von meinen Geschwistern muss es erfahren.« Evamarie schluchzte theatralisch auf. Auch das gehörte zu ihren Maschen.

Clothilde ließ es kalt.

Heiligabend

im Haus Winterstern

»Elvira?« Lennard erhob sich. »Ich erinnere mich. Sie waren schon im Sommer da. Wie geht es Ihnen?«

Bevor Elvira antworten konnte, schoss Tante Barbara wie ein Giftpfeil zwischen die beiden. »Was geht hier ab? Elvira?«

Ich stellte mich beschützend vor sie. Elvira war auch nicht mehr die Jüngste. Oma hatte ihre Angestellten von einem Lenz in den nächsten gebucht, und das über viele Jahre hinweg. Vielleicht auch deshalb, weil sie eine jüngere Person ganzjährig nicht hatte um sich haben wollen. »Such dir die Freundinnen im Altersheim«, war ihre Ansicht gewesen, »in ihrem Beisein fühlst du dich jung.«

»Wohin hast du deine Oma gebracht?«, wollte Lennard von mir wissen.

»Was geht es ihn an?«, fragte Martina. »Oder hat er am Ende etwas mit ihrem Tod zu tun?«

»Warum sollte Lennard etwas damit zu tun haben?« Ich war stinkesauer. Meine Verwandtschaft hatte es wahrlich drauf, sich von ihrer miesesten Seite zu zeigen. Wenn sie sich untereinander an die Gurgel gerieten, war das ihr Problem, solange ich nicht involviert war. Aber wer gab ihnen das Recht, sich in der Gegenwart eines Fremden dermaßen aufzuführen?

»Reg dich nicht auf«, sagte Lennard.

Ich zog ihn von den andern weg zur Seite. »Ich muss unbedingt die Polizei rufen. Das hier ufert aus, wenn ich nichts unternehme. Gibt es eine Möglichkeit, wenigstens zum Chaletdorf zu gelangen?«

»Hätte ich gewusst, was hier los ist, hätte ich reagieren und jemanden fragen können. Oder ich hätte den Rechtsmediziner, der alljährlich über die Weihnachtstage in Vaters Hotel logiert, mitbringen können.« Lennard lächelte ein wenig. »Sofern ich ihn dazu hätte überreden können.«

»Lass uns zum Chaletdorf gehen«, bettelte ich in meinem Dilemma. »Die müssen doch über einen Funk verfügen. Im Notfall muss man ausgerüstet sein.«

»Noch einmal: Ich muss dringend davon abraten. Zudem herrscht überall Dunkelheit. Die wenigen Lampen auf dem Weg dorthin stecken unter einer dicken Schneehaube. Wir sollten warten, bis der Morgen anbricht. Dann werden wir auch das ganze Ausmaß sehen.« Lennard stieß heftig Atem aus. »So viel Schnee.«

Ich wollte nicht klein beigeben. »Die Distanz zu den Chalets beträgt gut einen Kilometer. Das schafft man zwischen zehn und fünfzehn Minuten.«

»Draußen ist die Apokalypse.«

»Du hast es auch geschafft.«

»Weil ich mich hier gut auskenne und ich unbedingt zu dir wollte. Ich habe mir Sorgen gemacht, weil ich nichts mehr von dir gehört hatte.«

»Du könntest mich begleiten.«

»Nein, Anna, das darfst du nicht von mir erwarten. Ich danke dem Herrn, bin ich heil angekommen.«

Ich spürte, wie die Kräfte meinen Körper verließen. Was mit Lennards Ankunft gut und energiegeladen begonnen hatte, drohte einzustürzen wie ein Kartenhaus. Ich liebäugelte mit dem Zimtsternenteller, sah, dass noch genau zwei Stücke darauf waren, stürzte mich auf den Tisch zu und schnappte mir das Gebäck. Süßigkeiten halfen, die Batterie aufzuladen. Oma hatte erzählt, sie habe immer zwei Tafeln Schokolade verzehrt, nachdem ihre jüngste Tochter sie energetisch ausgelaugt habe. Wenn Evamarie bei ihr zu Besuch gewesen sei, habe sie immer zugenommen. Ich schob die Biskuits in den Mund.

»Nicht zu viel von denen«, riet mir Pierre, der in diesem Moment durch die Tür kam.

Zimt. Safran. Muskat.

Jetzt fiel es mir wieder ein. Hatte ich mir mit dem Geschenk an Pierre das eigene Grab geschaufelt? Wurde mir diese nette Geste zum Verhängnis? Ich kaute ganz schnell und würgte den süßen Brei hinunter. Seht her, so schlimm ist es nicht.

Hatte Oma zu viel davon abbekommen? Mir wurde angst und bang.

Tim rettete mich aus dem Dilemma. »Die Menge hätte bloß eine Maus flachgelegt«, tröstete er mich. »Wir sollten uns dem Notfallkasten widmen. Noch einmal: Wer hat dazu einen Schlüssel?«

»Ich.«

4. Dezember

Julies Ankunft

Clothilde folgte den LED-Lämpchen und schritt durch den Korridor Richtung Weinkeller. Champagner, Rot- und Weißwein auszusuchen fiel in ihren Bereich. Maxim hatte ihr erklärt, worauf es ankam und wie man richtig degustierte. Clothilde erinnerte sich an den Besuch am Kalterer See. Maxim hatte sie auf das Renaissanceschlösschen »Castel Ringberg« eingeladen, wo sie einen Abend lang den Wein der bekanntesten Winzerin der Südtiroler Weinstraße probieren konnten. Clothilde hatte bis dahin wenig Ahnung von solchen Verkostungen gehabt und jedes Glas Wein ausgetrunken, vom Weißwein über den Rosé bis zum Roten. Den Spucknapf hatte sie nicht beachtet, nicht gewusst, wofür er da war, und Maxim hatte sich über ihre Trunkenheit köstlich amüsiert.

Von ihren vielen Besuchen in Südtirol hatten sie Weine nach Hause gebracht, die noch immer im Keller lagerten. Clothilde streifte die Gestelle entlang und erfreute sich nebst den edlen Tropfen an den außergewöhnlichen Etiketten.

Sie suchte einen Rotwein, der zum Essen am Klausabend passen würde, als sie von oben ein schepperndes Geräusch vernahm. Sie hielt inne, drehte sich um und ging den Weg zurück, den sie gekommen war. Sie stieg die Treppe hoch, drückte die Tür zum Korridor auf und konnte sich einen Ausruf des Erstaunens nicht verkneifen.

Vor ihr stand Julie, eine ihrer Schwiegertöchter. Gott, gütiger, war sie alt geworden. Was ein Jahr ausmachte. Julie war nie eine Schönheit gewesen. Die Jahre hatten ihr kontinuierlich ein paar Falten beschert, die sich in ihr Gesicht gemeißelt hatten, der Hals glich dem eines Straußes. Sie sah aus wie sechzig, was von ihrem exzessiven Sonnenbaden herrührte. Auch jetzt war ihre Haut schokoladenbraun getönt, was unmöglich die Herbstsonne gewesen sein konnte. Solarium, dachte Clothilde. Powerstufe. Julie hatte es durchgesetzt, dass Oliver ihr trotz schlechter Finanzlage eine eigene Sonnenbank gekauft hatte.

Hinter Julie baute sich deren sechzehnjähriger Sohn Jannik auf und, was Clothilde bass erstaunte, der siebzehnjährige Jonas. Ausgerechnet. In ihrer Erinnerung kam er schlecht weg, da er an jedem Heiligabend für Zoff gesorgt hatte. Seit zwei Jahren war er bekennender Atheist und betrachtete Weihnachten als Komödie und den geschmückten Tannenbaum als Spiegelbild seiner Tante Barbara, die sich in der Regel noch krasser behängte. Seine Worte.

»Ihr seid schon da?«

»Hallo, Schwiegermutter, wie du siehst. Ich dachte, wir könnten dir zur Hand gehen, wenn wir früher anreisen.«

Mit der ganzen Sippschaft? Julie war keine große Hilfe, wenn es ums Praktische ging. Sie hatte zwei linke Hände, und das Denken überließ sie gern den anderen.

Clothilde reichte ihren Enkeln widerwillig die Hand zum Gruß. »Müsst ihr nicht arbeiten?« Bei ihnen hatte sie stets das Gefühl, diese würden etwas aushecken. Clothilde war mit ihnen nie warm geworden. Schon von klein an missbilligte sie ihre nervöse und laute Art. Am liebsten hätte sie die Jungs schon damals in einem Zoo gesehen, hinter dem Gitter mit dem Schild: »Füttern verboten«.

»Jonas zieht gerade seinen Urlaub ein«, ergriff Julie das Wort. »Er ist Lagerarbeiter bei Lidl. Jannik ist noch immer auf der Suche nach einer passenden Ausbildung.«

»Aha.« Mehr vermochte Clothilde nicht zu sagen. Jannik war im Sommer aus der Schule gekommen. Er war wahrscheinlich zu blöd für diese Welt. Wer wollte, fand immer Arbeit. Clothilde seufzte. »Willkommen. Freuen wir uns auf ein paar inspirierende Tage auf der Riffelalp.« Sie rief nach Elvira und bat sie, Julies Gepäck aufs Zimmer zu bringen. Sie wandte sich an Jonas und Jannik. »Ihr scheint mir kräftig genug, euren Koffer selbst ins Zimmer zu schleppen. Elvira wird euch zeigen, wo eure Betten sind.«

»Ich habe hoffentlich ein Einzelzimmer, oder?« Jonas betrachtete sie herausfordernd. »Ich kann nicht mit meinem Bruder im selben Zimmer schlafen wie letztes Jahr.«

»Warum nicht? Ihr seid Brüder. Das dürfte doch kein Problem sein.« Clothilde wechselte Blicke mit Julie, die bloß ihre Schultern hob.

Jonas runzelte die Stirn. »Auf keinen Fall. Wir haben unterschiedliche Schlafrhythmen. Zudem ertrage ich es nicht, wenn er dauernd unter der Bettdecke fummelt.«

Clothilde wollte es überhört haben. »Ihr bekommt dasselbe Zimmer wie vor einem Jahr. Insgesamt werden wir bis zum 24. Dezember fast dreißig Personen sein, die im Haus Winterstern wohnen. Also arrangiert euch.« Es fehlte noch, sich von Jonas den Tarif durchgeben zu lassen. Sie hätte einen Dank erwartet.

Julie sagte nichts. Sie schien den Zeitpunkt verpasst zu haben, ihre Söhne zu Anstand und Respekt zu erziehen.

Clothilde begann, in Gedanken die Tage und Nächte bis Heiligabend zu zählen. Fast drei Wochen! Wie sollte es ihr gelingen, die beiden Bengel zu zähmen, wenn ihr das vor einem Jahr während dreier Tage nicht geglückt war.

»Hast du in der Zwischenzeit einen Fernseher angeschafft, Oma?«, wollte Jannik wissen.

Clothilde verneinte. »Es ist ein Luxus, *keinen* zu haben.«

»Kein Netflix?«

»Nein, aber ich bin verflixt nett.«

Julie kicherte. Clothilde war erstaunt, dass dieser Scherz bei ihr angekommen war.

»Aber, wie sollen wir uns die Zeit um die Ohren schlagen?«, fragte Jonas.

Dann hättet ihr später anreisen sollen, dachte Clothilde. Ihr wäre es lieber gewesen. »Ihr habt zwei Augen, ein Gehirn …«, woran sie allerdings zweifelte, »… und hoffentlich genug eigene Phantasie, um Bilder zu produzieren.«

Jannik boxte Jonas in die Seite. »Hey, Bro, wir ziehen uns die Filmchen auf dem Handy rein.«

»Es ist nicht dasselbe.«

Es hatte keinen Zweck, mit den Jungs zu diskutieren. Clothilde widmete sich Julie. »Wie geht es Oliver?«

»Na ja, mal so, mal anders. Du kennst deinen Sohn seit Geburt. Er rackert sich ab, bringt es aber nie auf einen grünen Zweig. Die Zeiten sind schwieriger geworden. Wer kauft heute noch Möbel frisch ab Schreinerei. Seit Ikea und Co. ist sein Berufsstand nicht mehr so gefragt wie früher. Er musste zwei Mitarbeiter entlassen, weil die Aufträge fehlen. Wenn es so weitergeht, wird Oliver die Schreinerei verkaufen oder schließen müssen.«

»Höre ich da einen bettelnden Unterton heraus?« Clothilde ließ ihre Schwiegertochter nicht aus den Augen. »Ihr habt doch immer etwas zu klönen.« Sie winkte ab. »Es ist jedoch der falsche Zeitpunkt, darüber zu diskutieren.«

»Genau das nehme ich dir übel, Schwiegermutter. Du erstickst jede sich anbahnende Diskussion im Keim. Dir geht es mehr als gut. Du brauchst dir keine Sorgen zu machen. Du hast alles. Wir haben nichts.« Julie hielt die Hand vor den Mund. »Sorry, das wollte ich nicht sagen.«

»Du hast es aber gesagt.«

Julie sah ihren Söhnen nach, als diese sichtbar unmotiviert über die Treppe nach oben gingen. »Uns sitzt das Messer an der Kehle. Oliver ist immer blank. Keine Ahnung, wohin sein Geld fließt. Ich hätte meinen beiden Söhnen gern Skifahren oder Snowboarden ermöglicht. Aber die Ausrüstung ist teuer, und die Tickets für die Bergbahnen sind unerschwinglich.«

»So schlimm?« Clothilde empfand Lust, Julie zu belehren. Die Frau war von Grund auf stinkfaul, beschäftigte sich nur mit sich selbst, was aber nichts nützte. Clothilde hatte sich bereits vor Olivers Hochzeit gefragt, was er an dieser Person fand.

Heiligabend

im Haus Winterstern

Alle starrten Arthur an.

»Ich habe den Schlüssel gefunden.«

Mich nahm wunder, wo. »In Omas Zimmer?« Doch so, wie ich Arthur einschätzte, hatte er überall Zutritt.

»In der Brusttasche ihres Kleids. Der Schlüssel ist klein und hat fast kein Gewicht.« Arthur legte ihn in seine Handfläche und zeigte ihn herum. Ein winziges Teil, kaum größer als ein halber Daumen, ein flaches glänzendes Stück Metall.

»Was heißt das?«, fragte ich mich.

»Dass Madame Anthamatten den Schlüssel vor ihrem Ableben gebraucht hat, sonst hätte sie ihn nicht auf sich getragen.«

»Der Meinung sind wir auch«, schlossen sich Martina und Thomas ihm an. »Also, lasst uns das Schränkchen öffnen. Dann werden wir endlich erfahren, welche Substanzen Mutter vor uns versteckt hielt.«

»Und ob sie so perfide gewesen ist, meine Mädchen zu vergiften«, wandte Annika ein. Ob sie damit das schlechte Gewissen kaschierte?

»Wie du siehst, haben sie überlebt«, neckte Jonas.

Fing das schon wieder an? Warum konnten sich die Leute nicht einfach mal mäßigen? Ich hätte mehr Respekt und Demut erwartet. Und vor allem mehr Trauer. Wolfgang hing wieder an der Flasche. Und deshalb schloss ich ihn vom Tatverdacht aus. Er hatte nach seiner Ankunft damit begonnen, hatte nie mehr einen klaren Kopf erlangt und mehr gelallt als geredet.

Arthur ging zum Sanitätskasten, der neben der Treppe zum Keller an der Wand hing, die Meute hintennach. Ich schloss mich Tim und Lennard an. Wir standen eng beieinander und beobachteten, wie Arthur den Schlüssel ins Drehschloss steckte. Er öffnete das Türchen sachte, damit ihm nichts entgegenfiel. Doch das Schränkchen war leer.

Was nun? Wonach suchten wir überhaupt? Vielleicht hatte Oma nur geblufft mit ihrem Giftschrank, und sie führte uns bis nach dem Tod an der Nase herum.

Oma, dachte ich. Wie würde es weitergehen ohne sie? Warum hatten wir den Heiligabend nicht mit ihr erleben dürfen, so wie vor einem Jahr, vor zwei Jahren, wie früher? Die Bescherung ohne sie würde in Zukunft nur halb so viel Spaß machen. Ich sah sie noch immer, wie sie auf ihrem Ohrensessel thronte wie eine Diva in einem ihrer Kleider aus dem letzten Jahrhundert und den Überblick behielt. Wie akribisch sie darauf geachtet hatte, die Geschenke nacheinander auszupacken, damit jeder der Anwesenden sah, was die einzelnen Familienmitglieder bekamen. Das erste Geschenk, das zweite und die Hoffnung der Kinder, diesmal würde es kein Puzzle sein. Das kollektive Lachen, wenn es eben doch wieder ein Puzzle war. Nicht der Pandabär vom letzten Jahr, aber ein Orang-Utan-Baby im Urwald. Dann die Pralinenschachteln für die Erwachsenen, manchmal eine Flasche Wein. Heiligabend mit Oma war lustig gewesen. Ob ich die Einzige war, die so empfand?

Omas Leichnam lag im Keller. Ich musste noch einmal hinuntersteigen. Vielleicht würde sie mir im Tod etwas zuflüstern, etwas, das Licht ins Dunkel brachte. Natürlich glaubte ich nicht an so einen Hokuspokus. Oma war anderer Meinung gewesen. Sie hatte auf Geister geschworen, gebrandmarkt von ihrer eigenen Kindheit, als die Gespenster zum Alltag gehört hatten. An manchen Abenden hatte sie mir Schauergeschichten erzählt, einerseits von seltsamen Erscheinungen und andererseits von Berührungen ohne Erscheinung. Das seien die schlimmsten Erlebnisse gewesen. Sie hatte von den verlorenen Seelen berichtet, die sich in Kleiderschränken bemerkbar machten, und von einem selbst erlebten Ereignis. »Ich hatte einen Holzständer im Zimmer, an dem ich meine Kleider auslüftete. Ich stand nicht nur einmal daneben, sah mehrmals genau die unsichtbare Hand, wie sie in dem Stoff wühlte. Nirgends war ein Fenster offen, was diese Bewegung begründet hätte. Nein, es war der Geist einer Untoten.« Noch gruselte mir bei dieser Anekdote. Weniger aufgrund dieser ungeheuren Geschichte denn vielmehr davor, wie Oma sie vorgetragen hatte.

Meine Familie war damit beschäftigt, Arthur Löcher in den Bauch zu fragen. Ich beobachtete eine Zeit lang Barbara, wie sie um den Butler herumtänzelte. Ich musste sie auf das Testament ansprechen. In einem unbeobachteten Moment zog ich meine Tante von den andern weg.

»Was ist?«, giftete sie und riss ihren Arm von mir weg. »Du wagst es auch noch, mich zu berühren?«

»Hör zu, deinen Hass kannst du später an mir auslassen. Arthur war Omas Vertrauter, wenn es dir nicht schon selbst aufgefallen ist. Er wird früher oder später auf das Testament zu sprechen kommen. Ich gehe davon aus, er hat es gut versteckt.«

Barbara kicherte. »Na ja, gut wäre anders.«

»Ich rate dir, das Testament wieder dorthin zurückzulegen, wo du es entfernt hast.«

»Das habe ich längst getan. Ich bin ja nicht blöd.«

Daran zweifelte ich allerdings. Barbara hatte einen Tunnelblick und in ihren Augen das Glück gehabt, auf Omas Vermächtnis zu stoßen. »Ich wollte dich nur vor unliebsamen Angriffen schützen.«

Barbara ging kopfschüttelnd von mir weg. Ich selbst beschloss, mein Vorhaben in die Tat umzusetzen.

3. Dezember

Influencerin mit Ambitionen

»Bist du dir sicher, am 5. Dezember nach Zermatt reisen zu wollen?« Evamarie posierte vor dem Spiegel im Schlafzimmer in ihrer Wohnung in Ostermundigen und betrachtete wohlgefällig ihren Körper. Was hatte sie nicht alles ausprobiert, um ihn täglich in Form zu bringen und, was weit wichtiger war, die Form zu halten. Sie hatte das Tablet bereitgelegt. In ein paar Minuten würde es losgehen, und sie würde aller Welt zeigen, wie fit sie war.

»Ich habe dir versprochen, dich am 5. nach Täsch zu fahren. Ich werde nicht mitkommen, habe in Lausanne zu tun und kann es gleich verbinden.« Fidelio tauschte über den Spiegel Blicke mit ihr und wies auf das Tablet. »Hast du eigentlich nichts anderes zu tun, als dich in der Öffentlichkeit lächerlich zu machen?«

»Ich habe keine Ahnung, was du meinst.« Evamarie hatte sehr wohl eine Ahnung, aber ihre Stärke lag darin, sich dumm zu stellen, wenn man sie kritisierte. Und Kritik vertrug sie an diesem Morgen nicht. Sie vertrug sie absolut nie und schon gar nicht von Fidelio.

»Du weißt genau, was ich meine.« Fidelio griff sich an seine Brust. Es war eine sehr weibliche Geste, die er Evamarie zeigte, ein unverkennbares Zeichen dafür, was er von ihren fragwürdigen Aktionen hielt. Aber von ihm war sie solches gewohnt.

»Ich verdiene Geld damit, schon vergessen?« Fünfundvierzig Jahre alt war sie und hatte sich nie zuvor so attraktiv gefühlt wie heute. Eine starke Leistung, fand sie. »Zudem freut es dich doch auch, eine hübsche Frau an deiner Seite zu haben. Du weißt, ich muss mich anstrengen, meinem jungen Verlobten zu gefallen. Mit jedem Jahr, in dem ich älter werde, wird mir unser Altersunterschied bewusster. Du könntest stolz auf mich sein.«

»Wen interessiert's?«

»Was?« Evamarie tat so, als wüsste sie nicht, worum es ging. Ihre Beschäftigung war Fidelio ein Dorn im Auge. Er arbeitete in einem Großkonzern als Werbebeauftragter und verdiente gut. Sie hatte ihren Job als Konfektionsverkäuferin verloren, weil die ganze Ladenkette in Konkurs gegangen war.

»Wen interessiert es, wenn du dir vor der Kamera das Gesicht wäschst?«

Sie spürte, wie sie errötete. »Ich wasche es nicht, ich schminke mich ab und verwende dazu ausgewählte Produkte.«

»Hm …« Fidelio verschränkte die Arme und blieb mitten im Zimmer stehen. »Zwei Minuten pro Clip.«

»Hast du sie gezählt?« Evamarie sah auf die Uhr. »Musst du nicht zur Arbeit?«

»In einer halben Stunde. Ich habe heute einen Auswärtstermin. Offenbar willst du mich loswerden. Aber lenke nicht vom Thema ab. Ich bin dagegen, dass du dich freizügig zeigst. Du beugst dich immer so über den Tisch, damit man den Ansatz deiner Brüste sieht. Was willst du denen dort draußen beweisen? Wie anziehend sexy du bist? Du machst dich damit bloß zu einer Lachnummer.«

»Sei nicht albern. Schwingt da etwa Eifersucht mit?« Evamarie zog die Augenbrauen hoch. Die neue Gesichtscreme spannte etwas. Ein gutes Zeichen, dass sie gegen Falten nützte. Alles, was man spürte, wirkte sich positiv auf die Durchblutung aus. Sie würde es gleich ihren Followern mitteilen. »Sieh es nicht so krass, mein Schatz. Isabelle, die Top-Influencerin aus dem Emmental, hat ihre Heimgeburt auf Instagram gezeigt. *Das* ist vielleicht fragwürdig. Ich meine, eine Geburt ist ein ganz intimes Erlebnis und nicht für alle Augen.«

»Du willst deinen Bullshit bloß legitimieren. Glaubst du, es ist nicht intim, wenn du vor aller Welt deinen nackten Bauch massierst?«

»Ich werbe für eine Anti-Age-Creme.«

»Genau, und deine«, Fidelio malte Gänsefüßchen in die Luft, »›Followerinnen‹ meinen, dein straffer Bauch sei das Resultat der Salbe, die obendrein noch sauteuer ist. Du verschweigst aber, wie du dich täglich mit deinen Bauchübungen abrackerst, um ein paar Muskeln mehr zu bekommen. Deine feuchtigkeitspendende Pomade verspricht volle schöne Lippen, aber du verrätst nicht, dass du sie zweimal pro Jahr mit Botox aufspritzen lässt. Du belügst die Frauen, die dir vertrauen.«

»Selbst schuld. Sie müssen ja nicht –«

»Aber du wirst krank, wenn deine hirnrissigen Posts zu wenige Likes bekommen. Du bist eine Narzisstin, eine Manipulatorin –«

»Jetzt reicht es.« Evamarie nahm einen Karton mit Hyaluron-Pulver auf und warf ihn gegen Fidelio. Sie verfehlte ihn um Haaresbreite. Was war bloß los mit ihm? Er hatte sie nie zuvor so angegriffen. Sie hatte geglaubt, er freue sich über ihren Erfolg. Täglich bekam sie von verschiedenen Firmen Schönheitsprodukte, die sie dann der Öffentlichkeit zeigte. Vor einem Monat war ein Modelabel auf sie aufmerksam geworden. Man hatte ihr fürs Erste eine elegante Bluse geschickt, welche sie selbstverständlich alle zwei Tage vorführte. Es gab noch Luft nach oben, obwohl Evamarie die Eine-Million-Grenze von Fans überschritten hatte. Das hatte sie gebührend gefeiert und gleich noch für einen Champagner geworben, wofür sie sich hüllenlos in die Badewanne gesetzt und die Flasche ins Wasser gekippt hatte. Der Shitstorm war nicht ausgeblieben. Man hatte sie als Verschwenderin und »nicht ganz dicht« bezeichnet. Seither war ihr Name in aller Munde.

Fidelio hatte offenbar nicht vor aufzugeben. »Ich erinnere dich daran, wie du dich vor zehn Jahren aus den Klauen einer Sekte hast befreien können und im Nachhinein darüber ein Interview gegeben hast. Du hast genau das der Sekte zum Vorwurf gemacht, was du heute selbst tust. Du führst die Leute in die Irre, gaukelst ihnen etwas vor, was so nicht existiert, und knöpfst ihnen indirekt Geld ab, indem sie den Schrott kaufen … Du könntest dich weiterbilden, etwas Geistreicheres tun, als dich in den sozialen Medien zum Affen zu machen.«

»Bist du fertig?«

»Ja, vielleicht schon bald. Sorry, aber ich werde nicht gern auf meine Influencer-Freundin angesprochen. Wildfremde Menschen kennen mittlerweile deine sexuellen Vorlieben, weil du ja nicht nur für Anti-Falten-Produkte wirbst, sondern auch für Dildos.«

Evamarie hob ein Salbentöpfchen vom Schminktisch auf und warf es gegen Fidelio. Diesmal verfehlte sie ihn nicht.

Fidelio schrie auf. »Autsch! Hast du sie nicht mehr alle?« Er rieb sich die Wange, ging in die Knie und nahm das Töpfchen vom Boden auf. Er sah zuerst das Döschen, dann Evamarie von unten her an. »Weiß deine Mutter eigentlich, wie es um dich steht?«

»Lass meine Mutter aus dem Spiel.«

»Vielleicht sollte ich sie aufklären, wenn wir bei ihr zu Besuch sind. Ich gehe davon aus, sie hat keinen blassen Schimmer von deiner Arbeitslosigkeit.«

Evamarie stieß heftig Atem aus. »Das soll auch so bleiben. Es geht sie nicht im Geringsten etwas an.«

»Hast du nicht gesagt, sie würde dich auf den Pflichtteil des Erbes setzen, wenn du dich nicht um Arbeit bemühst?«

»Fidelio!« Evamarie spürte, wie es ihren Herzmuskel zusammenzog. »Das geht dich nichts an, und du wirst dein Maul halten. Noch einmal: Ich gehe einer Arbeit nach. Ob sie dir passt oder nicht. Und was meine Familienangelegenheiten betrifft, halte dich da raus, verstanden?«

Fidelio hob die Hände. »Okay, okay.« Er machte ein paar Schritte rückwärts. »Noch einmal. Ich werde dich morgen nach Täsch fahren. Danach bin ich weg. Ich brauche etwas Zeit, um über unsere Zukunft nachzudenken, wenn es denn eine gibt.«

Evamarie spürte einen Kloß im Hals aufsteigen. Ihre Augen brannten. Die Ursache schrieb sie nicht der Salbe zu. Tränen drängten nach außen. Kurz musste sie aufschluchzen. Sie wandte sich von Fidelio ab und ging ins Badezimmer. Ihre gute Laune drohte im Boden zu versickern. Niemals durfte Fidelio sie verlassen. Ihr jüngerer Verlobter war das Aushängeschild auf Instagram, der Beweis, wie gut sie bei den jungen Typen ankam. Sie hatte nur ein Mal ein Foto von ihm gepostet, aber mehrmals über ihn geschrieben und darüber, wie sie ihre Wochenenden und Nächte zusammen verbrachten. Fidelio las zum Glück ihre Texte nicht. Zugegeben, sie brüstete sich mit ihm. Nicht jeder Frau war es vergönnt, einen strammen, gut aussehenden, jungen Mann an ihrer Seite zu haben. Ihre Schwägerin Julie zum Beispiel plagte sich mit einem um zehn Jahre älteren herum. Die Ehe funktionierte längst nicht mehr. Aber sie alle machten gute Miene zum bösen Spiel, wenn es darum ging, sich an Weihnachten von der besten Seite zu zeigen.

Mutter betonte immer wieder, wie wichtig ihr eine intakte Familie sei. Dass dies Auswirkungen auf ihre Hinterlassenschaft habe, darüber sprach sie nie offen, aber ihre diesbezüglichen Bemerkungen wiesen klar in die Richtung: Erben würde, wer bewies, Arbeit zu haben, und eine glückliche Ehe führte.

Ausgerechnet Mutter. Die Frau, die sich mit fünfundfünfzig hatte scheiden lassen, um sich auf Maxim Anthamatten einzulassen. Erst im Nachhinein war den fünf Geschwistern klar geworden, diese Verbindung müsse wie ein Sechser im Lotto sein. Maxim hatte keine Nachkommen. Sein Erbe war ausnahmslos an Mutter gefallen. Und wenn sie einmal nicht mehr war, würden ihre Kinder und allenfalls Wolfgang, ihr Bruder, ein immenses Erbe antreten können.

Was für großartige Aussichten. Nie mehr würde man sich Sorgen machen müssen. Der Rubel würde automatisch rollen. Evamarie wischte sich die Tränen ab, wusch ihr Gesicht und trug Make-up auf. Sie war in Verzug. Ihr Live-Streaming hätte bereits vor zehn Minuten beginnen sollen. Sie zog sich ein leichtes, luftiges Oberteil an und setzte sich an den Schminktisch, wo sich das Tablet bereit für die Aufnahmen befand.

Ihre Augen waren geschwollen. Keine gute Idee, sich den Followerinnen zu zeigen. Auf keinen Fall live. Evamarie holte ihr Smartphone, stellte es senkrecht an den Spiegel und rüstete sich für eine weitere Filmsequenz, in der sie ihre Schminktipps präsentierte. Im Nachhinein konnte sie den Filter darüber laufen lassen und sämtliche Unrein- und Unebenheiten wegretuschieren. Halleluja!

Ihr Alter war grenzwertig. In fünf Jahren würde sie weg sein, weil kein Hahn mehr nach ihr krähte. Sie musste sich etwas anderes, Lukrativeres einfallen lassen.

Fast reumütig ging sie ins Wohnzimmer, wo Fidelio saß. Wenn sie ihn jetzt verlor, waren alle ihre Pläne dahin. Evamarie setzte sich neben ihn auf das Designersofa, das, wenn sie es genau nahm, Fidelio gehörte. Er hatte alles gekauft und sie mit seinem Geld ihre gemeinsame Wohnung eingerichtet. Er hatte ein gutes Einkommen, musste nicht sparen.

»Sorry, Honey«, schmeichelte sie ihm. »Ich wollte nicht böse sein. Verzeihst du mir?«

Fidelio rutschte etwas von ihr weg. »Lasse mir Zeit, um darüber nachzudenken.«

Heiligabend

im Haus Winterstern

Die Kerzen waren bis auf die Stummel niedergebrannt. Ich tauschte sie gegen neue aus, die Arthur in einem Karton deponiert hatte. Schrecklich, wie Oma dalag. Ich musste mich zusammenreißen, um sie nicht umzubetten. Am liebsten hätte ich sie aus der Embryohaltung gelöst und sie flach auf die Liege, ihre Hände über den Bauch und die Finger zum Gebet ineinandergelegt. Doch sie ruhte in gekrümmter Haltung, sie schien den Schmerz aus ihrem halb offenen Mund zu schreien.

Blasser war sie geworden, wächserner, in den vergangenen Stunden. Die Augenlider, einst geschlossen, hatten sich leicht nach oben verschoben, ein glasiger Blick schien durch. So also sahen Augen aus, die gebrochen waren. Es berührte mich. Oma. Ich musste weinen. Ich versuchte, ihre Hand zu nehmen und in meine zu legen. Sie war so starr und kalt wie Stein.

Ein Windhauch streifte mich. Die Kerzen flackerten. Jetzt, dachte ich, würde Oma die Augen öffnen und mich anlachen, mir erzählen, wie sie uns alle zum Narren gehalten hatte. Sie würde aufstehen und nach oben gehen. Einen Moment sah ich sie von der Liege schweben wie ein Fähnchen Rauch.

Jemand machte die Kellertür auf. »Darf ich?«

Ich nickte.

Fidelio trat ein. »Ich wollte dich nicht allein hier unten lassen. Was machst du?«

»Noch einmal Abschied nehmen und begreifen lernen, dass Oma uns verlassen hat.« Ihre Seele war entschwebt, hinauf, hinan zu ihrem Maxim. Der Gedanke, sie könnten zusammen Backgammon spielen, fühlte sich tröstlich an. »Antworten kann sie mir nicht mehr geben, aber ich befürchte, wir haben uns irgendwo geirrt.«

»Hm.« Fidelio kratzte sich am Kinn. »Wie willst du das Rätsel lösen?«

»Indem wir jede einzelne Person der Reihe nach durchgehen. Du kennst meine Verwandten auch.«

»Möchtest du nach oben gehen?«

»Nein, wir bleiben hier unten.« Ich nahm meinen Notizblock, den ich noch immer auf mir trug, zur Hand und schlug eine leere Seite auf. »Fangen wir bei Omas Bruder Wolfgang an. Was sagt dir dein Gefühl über ihn?«

»Willst du meine ehrliche Meinung?«

»Nichts als die Wahrheit.«

»Er liebte seine Schwester, aus Reichtum machte er sich nichts. Wenn ihm an all dem Prunk etwas läge, wäre er früher angereist und hätte sich darin gesuhlt.«

»Stimmt, Oma musste ihn zwingen, nach Zermatt zu reisen.« Ich strich den Namen Wolfgang durch. »Omas älteste Tochter Martina hätte mehr Grund, ihre Mutter umzubringen. Zwischen ihr und Oma bestand so etwas wie eine Hassliebe. Das lag aber auch daran, dass Oma deren Tochter Stephanie nie richtig ins Herz hat schließen können. Zudem pflegt sie, was ich auch zwischen Tür und Angel erfahren habe, Kontakt zu ihrem leiblichen Vater Georg Imhof. Mit ihrem Mann Thomas ist es auch nicht weit her. Er habe nie etwas auf die hohe Kante gelegt. Die Familie lebt am Existenzminimum.« Ich warf Fidelio einen fragenden Blick zu. »Streichen oder nicht?«

»Ausrufezeichen.« Fidelio lächelte.

»Thomas?«

»Der ist zu faul, um irgendetwas zu planen.«

Ich strich den Namen Thomas Henderson. »Stephanie, wenn wir schon bei Martinas Familie bleiben, kann ich mir nicht als Mörderin vorstellen. Bauchgefühl. Oder doch?«

»Einverstanden. Nehmen wir sie in den engeren Kreis.«

»Vanessa und Niklas?« Während ich mir ein Grinsen verkniff, kaute ich auf dem Schreibstift herum. Er schmeckte nach Eisen. »Du kannst vor allem Niklas besser beurteilen als ich.«

»Genau. Er hat Blödsinn in der Birne, und Vanessa ist mit

sich selbst beschäftigt. Zwei Kindsköpfe, keine Mordgedanken. Streichen.«

»Wie ist es mit der sensiblen Barbara, die, wie mir scheint, doch recht geldgierig ist?«

»Sie würde sich nicht so offensichtlich danebenbenehmen, wenn sie etwas auf dem Kerbholz hätte. Ich frage mich schon längst, ob wir von einem Mutter-Mord wegkommen sollten.«

»Dann sollte ich nebst Martina und Barbara auch Oliver streichen?«

»Ja, auch deinen Vater, Frank.«

Ich sagte nicht, ich sähe ihn nicht auf der Liste der Verdächtigen. »Okay, wie steht es mit Barbaras Mann Ralph?«

»Sie sind am 18. Dezember angereist. Ralph kann ich mir als Bösewicht nicht vorstellen.«

Ich strich den Namen Ralph Stoller durch, wogegen ich bei Tobias, seinem Sohn, ein großes Fragezeichen machte. »Tobias, Elektriker von Beruf, ist spielsüchtig … habe ich gehört. Er hat Schulden im sechsstelligen Bereich. Falls er jemals einen Kredit aufgenommen hat, steht ihm vielleicht das Wasser bis zum Hals. Er hat eine Wunde an der linken Schläfe, was nichts heißen mag. Aber bei Tobias habe ich ein ungutes Gefühl.«

»Zwei Ausrufezeichen.« Fidelio streckte sich. Mit seinen langen Armen berührte er fast das Kellergewölbe, welches hier tiefer war als weiter vorne. »Annika?«

»Außer sie hat herausgefunden, womit Oma ihre Töchter ruhiggestellt hat …«

»Also auch ein Ausrufezeichen.«

»Die Zwillinge Alpha und Beta nicht. Annika hat aber ihren Mann in Verdacht, was sie selbst wiederum verdächtig macht.« Ich überlegte es mir, riss in Gedanken Blütenblättchen vom Gänseblümchen: Sie war es. Sie war es nicht. Sie war es. Sie war es nicht. »Ich streiche Annika. Dann wären wir bei Barbaras zweiter Tochter Laura und ihrem neuen Freund Dr. Tim Kramer.«

»Zu verliebt. Da sind Mordgedanken weit weg.« Fidelio sinnierte etwas vor sich hin, kratzte sich erneut am Kopf und stieß Luft aus. »Nicole?«

»Meine Mam?« Jetzt war ich es, die heftig ausatmete. »Nein, ich kenne sie. Die kann keiner Fliege etwas zuleide tun. Im Gegenteil, die rettet sogar eine Haarmücke aus dem Wasserglas.« Ich strich den Namen Nicole Imhof durch, sagte nicht, dass ich sie eine kurze Zeit auch im Visier gehabt hatte. Unbegründet, wie mir schien. »Bleiben noch Oliver und Julie und ihre Söhne Jonas und Jannik. Oliver ist ein gescheiterter Schreiner, Julie – unter uns gesagt – ist Pierres Geliebte.«

»Der Koch?« Fidelio runzelte die Stirn. »Du veralberst mich. Der ist Jahre älter als Julie.«

»Alter schützt vor Torheit nicht. Julie ist zu doof, um jemanden umzubringen, und Oliver haben wir eh schon gestrichen. Jonas und Jannik dagegen sollten wir im Auge behalten.«

»Und Evamarie?«

»Sie ist deine Verlobte.«

»Trotzdem.«

2. Dezember

Die Ruhe vor dem Sturm

Anna schlug die Augen auf und musste sich zuerst vergewissern, wo sie sich befand. Der Abend hatte sich wider Erwarten in die Länge gezogen. Oma hatte Anekdoten aus dem vergangenen Jahr erzählt, von den Gästen, die jeweils zu ihr kamen, um dem Alltag zu entweichen. Es waren längst nicht mehr die Prominentesten, die den Weg zu ihr fanden. Die VIPs hätten sich rar gemacht. Auch gut. Dafür gelangten jetzt mehr Geist und Spiritualität ins Haus, was sie jungen Künstlern zu verdanken habe. »Wenn ich diese Leute unterstütze«, war Oma der Meinung, »so beruhigt es ein wenig mein Gewissen. Jahrelang konnte ich aus dem Vollen schöpfen, musste mir nie Sorgen machen, konnte leben, wie es mir gefiel, und das Geld arbeitete für mich. Ja, was sich aus einer Sekunde alles entwickeln kann, wenn die Hormone verrücktspielen.«

Natürlich hatte Oma die erste Begegnung mit Maxim angesprochen. Anna hatte gespürt, da waren noch immer Gefühle vorhanden, und sie trauerte um ihn. Ihr Mann war einfach zu früh von dieser Welt gegangen.

Die Entenmuscheln lagen Anna schwer auf. Sie hatte zu viele davon gegessen, hatte aber Oma nicht enttäuschen wollen, nachdem sie als Willkommensgruß die Percebes organisiert hatte. Diese stammten von der Todesküste in Galicien und wurden unter widrigen Umständen aus dem Meer geholt. Die Fischer seilten sich an steilen Felsen ab, um die Krebsmuscheln aus den Tiefen des Ozeans zu holen. Je entfesselter das Wasser sei, hatte Oma behauptet, umso kostbarer und fleischiger sei die Muschel. Die wenigen, die von den Muscheln übrig geblieben waren, hatten Arthur und Elvira unter sich aufgeteilt. Wer bei Clothilde wohnte oder arbeitete, konnte sich auf eine extravagante Küche freuen.

Anna streckte sich, ging aus dem Bett ins Badezimmer, drehte den Wasserhahn auf und klatschte sich kaltes Nass ins Gesicht. Es vergingen ein paar Minuten, bis sie sich besser fühlte. Sie tupfte Wangen und Mundpartie trocken und betrachtete sich im Spiegel. Was sie sah, löste in ihr ein ambivalentes Gefühl aus. Sie fand ihre Augen zu groß, ihre Nase zu lang und den Mund zu breit, was sie, der Kosmetik sei Dank, oft mit dem passenden Make-up korrigierte. Wenn sie lachte, und das tat sie oft und gern, präsentierte sie ein kräftiges Gebiss, mit dem sie für jede Zahnarztpraxis Werbung für makellose Zähne hätte machen können. Inklusive Aufheller. Die Dichte ihrer halblangen braunen Haare lag im Verwandtschaftsstrang der Großmutter. Nur legte sie wenig Wert auf einen modernen Schnitt. Fast täglich band sie die Mähne zu einem bequemen Pferdeschwanz zusammen, dabei hätten die offenen Haare ihrem Gesicht geschmeichelt.

Anna fühlte sich trotz ihrer gefühlten Schönheitsfehler beschwingt. Sie hatte das ganze Leben noch vor sich. Sie bezog vier Wochen Urlaub, hätte diese freie Zeit, wusste Gott wo, verbringen können. Sie träumte von einer Trekkingtour durch die Anden, von exotischen Orten, ausgesuchten Städtetrips, wenn sie bloß das nötige Kleingeld dazu gehabt hätte. Sparen war nicht ihre Passion. Sie gab die Kohle gern aus, für Auswärtsessen, neue Klamotten, Schuhe und Taschen, was frau halt so brauchte. Ihr bescheidener Lohn, den sie als Floristin verdiente, reichte knapp bis zum Monatsende. So gesehen konnte sie sich gar nichts leisten. Der Aufenthalt bei Clothilde vermittelte ihr wenigstens den Eindruck, Luxusferien verbringen zu können. Dass man sie vier Wochen fordern würde, vergaß sie geflissentlich.

Anna duschte, zog sich an und öffnete die Tür zur Galerie. Sie sah über die Treppe hinunter ins Foyer, wo Arthur das Kommando beim Aufstellen des Weihnachtsbaums gab. Drei geschäftige kleine Männer waren daran, die Tanne mit Seilen in die richtige Position zu ziehen. Um dies zu bewerkstelligen, mussten zwei von ihnen die Stufen hochsteigen. Anna wünschte ihnen einen »Guten Morgen« und drängte sich an ihnen vorbei nach unten.

Elvira hatte bereits alle zur Verfügung stehenden Kartons aus dem Estrich geholt, und Pierre, den man eigentlich in der Küche erwartet hätte, entwirrte eine Lichterkette, was nicht ohne dezentes Fluchen vonstattenging. Hier packte jeder an, egal mit welcher Aufgabe er betraut war.

Oma saß in einem ihrer Ohrensessel im Salon und begutachtete das Geschehen mit einem kontrollierenden Blick. Als sie Anna entdeckte, versuchte sie, dem Stuhl zu entkommen, was ihr erst beim dritten Anlauf gelang. »Gut geschlafen?«, fragte sie, und ohne eine Antwort abzuwarten, schwärmte sie von der frischen Höhenluft und der absoluten Ruhe. »Winterstern ist wie Balsam für malträtierte Seelen.« Sie sah Anna dabei forsch an.

»Für malträtierte Seelen?« Anna zog Oma an sich und umarmte sie. »Guten Morgen … was meinst du?«

»Ach, Kindchen.« Oma stieß sie sanft von sich. »Ich sehe dir doch an, dass dir etwas auf dem Herzen liegt. Komm, gehen wir frühstücken. Dann kannst du es mir erzählen. Du weißt, Geheimnisse bleiben bei mir.« Sie fuhr mit der linken Hand zum Mund, hielt die Finger gegeneinander und machte eine Drehbewegung.

Auf dem langen Tisch in der Küche war für zwei Personen aufgedeckt. Brot, Butter, Konfitüre, eine Schale mit frischem Obst und drei verschiedene Säfte standen bereit. Arthur brachte Tee.

Anna bedankte sich bei ihm, während Oma ihn kaum beachtete, stattdessen die Serviette auf ihrem Schoß ausbreitete und sich zurücklehnte. »Hast du Kummer, Anna?«

Anna zögerte. »Nein, diesmal liegst du falsch.« Sie fand nicht heraus, weshalb Oma auf diese Idee kam. »Mir geht es blendend.«

»Kommst du mit deinem Beruf klar?«

»Selbstverständlich. Ich mag ihn.«

»Na ja, Blumenbinden ist gewiss eine schöne Beschäftigung. Aber …« Oma rückte näher an den Tisch und nahm die Teetasse zur Hand. »Ist das genug Herausforderung für dich? Ich meine, du bist intelligent, wissbegierig, charmant … in dir steckt so viel mehr …«

»Als Floristin?« Anna zwang sich zu einem Lächeln. »Dieses Thema hatten wir doch schon.«

»Ja, vor einem Jahr. Da bist du mir ausgewichen.«

Was beabsichtigte Oma? Forderte sie einen Seelenstriptease heraus? Musste Anna alles, was sie bedrückte, vor ihr ausbreiten? Vor einem Jahr hatte sie Omas penetrante Fragen geschickt umgehen können. Da hatten sie auch weniger Zeit miteinander verbracht. Nun standen einsame Tage bevor, bis der Hauptharst der Verwandtschaft eintreffen würde. Hatte Oma sie deshalb so früh zu sich eingeladen, damit sie sie aushorchen konnte?

»Du warst bereits als Kind den andern eine Nasenlänge voraus«, sagte Oma. Sie schlürfte vom Tee, fuhr sich mit der Zunge über die Oberlippe, auf der nicht aufgelöster Zucker klebte, und stellte die Tasse auf den Unterteller zurück. Sie ließ Anna nicht aus den Augen. »Du warst mit Abstand die beste Schülerin deiner Klassen, hättest Ambitionen gehabt, das Gymnasium zu besuchen und später zu studieren. Drei Jahre Sekundarschule, danach eine Lehre …« Oma brach ab, wiegte den Kopf hin und her und kniff den Mund zusammen.

»Nichts gegen die dreijährige Ausbildung zur Floristin.« Anna hatte das Bedürfnis, den Beruf zu verteidigen.

»Bitte, versteh mich nicht falsch. Ich verunglimpfe den schönen Beruf nicht. Man lernt nebst der Organisation betrieblicher Abläufe, der Administration und der Logistik auch grundlegendes Wissen über Pflanzen.«

»Richtig, sowie die lateinischen Pflanzennamen, die Verwendung und den Nutzen der unterschiedlichen Gewächse, man kann Phantasie und Kreativität walten lassen.«

»Es gibt nichts Schöneres als einen bezaubernd gebundenen Blumenstrauß.« Oma schmunzelte, und Anna rätselte, ob sie es ernst meinte. »Nur passt es nicht zu dir. Medizin oder Jura, Architektur oder Journalismus hättest du studieren sollen, etwas, was deinen Intellekt beflügelt. Anna, ich verstehe das nicht. Wenn du mich fragst, wärst du auch die geborene Psychologin.«

Wenn *du* wüsstest. Anna griff nach einer Scheibe Schwarzbrot. Sie erinnerte sich an ihren Lehrer in der Primarschule. Dieser hatte sie bereits nach der fünften Klasse ans Gymnasium schicken wollen, weil er ihre Begabung erkannt hatte. Mathematik und Sprachen wie auch die kreativen Fächer lagen ihr alle gleich gut. Bloß beim Sport war sie eine Null gewesen, was weiter nicht schlimm war. Verschiedene von den Lehrern initiierte Elterngespräche, Sitzungen beim Schulpsychologen und beim Berufsberater hatten an der Situation nichts geändert. Anna hatte seitenlange Bögen ausfüllen, Fragen beantworten und ihre logischen Überlegungen unter Beweis stellen müssen. Trotz eines Intelligenzquotienten von hundertfünfunddreißig hatten Annas Eltern sich vehement dagegen gewehrt, dass ihre Tochter eine Ausbildung an einer Hochschule oder Fachhochschule anstreben sollte. Sie hatten mit dem Urteil, sie müsse in die Sekundarschule gehen und danach einen soliden Beruf ergreifen, die letzte Hoffnung im Keim erstickt. Zudem, was sie am Familientisch unter sechs Augen verlautbart hatten, hätten sie das Geld für eine so teure Ausbildung nicht.

Mensch, dachte Anna, ihre Eltern hatten ihr eine befriedigende Zukunft verweigert, sie aufgrund ihres konservativen Denkens falsch beraten und gesteuert. Und, was das Allerwichtigste war und was Anna längst in Verdacht hatte, sie wollten keine Tochter, die etwas »Besseres« war als sie. Dad hatte die kaufmännische Berufsschule absolviert und sich zum Filialleiter in der Lebensmittelbranche emporgearbeitet, Mam arbeitete noch immer als Friseurin, hatte aber nie nur ansatzweise den Ehrgeiz gezeigt, sich selbstständig zu machen. Sie meckerte lieber, als dass sie handelte.

»Anna?« Oma sah zu ihr herüber. »Möchtest du noch Tee?«

»Wie bitte?« Anna hatte nicht gemerkt, wie sie während ihres gedanklichen Abschweifens in die Vergangenheit die Tasse leer getrunken hatte.

»Tee?«, fragte Arthur, der auf Omas Handzeichen reagiert haben musste. Heute hatte er sich in Schale geworfen: gestreifte Hose, weißes Hemd und Frack.

»Gern. Danke.« Anna bedachte den Butler mit einem Lächeln und sinnierte: Armer Kerl. Gewiss war es Omas Idee gewesen, sich als Bediensteter so herausgeputzt anzuziehen. Oma legte viel Wert auf Etikette und lebte die Vorgaben ihres verstorbenen Gatten weiter. Der Name Anthamatten von Winterstern verpflichtete.

Oma wartete, bis Arthur verschwunden war, und richtete sich

erneut an Anna. »Glaubst du allen Ernstes, ich wüsste nicht, was deine Eltern dir angetan haben, als sie über dein Leben und deine berufliche Zukunft entschieden?«

Anna musste leer schlucken. Und sie wusste, heute kam sie nicht darum herum, Rede und Antwort zu stehen. »Das waren andere Zeiten«, erwiderte sie diplomatisch, um sich nicht selbst ins Abseits zu stellen. Allenfalls wollte Oma nur herausfinden, ob sie loyal war.

»Andere Zeiten waren früher. In meiner Jugend zum Beispiel. Ich gehöre zur Nachkriegsgeneration. Wir hatten kaum Möglichkeiten, uns zu verwirklichen, mussten unsere Eltern unterstützen, mit anpacken und eine traumatisierte Generation aus dem Elend führen.« Sie seufzte. »Ihr dagegen habt doch alles, euch wird genug zu Füßen gelegt. Ihr habt die Wahl, das zu tun, wozu ihr befähigt seid.«

»Dem stimme ich nicht ganz zu.« So rosarot, wie Oma die heutige Zeit auch sah, so groß waren die Scheuklappen, die sie trug. »Wir haben andere Ängste und Nöte. Obwohl wir uns vieles nicht vorstellen können, was ihr durchgemacht habt, erleben wir Junge gerade eine Zeit der Ungewissheit. Nicht immer haben wir die Wahl. Vieles wird verboten, manipuliert, und wir werden in unserer Meinungsfreiheit eingeschränkt. Wir dürfen kaum noch sagen, was wir denken, ohne von vermeintlich selbst ernannten Polizisten in die Schranken gewiesen zu werden.«

»Wir können uns zu Tode diskutieren.« Oma schüttelte den Kopf. »Aber das würde nichts bringen und völlig am Ziel vorbeischießen. Was hältst du davon, wenn ich dir sage, ich unterstütze dich finanziell für ein Studium?«

»Nein, nein, nein … das geht nicht.« Anna verhaspelte sich. Fand Oma den Beruf der Floristin so unter ihrer Würde? »Ich müsste die Matura nachholen.«

»Was steht dir dabei im Weg?«

»Zehn Jahre.«

»Was sind zehn Jahre, heute, wo man eine Lebenserwartung von hundert Jahren, wenn nicht mehr, hat? Auch ich gedenke, noch ein paar Jährchen zu leben, damit ich zumindest mit dir feiern kann, wenn du das Staatsexamen oder den Master in Händen hältst.« Oma sah sie erwartungsvoll an. Dann schloss sie die Augen und seufzte tief. Es schien, als ginge sie in sich, und ich fragte mich, ob es ihr wirklich so gut ging, wie sie sagte.

»Das kann ich nicht auch noch annehmen«, wich ich aus. »Du meinst es viel zu gut mit mir.«

»Das Zückerchen aber kommt erst noch. Ich werde dich in meinem Testament begünstigen. In dir, liebe Anna, sehe ich die Zukunft.«

Heiligabend

im Haus Winterstern

Ich ging die Namen der potenziell Verdächtigen noch einmal durch. Martina, Stephanie und Evamarie. Drei Frauen, denen Fidelio sowie ich eine kriminelle Ader attestierten. Ganz zuoberst auf der Liste befand sich Tobias. Und den wollten wir uns einmal näher ansehen.

»Was ist eigentlich mit Lennard Biner?«

Ich schrak aus meinen Gedanken. »Ein harmloser Beamter und Künstler.«

»Geht denn das?«

»Was?«

»Ein Beamter, der gleichzeitig Künstler ist?«

»Er muss seinen Lebensunterhalt irgendwie verdienen.«

»Warum geht er bei dieser lebensgefährlichen Situation den beschwerlichen Weg auf die Riffelalp?«

»Verliebter Kerl.« Mehr wollte ich dazu nicht sagen.

Noch ein letzter Blick auf Oma. Ich beugte mich über ihr Gesicht und schloss ihre Augenlider. »Ich verspreche dir, ich werde die Bestie finden, die dir das angetan hat.«

Oben war es bedeutend ruhiger geworden. Doch noch immer harrten ausnahmslos alle am Küchentisch aus. Ich ließ die Tür ins Schloss fallen. Sofort waren alle hellwach.

»Wo seid ihr gewesen?«, wollte Barbara als Erste erfahren.

»Wir wollten uns das Testament ansehen.«

Barbara. Sie hatte sich in etwas verbohrt. Sollte ich das Geheimnis lüften und verraten, wen Fidelio und ich unter Verdacht hatten? Ich suchte den Augenkontakt mit Martina. Sie saß in Omas gepolstertem Stuhl und sah angeschlagen aus. Sie musste erst noch geweint haben. Tat ich ihr unrecht?

Stephanie. Ich stellte sie mir vor, wie sie im größten Schneegestöber nach draußen geht, wo Oma sich aufhält. Vor meinem geistigen Auge sah ich sie auf Oma zuschreiten, später, wie sie eine Rolle über sie macht und Oma auf den Boden fällt. Wie Stephanie sie in den Schnee drückt und wartet, bis sie ohnmächtig wird. Nein, ging gar nicht. Oma war nicht erstickt, weder weil ihr jemand die Kehle zugedrückt hatte noch wegen des Schnees.

Niemand wusste genau, wo sich Oma zwischen dem späten Nachmittag und dem frühen Abend aufgehalten hatte. Für diese Zeit hatte Stephanie einfach kein Alibi. Evamarie wollte ich ausschließen. Als Influencerin und Coach, worauf sie viel Wert legte, konnte sie sich keine kriminellen Dinge, schon gar nicht Mord, erlauben.

Ohne es zu wollen, kam ich immer wieder auf Tobias zurück.

»Darf ich um eure Aufmerksamkeit bitten?« Barbara erhob ihre Stimme.

Ich warf einen Blick zu ihr hinüber. Bei ihr umtrieb mich das seltsame Gefühl, sie hätte nicht alle Tassen im Schrank. Sie benahm sich unmöglich, aber niemand hatte einen Einwand.

»Unser von allen geschätzter Butler Arthur hat uns etwas zu berichten. Ich habe es schon einmal angetönt. Wenn wir Mutters Testament finden, bringt es Licht in dieses tragische Ereignis.« Sie richtete ihre Augen nach oben. »Mutter, sei mir nicht böse. Ich will, dass dein Tod aufgeklärt wird. Das können wir nur … mit dem Wissen um dein Vermächtnis.«

Niemand sagte etwas. Zu müde, dachte ich.

»Arthur ist im Besitz des Testaments. Zugegeben, Martina und ich haben ihn etwas bearbeiten müssen, bis er damit herausrücken wollte. Mit Verlaub, aber wir haben ein Recht darauf, das Dokument einzusehen.«

Mein Blick fiel auf Arthur, der meines Erachtens eingeschüchtert bei der Theke zwischen Tisch und Kochbereich stand. Der Ärmste musste bald aus seinen Schuhen kippen. Dass er erschöpft war, fiel nicht nur mir auf.

»Ich habe es Barbara bereits gesagt. Das Original des Testaments befindet sich in meiner Obhut. Es bedingt, dass ich dieses an die Behörde schicke –«

»Blödsinn, das können Sie noch immer. Wir wollen es jetzt sehen.« Nicht nur Barbara beharrte darauf.

Arthur öffnete das Couvert, welches er fest an sich gedrückt hatte, als ginge es um Leben und Tod. Oder, was ich eher vermutete, er wollte es nicht aus der Hand geben. »Hiermit verkünde ich den Letzten Willen der verstorbenen Clothilde Anthamatten von Winterstern.« Arthur sah aus, als schickte er ein Gebet zum Himmel. Er sah kurz nach oben. »Madame, ich hoffe, Sie mögen mir verzeihen, wenn ich versuche, einer gierigen Meute Herr zu werden.«

Ich musste leer schlucken.

Plötzlich stand Barbara neben mir. Sie zupfte mich am Arm. »Gott sei Dank hast du mich darauf aufmerksam gemacht, das Testament samt Umschlag wieder ins Versteck zu bringen. Zugegeben, der kauzige Alte hat ein geeignetes Schlupfloch gefunden. Wer würde schon freiwillig hinter der kleinen Ofentür suchen?«

»Wenn du hören willst, was Arthur zu sagen hat, solltest du jetzt ruhig sein.«

Barbara plapperte munter weiter. »Vielleicht hat es Mutter selbst versteckt, aber Arthur verraten, wo es ist.«

Arthur hustete, als er die Papierbögen auseinanderfaltete.

»Gebt dem Mann einen Stuhl.« Tim wies Jonas an, einen zu besorgen.

Jonas rührte sich nicht vom Fleck, worauf Vanessa Arthur einen Stuhl brachte.

Er setzte sich dankbar. »Also«, wiederholte er. »Das Testament. Es ist datiert auf den 12. Dezember in diesem Jahr.«

Ich sah zu Barbara hinüber, die den Mund weit aufriss, als schnappte sie nach Luft. Ich hätte gern ihre Gedanken gelesen.

»Das war erst kürzlich«, stellte Evamarie lapidar fest. »Ist das jetzt ein gutes oder ein schlechtes Zeichen?«

»Kommt darauf an, wie freundlich oder unfreundlich du dich gegenüber Mutter aufgeführt hast«, hänselte Martina. »Wann bist du hier eingetroffen?«

»Am 5. Dezember.«

»Du hättest es noch in der Hand gehabt und alle, die vor dem 12. im Haus Winterstern angekommen sind.« Martina hob den Kopf und sah in die Runde. »Hat sich sonst noch jemand vor dem 12. hier eingefunden?«

»Ich«, sagte Laura. »Tim und ich.«

»Euch zwei hat Mutter wohl kaum bemerkt«, erwiderte Evamarie, »ihr zwei Turteltauben. Ihr habt das Zimmer nie verlassen, außer zum Essen.«

Arthur räusperte sich. Er tat mir leid, wie er vor dem Haufen unanständiger Menschen sitzen musste, mit den beschriebenen Seiten, deretwegen Oma wahrscheinlich umgebracht worden war. Ich hätte gern dazwischengerufen, ließ es aus Pietätsgründen aber sein.

Arthur verschaffte sich von selbst Gehör. »Auf Drängen fast aller hier Anwesenden kann ich Folgendes zum Testament sagen. Diese letztwillige Verfügung hebt alle bisherigen Verfügungen ausdrücklich auf. Ich zitiere: ›Mein Letzter Wille. Ich, Clothilde Anthamatten von Winterstern, geboren am 17. Dezember 1942, verfasse heute in meiner geistigen Zurechnungsfähigkeit und in Anwesenheit meines vertrauten und langjährigen Familienfreundes Arthur Armbruster mein auf den 12. Dezember 2024 datiertes Testament, welches nach meinem Ableben von Arthur Armbruster als dem von mir gewählten Willensvollstrecker verlesen und umgesetzt wird.‹«

Er legte das erste Blatt hinter das hinterste, während Martina wie erwartet eine giftige Bemerkung einschob, die offenbar niemand beanstanden wollte, sei es, weil man sie nicht verstanden oder nur Ohren für Arthur hatte. Barbaras Mund stand noch immer offen, sie selbst war erstarrt.

»Auf dieser Seite sind alle Namen, die im Testament vorkommen«, fuhr Arthur fort. »Ich zitiere: ›Martina Henderson-Imhof sowie ihre Nachkommen Stephanie Anderhub-Imhof, Barbara Stoller-Imhof –‹«

»Vanessa und Niklas sind nicht erwähnt?«

Stephanies vorlauter Zwischenfrage wurde der Garaus gemacht, indem Annika ihr in die Seite stieß. »Jetzt halt doch einfach dein Maul!«

»Ich wiederhole und zitiere: ›Barbara Stoller-Imhof sowie Tobias Stoller und Laura Stoller. Frank Imhof –‹«

»Aha.« Wiederum machte Stephanie eine Zwischenbemerkung und lachte dabei. »Deine zwei Gören, Annika, bekommen auch nichts.«

»Ich bitte doch sehr …« Arthur schloss einen Moment die Augen. »Ich zitiere: ›Frank Imhof und seine Tochter Anna Imhof. Oliver Imhof sowie Jonas und Jannik Imhof. Evamarie Imhof. Und …‹« Arthur pausierte.

Ich konnte mir keinen Reim darauf machen, warum.

»Ebenfalls aufgeführt sind Elvira, Pierre und … meine Wenigkeit.«

»Typisch Clothilde«, rief Alexander aus. Ausgerechnet er, der nicht im Geringsten etwas mit Omas Erbe zu tun hatte. »Meine Kinder umgeht sie, aber ihr Personal kann aus dem Vollen schöpfen.«

»Ich bitte um Ruhe und Aufmerksamkeit«, fuhr mein Dad ihn an. »Noch kennen wir Mutters Letzten Willen nicht, was das Finanzielle betrifft. Arthur, sorry.« Er wandte sich an den Butler. »Spannen Sie uns nicht länger auf die Folter.«

Arthur schob die zweite Seite nach hinten. Nun nahm er jeden von uns ins Visier, bevor er weiterfuhr.

Barbara neben mir bibberte. »Ich habe mir überlegt, mit einem Zehntel des Erbes lässt sich gut leben. Und sollte jemand von uns das Testament anfechten, würde sich alles in die Länge ziehen.«

Arme Barbara. Wie konnte sie auch so taktlos sein. Sie, die in den vergangenen Jahren über die Festtage stets zimperlich gewesen war. Sie hatte absolut nichts vertragen. Heute schien sie mir das Gegenteil zu sein.

»Auf ausdrücklichen Wunsch von Frau Anthamatten fange ich von hinten an. ›Meiner Enkelin Stephanie vermache ich ein Barvermögen von zehntausend Schweizer Franken. Vielleicht lernt sie, mit dem Geld besser zu haushalten.‹«

Ich linste zu Stephanie hinüber, die kreideweiß geworden war. Ich befürchtete bereits, eine Sauerstoffflasche holen zu müssen, war mir aber nicht sicher, ob eine existierte.

Stephanie schnappte nach Luft. »Das ist die Höhe.«

Arthur beachtete sie nicht. »›Meine drei Enkel Tobias, Jonas und Jannik bekommen je fünftausend Schweizer Franken. Mit diesem Geld könnten sie einen Crashkurs für Anstandsregeln besuchen.‹«

Gütiger Himmel. Das wurde immer besser. Barbara griff sich an den Kopf, verstand augenscheinlich die Welt nicht mehr. »Das ist ein anderes Testament als das, welches ich im Kachelofen gefunden habe.« Ob es ihr erst jetzt bewusst geworden war?

»›Meine Enkelin Laura erhält zwanzigtausend Franken. Sie war mit wenigen Ausnahmen stets nett zu mir.‹«

»Jetzt bist du an der Reihe«, flüsterte Barbara mir zu und betrachtete mich mit starrem Blick, darauf aus, meine Reaktion zu testen.

»›Meine Kinder Martina, Barbara, Frank, Oliver und Evamarie setze ich auf den Pflichtteil. Nach heutigem Kontostand bekommen sie je zweihunderttausend Schweizer Franken plus die alten Bilder mit Stillleben, die im Haus Winterstern verteilt sind.‹«

»Dich hat sie vergessen«, zischte Barbara, bevor sie einen unterdrückten Wutanfall bekam. »Das ist anmaßend, was sich Mutter erlaubt hat.« Offenbar war sie mit ihrem Erbe nicht einverstanden. »Diese alte Närrin. Hat eine Hütte, die Millionen einbringt, lässt ihre eigenen Kinder jedoch im Regen stehen. Sie muss in den Jahren ihr Vermögen verpulvert haben, wie es ihr gerade gefiel.«

»Du machst dich verdächtig mit deinem Getue«, sagte ich.

Von da an schwieg sie. An ihrer Stelle meldete sich Onkel Oliver. »Mich nimmt wunder, was mit Haus Winterstern und den drei Wohnblöcken in Zermatt geschieht. Was auch immer, wir werden das Testament auf jeden Fall gerichtlich anfechten.« Er bekam von seinen Geschwistern Zuspruch.

Arthur fuhr unbeirrt fort: »›Pierre, Elvira und Arthur bekommen je zweihundertfünfzigtausend Schweizer Franken. Sie waren mir über viele Jahre eine große Hilfe und liebevolle Begleitung. Zweihunderttausend Schweizer Franken gehen an ein Hilfswerk, welches Arthur noch bestimmen wird.‹«

Alle Augen waren auf mich gerichtet.

1. Dezember

Anna und der Beginn des Weihnachtsmonats

Das Schönste Anfang Dezember waren die Lärchen. Dann standen sie wie flammende Säulen in der Landschaft, mit gelb-orange gefärbten Nadeln, die der nächste heftige Sturm von den Ästen fegen würde.

Die Straße im Mattertal schlängelte sich durch die Dörfer. Anna umfuhr mit ihrem hellblauen Cinquecento die ausgebauten sowie neu errichteten Viadukte, welche zwar einen schnelleren Weg nach Täsch versprachen, in ihren Augen jedoch die Natur verschandelten.

Heute war der erste Adventssonntag. Das Tal lag ruhig zwischen den hohen Felswänden und den grün verblassenden Hängen. Die Sonne hatte an Kraft verloren. An einige Stellen reichte sie längst nicht mehr hin. Die Temperaturanzeige auf dem Armaturenbrett war auf sechs Grad gesunken. Es wehte ein mäßiger Wind.

Aus dem Autoradio erklang die Titelmelodie des Films »The Shining«, und hätte sich Anna von oben gesehen, wäre die Szene nicht unwesentlich anders gewesen als die des 1980 erschienenen Streifens von Stanley Kubrick nach Stephen Kings gleichnamigem Roman. Ein Intro, so mysteriös wie der fünfte Satz aus der »Symphonie fantastique« von Hector Berlioz. Eine endlose Straße irgendwo in den Bergen. In ihrer Phantasie hätte Anna all das Störende um sich herum aus den Gedanken gestrichen. Das Ende waren allerdings nicht das Overlook-Hotel und die abgelegene Gegend in Colorado, sondern die gedeckten Parkplätze in Täsch, die den hellblauen Punkt verschluckten. Endstation für den privaten Autoverkehr.

Anna stellte ihren Wagen ab. Sie entnahm dem Kofferraum zwei Reisetaschen mit den Schuhen und Kleidern, genug für einen ganzen Monat in den Bergen. Sie suchte den Ausgang zu den weitläufigen Gängen, die zu den Gleisen führten. Die Halle mit den Schaltern und Billettautomaten gähnte ihr fast leer entgegen. Die Herbstsaison war zu Ende, und die Wintersaison hatte Anfang November erst zaghaft begonnen, entsprechend reduzierter gestaltete sich der Fahrplan des Pendelzugs zwischen Täsch und Zermatt. Anna löste ein einfaches Ticket nach Riffelalp und tauschte ein paar Worte mit dem Bahnangestellten.

»Saisonniere?«, fragte der freundliche Mann am Schalter und lächelte sie an.

Er flirtet, ging Anna durch den Kopf. »Ich besuche meine Großmutter im Haus Winterstern und werde bis Neujahr bei ihr bleiben.«

»Was für ein Glück.« Der Mann reichte ihr das Billett. »Dann gute Fahrt und viel Spaß im Schnee. Zermatt ist noch aper, aber in höheren Lagen hat es bereits geschneit … Ich komme aus Zermatt«, fügte er an. »Vielleicht sehen wir uns mal.«

»Ja, vielleicht.« Anna sah ihm direkt ins Gesicht. Blond. Niedlich. Nicht ihr Beuteschema. Andererseits, wenn sie ihn so ansah …

Der Mann reichte ihr seine Visitenkarte. »Falls Sie sich langweilen, rufen Sie mich an.«

Ganz schön dreist, ging Anna durch den Kopf, sie griff jedoch nach der Karte, sah auf den Namen – Lennard Biner – und steckte sie ein. »Man kann nie wissen. Auf Wiedersehen.«

Sie trug die Reisetaschen zur Bahn. Oma hatte ihr versprochen, sie von der Bergstation Riffelalp abzuholen. In Zermatt müsse sie selbst sehen, wie sie mit ihrem Gepäck zur Gornergratbahn komme. Anna grinste vor sich hin. Oma verkannte offenbar ihre Fitness und dass sie mit Leichtigkeit die Reisetaschen selbst zu tragen imstande war, auch wenn das Gewicht an der oberen Grenze lag.

Anna überquerte den Bahnhofplatz, den ein fünf Meter hoher Weihnachtsbaum zierte. Kugeln, so groß wie Fußbälle, hingen an den Zweigen. Lichterketten schmückten sie. Einige Elektrotaxis standen bereit. Kaum jemand benutzte sie. Obwohl man in die Wintersaison gestartet war, befanden sich wenige Leute hier. Zermatt schien zu schlafen. Anna hatte diese Ruhe im Dorf noch nie erlebt. In der Regel ging es hier wie in einem Ameisenhaufen zu und her. Pferdekutschen, Elektrotaxis und -busse versperrten üblicherweise den Platz. Zu Fuß war es eine Tortur, durch die Gassen zu wandern.

Heute war es still. Der Spätherbst hatte seine kühle Hand über den Ort gelegt. Das mochte auch am Sonntagabend liegen. Die Wochenendgäste waren abgereist, und die einheimische Bevölkerung machte es sich wohl zu Hause gemütlich.

Anna sah Richtung Bahnhofstraße, wo sich ein ums andere Chalet aneinanderreihte. Zermatt hatte sich im Kern über all die Jahre kaum verändert. Von der Sonne dunkel verfärbte Fassaden zierten die Häuserzeilen. Hotels, Restaurants, Souvenirläden, Uhren- und Modegeschäfte sorgten für einen bunten Mix aus Konsumgütern. Offensichtlich rüstete man sich für den bevorstehenden Winter. In den Auslagen der Boutiquen warb man für die neuesten Modetrends. Skier, Snowboards und Schlitten sorgten für Vorfreude. Weihnachtliche Dekorationen animierten zum Kauf und mit weißer Kreide beschriftete Schiefertafeln für ein Käsefondue oder Raclette nach Walliser Art.

In der Peripherie wurde munter gebaut, jeder freie Fleck, und war er noch so klein, mit neuen Gebäuden ausgefüllt. Zermatt wuchs. Das kleine Dorf am Ende des Mattertals, dessen Ursprung bis ins 13. Jahrhundert zurückreichte, hatte sich in den Jahren zu einem viel besuchten Ferienort entwickelt. Sommers wie winters pilgerten die Touristen aus aller Welt hierher, um im Minimum einmal in ihrem Leben den dominanten Berg zu sehen, der sich wie eine überdimensionierte Pyramide in den Himmel schraubte: das Matterhorn. Geliebt und gehasst, Ziel begeisterter Bergsteiger und Kletterer, Alptraum unerfahrener Wanderer, die glaubten, den Fels in Turnschuhen erklimmen zu können. Die Dufourspitze mit über viertausendsechshundert Metern in der Nähe war noch exklusiver. Warum Zermatt für viele ein Magnet war, vermochte sich Anna nicht zu erklären. Seit ihrer Jugend hatte sie Weihnachten auf der Riffelalp gefeiert. Während der

Schulzeit hatte sie die Sommer-, Herbst- und Winterferien bei ihrer Großmutter verbracht. Zermatt und Umgebung waren wie eine zweite Heimat geworden. Im Sommer lockten die Berge zu schönen Wanderungen, zum Beispiel zum Riffelsee unterhalb des Riffelhorns. An wolkenlosen Tagen spiegelte sich die Ostflanke des Matterhorns auf der Wasseroberfläche. Im Winter erschloss sich den Gästen eine schier unbegrenzte Schneearena.

Die Ruhe heute war eine Wohltat. Anna freute sich auf die Zugfahrt nach Riffelalp. Sie ging durch die geöffnete Schranke und bestieg einen fast leeren Waggon. Die Talstation der Gornergratbahn befand sich mitten im Dorf. Der Schienenstrang führte eng an den Häusern am Sonnenhang vorbei. Schrägdachhäuser, Spycher und gemütliche Chalets wirkten wie aufgeklebt.

Der Zug setzte sich in Bewegung. Das Gelände stieg an, und die Zahnräder griffen ineinander. Schnell gewann man an Höhe. Anna sah voller Bewunderung aus dem Fenster. Obwohl ihr Zermatt vertraut war, freute sie sich jedes Mal über die eindrückliche Ansicht. Durch die gelb verfärbten Lärchen schimmerte das Matterhorn. Seine Felsen waren vom ersten Schnee überzuckert. Der Himmel darüber erstrahlte in einem klaren Blau. Postkartenidylle.

Anna wehrte sich gegen die Müdigkeit. Sie war von Luzern aus mehr als einen halben Tag unterwegs gewesen, bevor sie sich ins Zugabteil setzen konnte. Das regelmäßige Schaukeln übte eine einschläfernde Wirkung auf sie aus, und sie hatte Mühe, ihre Augenlider offen zu halten. Nach den ersten zwei Haltestellen »Legendär« und »Findelbach« fiel sie in einen kurzen Schlaf und erwachte, als die Bahn bei der Station »Riffelalp« stoppte.

Gerade rechtzeitig gelang es Anna, ihre beiden Taschen aufzunehmen und auszusteigen, bevor die automatische Tür sich schloss. Die Trambahn, welche die Haltestelle mit dem Hotelresort verband, hatte man bereits winterdicht im Bahndepot untergebracht.

Anna sah sich um. Niemand da. Ob Oma sie vergessen hatte? Anna hatte ihr die Ankunftszeit mitgeteilt. Sie kramte ihr Smartphone aus der Handtasche und vergewisserte sich über einen Anruf von ihr. Oma würde sie nicht persönlich abholen, dazu war sie zu bequem. Und so, wie Anna sie einschätzte, schaffte sie es kaum, nach Zermatt zu fahren. Die Einkäufe ließ sie sich jeweils bis vor die Türschwelle liefern.

Anna wählte die Nummer von Omas Festnetzanschluss. Sie musste ein paarmal läuten lassen, bis sie ihre leicht krächzende Stimme vernahm. Seit Anna sie kannte, hatte sie Zigarillos geraucht. Die braunen Sargnägel gehörten zu ihr wie die Schneefahnen am Matterhorn.

»Clothilde Anthamatten von Winterstern.«

Ihre Oma, wie sie leibte und lebte. Hochdramatisch, wenn es darum ging, ihren Stellenwert in der Gesellschaft zu betonen. Ja, sie war jemand. Sie brillierte als reiche, wenn auch seltsame Witwe des verstorbenen Maxim Anthamatten, der in Zermatt und Umgebung eine große Nummer gewesen war. Oma führte sein Erbe weiter, lebte von den Mietzinsen einiger Häuser gut. Sie galt als geizige Alte, die in aller Abgeschiedenheit auf dem Berg ihr Dasein fristete. Aber sie hatte auch eine andere, großmütige Seite. In ihrem Herrschaftshaus waren alle willkommen, die etwas zu ihrer allgemeinen Belustigung und Unterhaltung beitrugen. Omas Haus war Zufluchtsort und Festung, war ein Refugium der schönen Künste, wenn sie einem armen Kunstmaler einen dreiwöchigen unentgeltlichen Aufenthalt spendierte. Für die Verköstigung bekam sie jeweils ein Gemälde geschenkt. Oder sie ließ sich von minderbemittelten Schriftstellern aus ihren Werken vorlesen.

»Oma, ich bin es, Anna.«

Schweigen. Dann ein Sich-Räuspern. »Oh Gott, das habe ich vergessen. Ich werde sofort Arthur losschicken. Er soll dich mit der Kutsche abholen. Ach, Kindchen, ich freue mich auf deine Ankunft.«

»Ich mache mich schon mal auf den Weg. Vielleicht schaffe ich es bis zum Hotel.«

»Hast du viel Gepäck bei dir?«

»Zwei Reisetaschen mit hoffentlich genügend Kleidern. Ein paar Sachen befinden sich von vergangener Weihnacht noch im Schrank. Werde ich wieder dasselbe Zimmer haben?«

»Selbstverständlich. Elvira, meine Perle, hat es gereinigt, und das Bett ist frisch bezogen.«

Anna machte sich den Schienen entlang auf den Weg. Filigran wirkten die Lärchen. Einige von ihnen hatten die Nadeln bereits verloren. Diese Bäume standen wie Skelette am Hang. Anna war ein wenig enttäuscht. Der Wintereinbruch ließ in diesem Jahr auf sich warten. Der Sommer war heiß gewesen und hatte sich bis in den Herbst hineingezogen. Man sprach von Wasserknappheit und zu trockenen Böden.

Das Hotelresort Riffelalp tauchte vor ihr auf, eingebettet in den bergseitig gelegenen Wald. Das rechteckige Haupthaus dominierte neben den aneinandergebauten Chalets. Das erste Grandhotel auf der Riffelalp war dem Raub der Flammen zum Opfer gefallen, als im Februar 1961 infolge Renovationsarbeiten ein Feuer ausgebrochen war. Das Hotel war bis auf die Grundmauern niedergebrannt und dann abgerissen worden. Heute erstrahlte ein ähnlich errichteter Bau in neuem Glanz, der an die Zeit um die vorletzte Jahrhundertwende erinnerte.

Anna erreichte die Chalets. Als Kind war sie im Sommer oft hier gewesen, hatte sich mit den Kindern der High Society angefreundet und mit ihnen manchen Streich ausgeheckt.

Schon von Weitem erkannte sie Arthur. Er schob einen Elektrowagen vor sich, den er von Hand steuerte. Anna winkte ihm zu. Arthur erkannte sie und beeilte sich, zu ihr zu gelangen.

»Miss Anna, willkommen auf der Riffelalp.«

Anna begrüßte ihn überschwänglich. »Nicht mit der Kutsche hier?«

»Zeitlich hat es nicht gereicht, die Pferde zu zäumen, nachdem Madame Anthamatten mir zu spät mitgeteilt hatte, Sie hätten die Station bereits erreicht.« Er lachte. »Das Monster hier ist störrisch und lässt sich schwer bedienen. Lässt man die Bremse los, zieht es einen ratzfatz weg. Um die Maschine zu beherrschen, braucht es Fingerspitzengefühl, das ich in meinem Alter nicht mehr habe.«

Anna fragte nicht nach seinem Jahrgang. Geschätzt war er wenig jünger als Oma, denn er hatte bereits zu Maxims Lebzeiten zu

Diensten der Herrschaften Anthamatten gestanden. Ein gütiger Mann, ein Menschenfreund, der sich das Dienen zur Aufgabe gemacht hatte. »Darf ich mal?«

»Was?« Arthur war etwas schwer von Begriff geworden. Früher hatte er Annas Gedanken gelesen wie Sätze aus einem Buch. Jetzt musste er überlegen, bevor der Groschen fiel.

»Darf ich den Wagen stoßen?«

»Ach das … der wird *Sie* ziehen, warten Sie es bloß ab. Die Handgriffe klemmen. Man muss sorgsam damit umgehen.« Arthur siezte sie, obwohl er sie noch als Teenager erlebt hatte. Ihn umzustimmen hatte Anna längst aufgegeben. Arthur blieb seinen Prinzipien treu. Sobald in Omas Familie jemand den sechzehnten Geburtstag gefeiert hatte, sprach Arthur ihn in der Höflichkeitsform an.

Anna hievte die beiden Reisetaschen auf den Transporter.

»Sie können sich auch draufsetzen«, sagte Arthur. Für einen bequemen Sitz hatte er bereits mit zwei flauschigen Schaffellen vorgesorgt.

»Das kommt nicht in Frage.« Anna gestikulierte. »Setzen *Sie* sich, und *ich* werde die Karre lenken.«

Es hatte keinen Zweck, mit Arthur zu diskutieren. Während er die Bremse betätigte, spazierte Anna neben ihm her. Die Strecke bis zum Haus Winterstern betrug einen Kilometer. Doch der Weg hatte es in sich. Er traversierte einen Steilhang, wo im Winter die Skipiste angelegt war, führte weiter an der Herz-Jesu-Kapelle und der Alpenresidenz Augstkumme vorbei, und man bekam das Gefühl, er endete in einer Sackgasse im Wald. Vom Weg aus gesehen war das Haus Winterstern nicht ersichtlich. Es befand sich zweihundert Meter weiter unten und war über einen unwirtlichen Pfad erreichbar.

Trotz minimaler Distanz zur Residenz Riffelalp fühlte sich die Gegend um Winterstern verlassen an. Sobald man in den Wald abtauchte, schlossen sich die Bäume im Rücken wie ein Tor zum Jenseits, und eine geheimnisvolle Welt öffnete sich. Hier draußen genoss man Anonymität. Nicht umsonst lud Oma ab und zu Fremde ein oder veranstaltete gesellige Abende im Kreis ihresgleichen. Anna wusste aus Erzählungen, welche Prominenz bei ihrer Großmutter schon eingekehrt war. Übers Jahr verteilt waren es nicht wenige. Der Dezember dagegen war ihr heilig, der Monat für ihre Familie reserviert. Am 17. Dezember feierte sie ihren Geburtstag, eine Woche später den Heiligabend, an Silvester gab es Party und am 1. Januar die erste Brotzeit im Jahr. Meistens war das der Tag der Abreise. Am Abend war Oma jeweils wieder allein mit ihrem Personal und dankte vielleicht dem Herrn, die Rasselbande, wie sie ihre Verwandten zu nennen pflegte, ohne größeren Schaden überstanden zu haben.

Der alte Mann neben ihr keuchte, und Anna machte sich ernsthaft Sorgen. »Soll nicht doch ich …?«

Arthur ließ den einen Bremshebel los und wollte offenbar abwinken. Der Wagen zog nach links, Arthur stolperte und landete in einem Humushaufen. Er ließ die zweite Hand los, während das Gefährt mit dem Gepäck ein paar Meter führerlos weiterfuhr. Just vor einem Gesteinsbrocken kam er zum Stehen.

Arthur rappelte sich erschrocken auf. »Was für eine Hühnerkacke!« Er zog ein Taschentuch aus der Jackentasche, spuckte hinein und wischte sich damit den Schmutz von der Hose.

Anna hatte ihn noch nie so fluchen gehört.

»Je älter, desto dämlicher«, entschuldigte er seine Ungeschicklichkeit.

Anna stützte ihn. »Haben Sie sich wehgetan?«

Arthur schüttelte übel gelaunt den Kopf. »Ich denke, das ist noch mal gut gegangen. Aber es ist mir eine Lehre, sich nur an Gerätschaften heranzumachen, die man auch versteht. Die Maschinen beherrschen uns schon lange … Ich hätte doch die Kutsche nehmen sollen.«

Anna kam sich ein wenig schäbig vor. Aber Arthur hatte sich von seinem Schrecken erholt. Vorsichtig stapfte er zum Gepäckwagen und zog ihn vom Hang weg. Er prüfte, ob kein Schaden entstanden war, indem er den Wagen von hinten nach vorn inspizierte. Anna übte sich in Geduld, trat von einem Bein auf das andere und hütete sich davor, eine despektierliche Bemerkung zu machen. Arthur nahm sich Zeit, was vielmehr seiner Kraftlosigkeit geschuldet war, was er aber in Annas Anwesenheit offenbar nicht verlautbaren wollte.

Endlich gab er das Zeichen zum Weitergehen.

Bereits schimmerten die rötlichen Fassaden des Hauses durch den ausgedünnten Wald. Noch ein paar Schritte und sie hatten Winterstern erreicht. Die komplizierte Anreise wurde mit einem phänomenalen Blick auf das Matterhorn belohnt. Diese Weite, der Wald am linken Rand, durch den die Gornera ihre Furchen zog. Was im Frühling sprudelte und plätscherte, versank jetzt in Staub und Geröll. Das Wasser fehlte auch hier. Ein Schottersträßchen, breit genug für eine Kutsche, endete direkt vor dem großzügigen Eingang.

Vor der Tür stand Oma mit in die Seite gestemmten Händen und sah den Ankömmlingen entgegen. »Das hat aber gedauert. Habt ihr einen Umweg über Rom gemacht?«

»Nicht ganz«, frotzelte Arthur. »Nur über Genua.« Er wartete augenscheinlich Omas Reaktion ab, aber diese widmete sich Anna.

»Willkommen auf meinem Schloss.« Sie beeilte sich, um auf Anna zuzugehen und sie heftig zu umarmen. »Man könnte an der Süd- und an der Nordseite je einen Turm anbringen. Bald wird es hier an Zimmern fehlen.« Anna schrieb es der wachsenden Familie zu. »Hast du es schon gehört? Deine Cousine Laura hat sich von ihrem Verlobten getrennt und wird heuer mit einem neuen Kerl daherkommen.« Oma lachte, was sich wie ein Krächzen anhörte. »Ich bin gespannt, welcher Gattung Mann er angehört. Der letzte war eine Katastrophe. Vier Jahre hat Laura es mit ihm ausgehalten. Vier verschwendete Jahre.«

Anna verargte es ihr nicht. Wer so lange in dieser Abgeschiedenheit lebte, musste zwangsläufig eigenartig werden. Ob sie immun gegen die Höhenkrankheit war, war fraglich. Oma hatte sich nie darüber geäußert. Sie erweckte eher den Anschein, alles, was unter zweitausend Metern lag, zu verabscheuen. Nur fragte sich Anna, was Oma den lieben langen Tag tat. Essen? Dazu hatte sie eine zu schlanke Statur. Trinken? Dafür war sie bekannt. Erst wenn sie ein gewisses Maß an alkoholischen Getränken intus hatte, taute sie richtig auf. Spazieren? Musste mit der Zeit langweilig sein. Schlafen? Nicht mehr als üblich.

»Komm, ich zeige dir dein Zimmer«, sagte Oma, als hätte Anna es nicht schon Dutzende Male gesehen. Und an Arthur gewandt: »Bringen Sie bitte die zwei Reisetaschen nach oben.«

»Oma, das kann ich selbst machen.«

»Nichts da … du bist ab heute meine Gesellschafterin. Das heißt, du darfst mit mir Schach, Backgammon, Bridge und Monopoly spielen und Tee trinken. Und wenn ich Lust auf eine Zigarre habe, setzen wir uns in die Raucherlounge im Wintergarten, und du leistest mir Gesellschaft. Überdies wünsche ich, dass du mir vorliest. Ich habe bereits Bücher bereitgelegt. Du weißt, ich mag es gruselig.«

Was hervorragend in dieses Haus passte, dachte Anna. »Haben sich deine Augen verschlechtert?« Sie erinnerte sich daran, Oma früher oft aus einem Buch lesen gesehen zu haben.

»Ich sollte eine Brille tragen. Aber diese Dinger sind zum einen unbequem, zum andern sehe ich darin wirklich wie eine Eule aus. Linsen mag ich nicht. Die stören bei jedem Lidschlag.« Oma seufzte theatralisch. »Aber du lenkst ab, meine Liebe. Ich bin noch nicht fertig. In ein paar Tagen reisen bereits Julie und ihre Söhne an. Sollte ich mich wegen ihres Geschwätzes langweilen, halte sie mir vom Hals. Unternimm etwas mit ihr, gehe wandern, zeige ihr Zermatt. Solange der Schnee nicht bis zur Riffelalp reicht, findest du außerdem gut begehbare Wanderwege … es gibt da diesen AHV-Weg. Ich möchte dieses Weihnachten gesund überstehen, nachdem das letztjährige an meinen Kräften gezehrt hat. Arthur, Elvira und Pierre sind meine Dauerangestellten, sind immer um mich besorgt. Nun bin ich froh, bist du da und wirst hoffentlich über anderes mit mir reden als über Menüs, fehlende Reinigungsmittel und kaputte Besen.«

Anna fragte sich, was Oma vorhatte. Sie durchschritt den Windfang und gelangte zum Aufgang in die oberen Stockwerke. Haus Winterstern verfügte über vier Geschosse, den Keller, das Parterre und zwei Etagen darüber. Es gab noch einen kleinen Estrich direkt unter dem Dach, aber dieser war zu niedrig und zu eng, um darin wohnen zu können. Zudem war er nicht ausgebaut und höchstens Heimat für allerlei Getier. Oder den Hausgeist.

Oma zog sich am Treppengeländer hoch. Dass sie mit dem Atmen mehr Mühe hatte als sonst, bezeugte ihr stoßweises Einsaugen und Ausstoßen der Luft. Auf halbem Weg musste sie eine Pause einlegen. »Ich wollte schon früher einen Fahrstuhl, aber Maxim hat davon abgeraten. Er war der Überzeugung, Treppensteigen sei gut für die Gesundheit und Beweglichkeit. Tja, nun habe ich ihn überlebt, und ich quäle mich noch immer nach oben.« Sie drehte sich zu Anna um. »Das ist nicht immer so. Manchmal geht's besser. Dann hüpfe ich wie ein Wiesel über die Stufen. Du wirst schon sehen. Wenn ich aufgrund deiner Anwesenheit endlich zur Ruhe komme, geht es auch mit meiner Fitness bergauf.« Sie nahm die letzten Tritte. Auf der Galerie angekommen, steuerte sie die hinterste Tür an. Dort angekommen, schloss sie sie auf und ließ Anna den Vortritt. »Zufrieden?«

Die letzten Sonnenstrahlen fluteten den Raum mit einem Goldton, bevor sie hinter den Bergen verschwanden.

»Neue Bettwäsche?«, fragte Anna, was ihr zuerst aufgefallen war. Das schrille Farbmuster der letzten Jahre auf Duvet und Kopfkissen war einem cremefarbenen Satin gewichen.

»Das war Elviras Idee. Sie hat mich so lange bearbeitet, bis ich ihr grünes Licht für den Einkauf in Zermatt für etwas Neues gab. Du kennst sie ja. Sie kann manchmal sehr beharrlich sein.« Oma machte eine Sprechpause, derweil sie jede Zimmerecke zu kontrollieren schien, ob sie nicht doch ein Stäubchen entdeckte. »So, ich lasse dich dann allein. In einer halben Stunde gibt es Nachtessen. Du kannst dich frisch machen, und ich freue mich auf das Dinieren mit dir. Ich hoffe, du magst Entenmuscheln. Pierre hat sie extra für uns aus dem Delikatessenladen im Dorf geholt.«

Heiligabend

im Haus Winterstern

Es gibt Momente im Leben, da möchte man am liebsten im Boden versinken. Wenn man spürt, wie alles gegen einen gerichtet ist und man nichts dagegen tun kann.

In dieser Nacht fühlte ich mich verlassen und unverstanden, dabei trug ich an dem »Elend«, wie man mir weismachen wollte, keine Schuld.

Alle waren enttäuscht, weil sie sich von Oma mehr erhofft hatten. Barbara ließ mich gleichzeitig ihre Schadenfreude spüren: Oma hatte mich ausgeschlossen. So dachte man.

Als aber Arthur nach dem Herunterlesen der Texte noch einmal um die Aufmerksamkeit aller bat, ahnte man vielleicht, was kommen würde. Man hatte es nicht gehofft, aber befürchtet.

»›… Seit 1. Juli 2019 gehört das Herrschaftshaus Winterstern der Stiftung *Künstler in Not*. Bis zu meinem Tod hatte ich Wohnrecht darin.‹«

»Stopp! Stopp!«, unterbrach Barbara Arthur. »Wie kommt Mutter dazu, dieser komischen Stiftung das Haus zu schenken?« Sie wandte sich vor Wut schäumend an mich. »Hast du das gewusst?«

Ich zog den Kopf ein. Oma hatte nie konkret darüber gesprochen, hie und da eine Bemerkung in die Richtung fallen lassen, aber für mich war das Thema immer heikel gewesen. »Nein«, sagte ich, um nicht noch mehr Öl ins Feuer zu gießen.

»Wir müssen es anfechten«, enervierte sich nun auch Martina.

Oliver war ganz ihrer Meinung. »Da könnt ihr Gift drauf nehmen. Ich lasse mich doch nicht mit zweihunderttausend Franken abspeisen.«

»›Die Schenkung an die Stiftung ist zweckgebunden‹«, korrigierte Arthur ruhig.

»Ha, wir werden ja sehen.« Barbara hob stolz den Kopf und zog eine Schnute.

Arthur fuhr fort: »›Aufgrund einer vorliegenden Vereinbarung mit dem Stiftungsrat wird meine Enkelin Anna darin Wohnrecht bis an ihr Lebensende haben. Sie hat dieses Haus in all den Jahren nicht nur geliebt, sondern mit ihrer Fröhlichkeit und ihrem Respekt gegenüber mir mit Wärme und Licht erfüllt. Sie hat mir gezeigt, Reichtum und Ansehen sind sekundär. Das hat mich bereits vor acht Jahren dazu veranlasst, mein Barvermögen kontinuierlich verschiedenen Institutionen zukommen zu lassen, Menschen, die es wirklich nötig haben auf dieser Welt. Und ich selbst habe es mir gut gehen lassen. Das Haus Winterstern aber ist die letzte Erinnerung an meinen geliebten Maxim und soll in Zukunft unter dem Beisein meiner Enkelin Anna Zufluchts- und Schaffensort sein, von Kunstmalern, Filmschaffenden, Schriftstellern und sämtlichen Leuten, die ihr Leben der Kultur verschrieben haben. Ebenso wünsche ich, dass Arthur, Elvira und Pierre so lange im Haus wohnen bleiben, wie sie wollen. Gleichen Datums wurden die drei Mietshäuser in Zermatt der Stiftung *Künstlergilde Zermatt* überschrieben.‹ Unterzeichnet mit Clothilde Anthamatten von Winterstern.«

»Clevere Mutter«, rief Oliver aus. »Vergibt Haus Winterstern und die Wohnblöcke einer Stiftung, spielt die barmherzige Samariterin und verpulvert ihr Geld, damit für uns nicht mehr übrig bleibt als ein Batzen von nichts. Sie hat jedoch die Rechnung ohne den Wirt gemacht.« Er schaute zu Arthur hinüber. »Sie, Butler, Sie und Ihre Mitbediensteten werden keinen roten Rappen bekommen. Und du, Anna«, er fokussierte mich, »du musst meine Mutter manipuliert haben … Aber freue dich nicht zu früh.«

Zuerst ein Raunen, dann ein Schweigen. Dann ging es los. Alles, was sich auf dem Küchentisch befunden hatte, landete, wegen einiger Choleriker unter uns, auf dem Boden und bewies, fast niemand hier hatte sein Erbe verdient.

Spätestens jetzt würde man mich, diesmal wirklich ernsthaft, fesseln und in den Keller bringen. Nun hatte man ein Motiv für Omas Tod. Anna war hochgradig kriminell. Ich.

Nach der ersten Aufregung und den scharfen boshaften Worten

gegen mich stand auf einmal Lennard im Fokus meiner Verwandtschaft. Lennard, der unter widrigen Bedingungen von Zermatt aus auf die Alp gekommen war. Er hatte dem schlimmsten Schneesturm getrotzt.

»Wer weiß, ob Lennard bereits am frühen Abend hier eingetroffen ist«, mutmaßte Martina. »Obwohl schon viel Schnee lag, war er sicher besser vorwärtsgekommen als Stunden später.«

Martina bekam fast ausnahmslos Zustimmung. Nur Tim und Fidelio hielten sich aus der Sache raus. Elvira und Pierre hatten sich in ihre Zimmer zurückgezogen. Ich vermutete, sie würden den Rest der Nacht gut schlafen.

Thomas, Ralph und Alexander kreisten Lennard ein. Barbara führte an: »Künstler bist du? Das ist nun offensichtlich: *Du* hast meine Mutter umgebracht. Du steckst doch hinter der Künstlergilde und dieser … dieser Stiftung.«

Lennard warf mir einen verzweifelten Blick zu.

»Du wusstest, wem meine Mutter das Haus vererben würde respektive schon geschenkt hat«, fauchte Barbara weiter, wobei Martina sie bei ihrem Angriff unterstützte. »Du wolltest wohl dabei sein, wenn Arthur das Testament liest.«

»Ich wusste doch nicht, dass Clothilde verstorben war. Von wem hätte ich dies erfahren sollen? Das ist ein Missverständnis. Bitte –«

Barbara und Martina ignorierten sein Flehen. In blinder Wut gingen sie auf Lennard los, droschen auf ihn ein und zerkratzten sein Gesicht, was in Anbetracht von Martinas Krallen blutige Striemen hinterließ. Geistesgegenwärtig mischten sich Tim und Fidelio ein und erlösten Lennard von seinem Schicksal, indem sie ihn aus der Küche brachten. Tim kümmerte sich um ihn.

Mir fehlten die Worte, während der Mob munter weitermachte.

Arthur, sichtlich geschockt und schneeweiß im Gesicht, versuchte nach einiger Zeit, meine Verwandtschaft zu beruhigen. »Es ist noch nicht alles.«

Niemand wollte ihm zuerst zuhören.

Arthur erhob seine Stimme. »Bitte beruhigt euch. Dem Testament liegt ein Schreiben bei. Ein Couvert, mit einem Siegel versehen. Madame Anthamatten hat mich gebeten, dieses im Fall ihres Todes zu öffnen.«

Erneut gingen Arthurs Bemühungen unter.

Ich suchte nach der Glocke, mit der Oma ihre Verwandtschaft zum Tisch gebimmelt hatte, fand sie am Rand der Theke und griff danach. Ich schwang sie über meinen Kopf. Sie verursachte ein schepperndes Geräusch. »Bitte, seid bitte ruhig.«

Barbara, die stets das letzte Wort hatte, biss sich auf die Lippen. Ralph, ihr Mann, bekam einen Hustenanfall, was das Ganze noch einmal verzögerte. Martina brachte ihm ein Glas Wasser.

Alle setzten sich. Jedermann starrte Arthur an, als würde das Ende der Qualen von seiner Rede abhängig sein.

Arthur ließ sich Zeit. Er brach das Siegel, gehärtetes Wachs fiel auf den Boden. Er öffnete die Lasche des Umschlags, entnahm ihm ein edles Stück Papier, faltete es auseinander und hielt wieder inne.

»Machen Sie es nicht spannend«, herrschte Thomas ihn ungeduldig an.

Arthur tauschte Blicke mit mir, als ahnte er, ich wisse vom Inhalt dieses Briefes.

Ich schüttelte leicht den Kopf. Was mochte auf dem Briefbogen stehen, das Oma in ihrem Testament nicht erwähnt hatte?

»›Heiligabend, meine Lieben und Unlieben‹«, zitierte Arthur, »›ist die Zeit, in der wir uns ausnahmslos jedes Jahr zusammenfinden. An jedem Weihnachten hatte ich mir ausgemalt, wir würden uns einmal in Ehrfurcht und mit gutem Benehmen begegnen. Die Hoffnung stirbt bekanntlich zuletzt. – Es ist bald Abend, und ich setze mich mit letzter Kraft an den Tisch, um diese Zeilen niederzuschreiben. Ich weiß, ich bin auch nicht ohne Fehl und Tadel. Aber was sich in den letzten Tagen hier im Haus Winterstern zugetragen hat, geht auf keine Kuhhaut. Zugegeben, ich hätte euch vielleicht darauf aufmerksam machen sollen, wie schlecht es mir seit einiger Zeit geht. Ich habe vergebens auf euer Mitgefühl gehofft. Ich bin müde und halte das alles nicht mehr aus. Verzeiht mir, die, welche mich ohne Forderung liebten. Aber ich habe mich entschieden, von dieser Welt zu gehen.‹«

Arthur schluckte leer, während er mich mit tränennassen Augen ansah. Ich selbst würgte einen Kloß herunter. Oma, dachte ich, bis zuletzt hat sie uns mit ihrem Optimismus bei Laune gehalten.

»›Ich werde heute den Medizinkasten leeren und mir einen besonderen Cocktail mixen. Seid nicht traurig. Ich hatte mein Leben. Seit Maxims Tod kämpfe ich jedoch mit jedem Tag, er würde noch einmal der schönste sein. Dem ist nicht so. Ich gehe jetzt zu ihm und werde euch vom Himmel aus zuwinken.‹«

Arthur pausierte ergriffen.

»Ist das alles?« Barbara schnappte nach Luft.

Arthur schniefte und setzte zum Weitersprechen an. »Ich zitiere: ›Mir müsst ihr nichts vormachen. Mit wenigen Ausnahmen habt ihr mir stets den Tod gewünscht. Ihr sollt ihn haben. Aber eines müsst ihr wissen: Ich habe euch alle durchschaut. Und zuletzt: Haus Winterstern haben diejenigen bekommen, die sich nie etwas aus Geld gemacht haben, jedoch den Wert meines Zuhauses schätzen lernten.‹«

Durch das Herrschaftshaus schallte ein Schrei. Während Martina und Barbara ihren Frust hemmungslos hinausschrien, blieben Oliver und Dad wie schockgefrostet auf ihren Stühlen kleben. Evamarie dagegen wiederholte Olivers Worte, sie werde das Testament auf jeden Fall anfechten, worauf Fidelio sie wissen ließ, dies könne alles in die Länge ziehen.

Arthur kam zurück, hörte sich eine Weile die Diskussionen an und bat noch einmal um Aufmerksamkeit. »Ich möchte mich insbesondere an Barbara, Martina, Frank, Oliver und Evamarie wenden. Sie meinen sicher, Ihre Mutter habe mit dem Testament die Pflichtteile verletzt. Sie werden es gerichtlich anfechten können, das ist richtig. Sie müssen dies innerhalb eines Jahres tun, sonst gilt das Testament, wie es auf dem Papier steht.«

»Mist.« Barbara warf die Hände über den Kopf. »Jetzt wissen wir, was zu tun ist.«

Tobias erhob sich von seinem Platz. Er strich das Heftpflaster an der linken Schläfe glatt und kam direkt auf mich zu. »Anna, wir müssen reden.«

Das Fondue chinoise

(für acht Personen)

Zutaten:
600 g Rindfleisch, in hauchdünne Scheiben geschnitten
600 g Kalbfleisch, in hauchdünne Scheiben geschnitten
600 g Seeteufel, in mundgerechte Stücke geschnitten
16 rohe Garnelen ohne Kopf
200 g Mungbohnen-Sprossen
200 g Champignons
2 Stk. Chinakohl
Bouillon (Rinder- oder Gemüsebrühe)
Saucen, z. T. auf Basis von Mayonnaise, in sechs Farben: orange, gelb, violett, hellgrün, weiß, rot
Sherry für die Suppe
Brennpaste für Caquelon

Das Rindfleisch sowie das Kalbfleisch auf zwei weiße Porzellanplatten regelmäßig anordnen.
Seeteufel und Garnelen auf separater Platte anrichten.
Mungbohnen-Sprossen waschen, absieben und in einer Glasschale bereitstellen.
Champignons waschen, in Scheiben schneiden und in einer Glasschale bereitstellen.
Chinakohl waschen, in feine Streifen schneiden und in Glasschale bereitstellen.

Zutaten für die Saucen:
Eier, Senf, Gewürzessig, Zitronensaft, Speiseöl, Salz, Pfeffer, Curry, Ketchup
4 Karotten
1 große reife, weiche Mango

200 g Magerquark
1 Knolle Randen (Rote Bete)
2 dl Sauerrahm
2 mittelgroße Zucchini
2 mittelgroße Fenchel
200 g Mascarpone
3 reife Tomaten
Selbst gemachte Mayonnaise – für die Weiterverarbeitung

Zubereitung der Saucen in sechs Farben:
Für die selbst gemachte Mayonnaise 1 frisches Eigelb, 1 TL Senf, 1 TL Zitronensaft oder Gewürzessig in eine Schüssel geben und mit dem Schwingbesen verrühren und mit Salz und Pfeffer würzen. 1 dl Sonnenblumen- oder Rapsöl zuerst langsam und in minimaler Menge unter ständigem Rühren dazugeben, bis eine zähflüssige Masse entsteht. Mayonnaise bis zur Weiterverarbeitung zugedeckt im Kühlschrank lagern.

Orange: Karotten schälen, in kleine Stücke schneiden und im Wasser weich kochen. Wasser absieben, Karotten mit dem Stabmixer pürieren. Mit Salz, Pfeffer und Zitronensaft würzen und kalt stellen. Die vorbereitete Mayonnaise darunterziehen, nachwürzen.
Gelb: Mangofleisch vom Kern und in Stücke schneiden. Mit dem Stabmixer pürieren. Etwas Curry, Zitronensaft und Magerquark darunterziehen. Mit ein wenig Pfeffer abschmecken.
Violett: Gekochte und geschälte Randenknolle (Rote Bete) in Stücke schneiden und im Stabmixer pürieren. Sauerrahm darunterziehen. Mit Salz und Pfeffer würzen.
Hellgrün: Zucchini in kleine Scheiben schneiden, weich kochen, mit dem Stabmixer pürieren. Vorbereitete Mayonnaise darunterziehen, mit Salz, Pfeffer und Zitronensaft würzen.
Weiß: Grünzeug vom Fenchel entfernen, in Stücke schneiden, weich kochen und mit dem Stabmixer pürieren. Mascarpone darunterziehen, mit Salz und Pfeffer würzen.
Rot: Tomaten weich kochen, enthäuten, mit dem Stabmixer pürie-

ren, vorbereitete Mayonnaise und Ketchup dazu, mit Salz, Pfeffer und etwas Zitronensaft würzen.

Die gekochte Bouillon in die drei Caquelons verteilen. Die Brennpaste anzünden und das Caquelon auf das Rechaud stellen. Champignons, Mungbohnen-Sprossen und den Chinakohl nach und nach in die Brühe geben. Die Fleischstücke in den Sud tauchen und rosarot garen. Garnelen und Fisch in separatem Caquelon im Sud ziehen lassen.
Servieren Sie zum krönenden Abschluss die Fleisch- oder Fischbrühe in einer Suppenschüssel, nachdem Sie den Sud mit Sherry abgeschmeckt haben.

Tischdekoration:
Wählen Sie am besten ein helles (weißes, beige- oder goldfarbenes) Tischtuch. Das wirkt edel. Dekorieren Sie mit echten Tannenzweigen, weißen Kerzen auf Kerzenständern und goldfarbenen Kugeln.
Platzieren Sie drei bis vier Caquelons mit Rechaud in die Tischmitte. Tischen Sie große weiße Teller auf oder verwenden Sie die Teller, die es für Fondue chinoise gibt.
Wählen Sie Stoffservietten in der gleichen Farbe wie das Tischtuch. Drapieren Sie die Serviette originell auf dem Teller oder in Serviettenringen.
Dazu legen Sie das Besteck – Messer und Gabel sowie Fonduegabel und einen Suppenlöffel. Rechts des Tellers stellen Sie Wein- und Trinkglas auf.

Pierres Apfelkuchen

(für acht Personen)

Zutaten für den Teig:
175 g Kochbutter
80 g Zucker
1 Päckchen Vanillezucker
1 großes Ei
300 g Dinkelmehl
½ Päckchen Backpulver
1 Prise Salz
Butter für die Form und Mehl zur Teigverarbeitung
50 g geriebene Mandeln

Zubereitung:
Weiche Butter cremig aufschlagen. Zucker, Vanillezucker und Ei darunterrühren. Mehl, Backpulver und Salz dazugeben und zu einem glatten Teig kneten. Den Teig zu einer kompakten Kugel formen und in einer Schüssel zugedeckt ca. 30 Minuten in den Kühlschrank stellen. Teig auf ca. 34 cm auswallen, auf ein rundes mit Backpapier ausgelegtes Blech legen, Rand und Boden mit Gabel einstechen, die geriebenen Mandeln daraufstreuen.

Zutaten für den Guss:
2 Eier
1 dl Milch
0,5 dl Rahm
1 Päckchen Vanillezucker
1 TL Zimt
1 EL Zucker
2 EL geriebene Mandeln
5 große geraspelte Äpfel

Zubereitung:
Die Eier aufschlagen und schaumig rühren, Milch, Rahm, Vanillezucker, Zimt, Zucker und die geriebenen Mandeln dazugeben.
Die Äpfel schälen, entkernen und mit dem Gemüseschneider raffeln. Die geraffelten Äpfel gleichmäßig auf dem Teig und den Mandeln verteilen.
Den Ofen mit Unter- und Oberhitze auf 220 °C vorheizen. Das Blech auf den Rost auf Mittelstufe schieben und 15 min backen.
Guss nochmals rühren und regelmäßig auf dem Kuchen verteilen.
10 min weiterbacken.
Den Apfelkuchen auf einer runden Platte anrichten, in acht gleich große Stücke schneiden.

Lebkuchenplätzchen

(für acht Personen)

Zutaten:
800 g Mehl
2 EL Kakaopulver
2 EL Lebkuchengewürz
100 g Zucker
4 TL Backpulver
3 dl Milch
350 g flüssiger Honig

Zubereitung:
Mehl, Kakaopulver, Lebkuchengewürz und Zucker in eine Schüssel geben und umrühren. Backpulver in Milch geben und den Honig darunterrühren. Mehl sieben, unter die Masse rühren und zu einem geschmeidigen Teig kneten. Teig flach drücken und in einer mit Mehl bestäubten Plastikschüssel acht Stunden kühl stellen.
Ofen auf 180 °C vorheizen.
Den Teig ca. 5 mm dick auswallen, mit weihnachtlichen Formen ausstechen und auf ein mit Backpapier belegtes Blech legen. Lebkuchen mit ein wenig Milch bestreichen.
Backzeit: ca. 15 Minuten in Ofenmitte.
Die Plätzchen kann man nach Belieben mit Puderzucker, Zuckerperlen und so weiter dekorieren.

Das Tiramisu nach Art des Hauses Winterstern

(für mind. acht Personen)

Zutaten:
4 Eier
Kaffee
Grand Marnier
5 gehäufte EL Zucker
1 große Orange
Löffelbiskuits
1000 g Mascarpone
Kakaopulver

Zubereitung:
Eier trennen und Eiweiß steif schlagen.
1 große Tasse starken Kaffee abkühlen lassen und 4 cl Grand Marnier dazugeben.
Zucker in das verquirlte Eigelb geben und schaumig schlagen.
Den Mascarpone und die abgeriebenen Schalen der Orange beigeben. Alles gut verrühren.
Löffelbiskuits in Schale (am besten eine rechteckige Gratinschale) auslegen und mit dem Kaffee/Grand Marnier tränken.
Geschlagenes Eiweiß vorsichtig unter die Eigelb-Mascarpone-Masse ziehen und über die getränkten Löffelbiskuits verteilen.
Eine zweite Lage Löffelbiskuits auf die Mascarpone-Creme legen, mit Kaffee/Grand Marnier tränken.
Die Mascarpone-Creme über die Löffelbiskuits verteilen.
Gratinschale mit Alu- oder Klarsichtfolie abdecken und mindestens 8 Std. in den Kühlschrank stellen.
Vor dem Servieren Kakaopulver mit Hilfe eines Teesiebs darüberstreuen.

Winterstern-Glühwein

(für 2,2 Liter)

Zutaten:
150 g Zucker
5 Orangen
1 Zitrone
2 Zimtstangen
6 dl Wasser
2 Flaschen Rotwein
2 EL Glühwein-Gewürzmischung (aus der Drogerie)
2 EL Honig
20 cl Kirschwasser

Zubereitung:
150 g Zucker in der Pfanne karamellisieren.
Saft von 4 Orangen und ½ Zitrone durch ein Sieb gießen, beigeben und 2 Zimtstangen hinzufügen.
6 dl Wasser dazugeben.
Leicht einkochen lassen.
2 Flaschen Rotwein hinzufügen.
1 Orange und ½ Zitrone in Scheiben schneiden und beigeben.
Bis kurz vor den Siedepunkt aufkochen.
2 EL Glühwein-Gewürzmischung im Teesieb beigeben.
5 min ziehen lassen.
2 EL Honig beigeben.
20 cl Kirschwasser kurz vor dem Servieren hinzufügen.
Möglichst heiß in Tassen füllen.

Anmerkung und Dank

Mord an Weihnachten? Nein, geht gar nicht.

Trotzdem reizte es mich, nachdem mich der Verlag angefragt hatte, einen Weihnachtskrimi zu schreiben. Während draußen schon frühlingshafte Temperaturen herrschten, versetzte ich mich in den tiefsten Walliser Winter und ließ es so richtig schön schneien und stürmen.

Entstanden ist ein etwas zynisches Kammerspiel in der Abgeschiedenheit der Zermatter Bergwelt, die wegen des Schneesturms von der Umwelt völlig abgeschnitten ist.

Fazit: Es hat mir viel Spaß gemacht, mal eine andere, eher humoristische Seite von mir aufs Papier zu bringen.

Die Geschichte um Clothilde Anthamatten ist selbstverständlich frei erfunden, ebenso auf der Riffelalp das Haus Winterstern, in dem sich ihre geldgierige Verwandtschaft trifft.

Bis ein Buch so vor Ihnen liegt, wie Sie es jetzt in den Händen halten, bedarf es nebst meiner Arbeit als Schriftstellerin des Lektorats und des Korrektorats, der Gestaltung des Layouts für den Text sowie des Covers und vieler Dinge mehr.

Ich danke herzlich Franziska Emons-Hausen, Irène Kost, Sophie Olk sowie Nina Schäfer und dem ganzen Team des Emons Verlags.

Ein besonderer Dank geht an Dr. Daniel Leu für die Klärung meiner Fragen im Erbrecht sowie Melanie und Raphael Annasohn. Sollte es noch immer Unstimmigkeiten geben, übernehme ich die volle Verantwortung.

Ihnen, liebe Leserinnen und Leser, wünsche ich eine besinnliche Adventszeit und ein friedvolles Weihnachten.

Ich danke Ihnen herzlich für Ihre Treue.

Die Erfolgsserie der Bestsellerautorin Silvia Götschi
Alle Krimis sind auch als eBook erhältlich.

Max-von-Wirth-Reihe:

Bürgenstock
ISBN 978-3-7408-0413-8

Engelberg
ISBN 978-3-7408-0625-5

Interlaken
ISBN 978-3-7408-0929-4

Davosblues
ISBN 978-3-7408-1119-8

Tod an der Goldküste
ISBN 978-3-7408-1407-6

Alpstein
ISBN 978-3-7408-2107-4

Allegra-Cadisch-Reihe:

Jakobshorn
ISBN 978-3-95451-260-7

Mattawald
ISBN 978-3-95451-482-3

Bärentritt
ISBN 978-3-95451-777-0

Valérie-Lehmann-Reihe:

Herrengasse
ISBN 978-3-95451-713-8

Klausjäger
ISBN 978-3-95451-988-0

Muotathal
ISBN 978-3-7408-0053-6

Einsiedeln
ISBN 978-3-7408-0318-6

Itlimoos
ISBN 978-3-7408-0509-8

Lauerzersee
ISBN 978-3-7408-0784-9

Etzelpass
ISBN 978-3-7408-1262-1

Kaltbad
ISBN 978-3-7408-1263-8

Reichenburg
ISBN 978-3-7408-1947-7

Weitere Kriminalromane:

Der Teufel von Uri
ISBN 978-3-7408-0179-3

111-Orte-Reihe:

111 Orte im Kanton Schwyz, die man gesehen haben muss
ISBN 978-3-7408-0116-8

111 Orte in Nidwalden, die man gesehen haben muss
ISBN 978-3-7408-0566-1

BEATE MALY
MORD
IM
STADT
PALAIS
EIN WEIHNACHTSKRIMI
emons: